Qianxun — Culture
—图书·影视—

风往北吹，你往南追 2

酒酿圆子 著

JiuNiangYuanZi

Works

江苏凤凰文艺出版社

JIANGSU PHOENIX LITERATURE AND ART PUBLISHING, LTD

图书在版编目（CIP）数据

风往北吹，你往南追. 2 / 酒酿圆子著. -- 南京：江苏凤凰文艺出版社, 2020.2
ISBN 978-7-5594-4300-7

Ⅰ. ①风… Ⅱ. ①酒… Ⅲ. ①长篇小说—中国—当代 Ⅳ. ①I247.5

中国版本图书馆CIP数据核字(2019)第281662号

书　　名　风往北吹，你往南追.2

作　　者　酒酿圆子
责任编辑　丁小卉
责任监制　刘　巍
出版发行　江苏凤凰文艺出版社
出版社地址　南京市中央路165号，邮编：210009
出版社网址　http://www.jswenyi.com
印　　刷　长沙鸿发印务实业有限公司
开　　本　880mm×1230mm　1/32
字　　数　288千字
印　　张　10
版　　次　2020年2月第1版　2020年2月第1次印刷
书　　号　ISBN 978-7-5594-4300-7
定　　价　39.80元

目录

Contents

目录

Contents

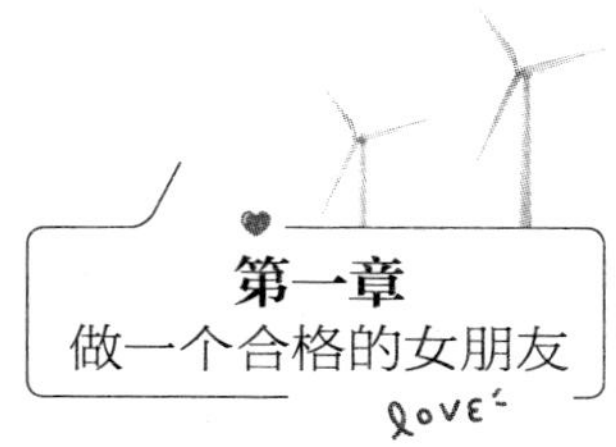

第一章
做一个合格的女朋友

清晨六点，手机铃声响起，我迷迷糊糊地接起电话：“您好，胡乐同志还在与周公约会中，请您一个小时后再拨打电话，谢谢，再见。”

电话那端的人轻笑一声：“那麻烦你转告她一声，迟到后果自负。”听到这魔鬼的声音，我彻底从梦中醒来，飞快洗漱完，十分钟后，气喘吁吁地出现在苏南面前。

相较我的狼狈不堪，苏南端的是玉树临风：“你迟到一分钟，待会儿多跑一圈。”

闻言，我瘫在地上，昨天千不该万不该一时冲动立下军令状，如今我是悔得肠子都青了。

事情是这样的，上了大学后，我紧绷的神经松开，一时之间有些放飞自我。某日，我和舍友逛街，试了N条裤子穿不上后，深深意识到一件事——再不减肥就晚了。

我这人是典型的三分钟热度，为实现减肥大业，只能求助于苏南。而他现在还有一个身份——我的男朋友。

苏南早就看不惯我胡吃海喝的嚣张行为了，听闻我想好好学习，积极锻炼身体，欣慰的同时顺便让我立下军令状，最终让我签字画押。

不得不说，苏南一直是有前瞻性的，比如他现在就能用那张纸威胁我。

我跑了三圈，双腿像灌了铅一般沉重，耍赖似的坐在地上："我真的不行了，苏南，求放过。"

闻言苏南停下，我委屈巴巴地看着他："你看我的双腿都快跑细了，我好累啊，咱能不能休息五分钟？就五分钟。"

他沉默不语地看着我，接着几步走到我面前，伸手将我拉起："剧烈运动后不能马上坐下休息，心脏负荷不了，你跟着我慢慢走。"他一边说，一边牵着我慢慢向前走。

清晨的阳光洒落，他清隽的面容隐在阳光下，睫毛染上淡淡的金色，我垂眸看着十指相扣的手，心头暖意融融，不禁咧嘴一笑。

他侧头，疑惑地看着我："你傻笑什么呢？"

"没什么啊，就是我觉得我们又在一起上学了，真好。"我和苏南并没有像我爸说的那般，随着年龄增长渐行渐远，而是越走越近，近到由青梅竹马的关系变成了更加亲密的关系。

我成了他的女朋友，而他成了我的护花使者。

"苏南，你怎么懂得那么多啊？你这是将全世界的知识都装到自己脑子里了吗？"

他摇头失笑："我脑袋里装下一个你，就挤得不行了。"

这话怎么听着这么别扭？我还没想明白他这话究竟是褒义还是贬义，我的同班同学就迎面走来了。

我忙将手从苏南手中抽回来，迅速蹲下系鞋带，一系列动作行云流水，我都佩服自己的反应速度，等对方从我身边走过之后，我才松了一口气。

还未等我起身，苏南似笑非笑的声音传来："别装了，你今天穿的鞋没鞋带。"

我认命地抬起头，撞上他微带愠怒的眸子，于是心虚地干笑一声："那什么，咱们继续跑步吧。"

苏南可不给我装傻的机会，一把拉住我，目光灼灼地看着我："我们这样的关系还要维持多久？"

我深刻理解苏南的埋怨。虽然我们在一起了，但考虑到他在学校的知名度，我深思熟虑后，选择将我们的恋情搬到了地下，俗称地下情。

全校除了我们宿舍的姐妹之外，没人知道我和苏南在谈恋爱。

"我们不是说好了吗，等时机成熟再说。"我安慰爹毛的他。

可他不予苟同："什么时候才时机成熟？"

"就时机成熟的时候啊。"我继续给他顺毛，"我们这样不也挺好的，多一事不如少一事。"

他白了我一眼，一声不吭地往前走。

我看着他孤傲的背影，唉声叹气。苏南这娃儿自从上了大学后，脾气渐长啊，哄都不好哄了。

我追上去，主动牵住他的手，他垂眸看了一眼紧紧被我握住的手，依旧板着脸不说话，但神色还是有所松动。

"你生气了吗？"我问。

"没有。"他淡淡回答。

"你就是生气了，你看你又板着脸了。我爸说笑一笑十年少，你笑一笑就增寿十年。"

他没好气地瞪了我一眼："有你在，我增寿一百年都没用。"

我就不服气了，他这话说得我像一无是处、到处闹事的熊孩子一样，我是吗？我好像偶尔还真的是。

"别生气了，我请你吃早饭。"我讨好他。

"没胃口。"他拒绝。

我见他软硬不吃，也哄不下去了，于是耸耸肩道："那拜拜了，我先去吃饭了，咱们江湖再见。"

我说走就走，脚步丝毫不拖泥带水，走了五步之后，苏南咬牙切齿的声音从我身后传来："你给我回来。"

我回头，用鼻孔哼了一声后，说道："你叫我回来我就回来，我又不是你家养的旺财。"

他疾步走到我面前，我发现我和他之间的距离总是不超过十步，便想起他曾经和我说的一句话，他说："胡乐，我不会让你离开我十步的距离，因为太远我看不到你。"

现在不过五步，他便已经忍无可忍了。

我哪里会真和他怄气，不过是想挫一挫他的锐气罢了，何况这件事的确是他受委屈了，我和他各让一步，世界瞬间美好。

"不让我走了？要不要吃早饭？"我笑问。

他嗔怪地瞪了我一眼，丢下一句"我要吃小笼包"便率先往前走。我笑了笑，提步追上去："还吃小笼包啊，前天才刚刚吃的小笼包，我觉得食堂的煎饼果子还不错，要不要咱们各来一个？没关系，我会给你多加一个鸡蛋，年轻人嘛，多补补身体。"

吃完早饭后，我和苏南分道扬镳，各自上课。

第一节课是大课，我听得昏昏欲睡，口水横流。下课后，徐曼曼敲了敲我的桌面："哎，醒一醒，快水漫金山了。"

我擦了擦口水，睁着惺忪的睡眼看她："这么快就下课了？"我还没睡够呢。

不得不说，这许教授上课可真催眠，以后我失眠的话，找他聊聊天，保证分分钟进入梦乡。

徐曼曼悲悯地摇摇头："你这不是吃就是睡，不是猪，胜似猪，也不知道苏南那一枚新鲜饱满的'小鲜肉'是怎么看上你的。"

我一把捂住她的嘴巴："大姐，隔墙有耳啊，低调低调。"

她挣脱我的手，嫌弃地擦了擦嘴："不是我说你，你们真打算一直维持地下恋情？胡乐，我可提醒你啊，苏南可是咱们学校的香饽饽，多少'母狼'对他虎视眈眈，垂涎欲滴，你要是不宣布一下你正宫的地位，就不怕哪一天他被哪只'母狼'叼走？"

这话怎么听着这么耳熟呢？我自信满满地道："苏南不是那样

的人。”

“哦，也是。”徐曼曼点点头表示理解，“苏南能看上你，就能看出他不是以貌取人的人，你倒是不用担心他会被漂亮的‘小母狼’勾走。”

我正想反驳，苏南发来微信，他说话向来言简意赅：午饭一起吃，第二食堂见。

徐曼曼探头瞄了一眼，一脸艳羡地“啧啧”道：“有男朋友就是好，可怜我这孤家寡人没人疼也没人爱。”

“一起吃饭啊。”我邀请她。

“可别，我有自知之明，不想打扰你们小两口的恩爱生活。”

我告别徐曼曼，去第二食堂找苏南。

我到第二食堂的时候，看到三个同学围在他身边，好似在问他问题。他正耐心地解释，神情平和淡然，语调不急不缓，我看着看着，嘴角不由得牵起一抹笑。

在过去的十八年里，苏南一直是最耀眼的那一颗星，也是我心中的北极星，而未来他这颗星只会越发耀眼。

在三个同学离开后，我才走到他身边，撞了撞他的胳膊，嬉皮笑脸道：“苏老师下课啦？”

他白了我一眼：“你什么时候能改改迟到的毛病？”

“我的错我的错。”我举双手投降，“苏老师，能吃完饭再教育我吗？”

他自然而然地接过我的书包：“我教育你有用吗？你哪一次不是左耳进右耳出？走了，再晚点，你爱吃的糖醋排骨就没了。”

吃饭的时候，苏南未改从前的毛病，对我挑三拣四：“你别给我把胡萝卜挑出去，放回去……洋葱怎么了？洋葱得罪你了吗，你要吐了它？”

我就不该答应和他一起吃饭，他这碎碎念的本事快赶上唐僧了。

在他的威逼利诱下，我只能含泪吞下我不爱吃的胡萝卜和洋葱。他见我委屈不已，将他碗里的大鸡腿夹给我，语气由老父亲的严肃变成男朋友的温柔："好了，你喜欢吃的鸡腿奖励给你。"

我本来还想诅咒他的，一见鸡腿，立马变脸，笑得比花儿还灿烂："真是太感谢你了。"

"笨蛋。"他抿唇一笑，伸手要摸我的脑袋。

这是情侣之间再正常不过的动作，换作平时，我也不会躲藏，不过现在我们是在人来人往的食堂里，在大庭广众之下，于是我的身子往后一仰。他的手落了空，尴尬地杵在半空中。

在这尴尬的气氛里，一个身材高大、浓眉大眼的男生经过我们身旁，和苏南打了个招呼："嘿，苏南，吃饭呢。咦，这位是？"

在他微妙且八卦的眼神中，我立马抢答："我是他邻居，也是他发小。"

"青梅竹马啊。"傻大个一点都不傻。

我讪笑："哪有啊，我和他从小打到大，这不一起上了大学，双方爸妈让我们握手言和。出门在外嘛，多少要互相关照，有个头疼脑热也好有人照应不是。"

苏南握着筷子的手渐渐收紧，一脸不悦地看着我，那眼神仿佛要吃了我一般。

我面不改色心不跳地道："同学，你要不要坐下来一起吃饭？"

傻大个恍然大悟，摆摆手："不了，我女朋友在那里等我呢，再见了。"

"再见。"等他一走，我松了一口气，正要低头咬鸡腿，苏南面无表情地用筷子抢走我碗里的鸡腿，动作干净利落，看得我目瞪口呆。

"你……你不是说把鸡腿给我吗？你怎么出尔反尔啊？"这人也忒过分了。

苏南发泄似的咬了一口鸡腿，接着轻飘飘地回击我："抱歉，我的鸡腿只能给女朋友吃。"

我回到宿舍，强烈控诉了一番苏南令人发指的行为。徐曼曼听了我的话，连连摇头："胡乐啊，如果我是苏南，我都把碗扣你头上了。”

我：“……”

徐曼曼继续鄙视我：“大姐，这是大学，你们是有身份证的成年人了。谈个恋爱藏着掖着，也只有苏南能宠着你、依着你，换作别人你试试看。唉，有时候我真同情苏南，怎么找了你这么一个榆木脑袋，实在太不开窍了。”

她拍拍我的肩膀，语重心长道：“好孩子，自己好好反省反省吧。”

我这人向来知错就改，立马打电话和苏南赔礼道歉。苏南这小傲娇虽然生我的气，但是电话接得还是挺快的。

“怎么了？”他的语气平如直线。

我抿了抿唇：“那啥，明天不是周末吗，我请你吃饭吧，好不好？”

“好。”他毫不犹豫地答应，“明天见，晚安。”

“晚安。”我盯着手机目瞪口呆。他生个气，不责备我一番，居然还这么平静。

徐曼曼又飘过来：“你打电话给你家 honey（亲爱的）啊，他原谅你没有？”

我摇摇头：“他不仅没骂我，还跟我道晚安呢。”

“所以？”徐曼曼摊摊手。

“没被他骂，我居然有点不习惯。”我实话实说。

徐曼曼用一种看神经病的眼神看着我：“胡乐，没想到你还是受虐体质呀，我服了你了。”

我真不是，实在是苏南的变化太大了。换作以前，他不骂得我怀疑人生不闭嘴，现在这么平静，我反而有点不安，总感觉他在背后策划什么惊天大阴谋。

翌日，我约苏南在一家餐厅见面。他坐下后，我忙双手虔诚地奉上菜单：“请您点菜。”

苏南接过菜单扫了一眼，提笔在上面勾勾画画，接着递给服务员，我添了一句："对了，再来一瓶冰可乐。"

"温牛奶就好。"苏南礼貌地和服务员说道，"冰可乐不需要了。"

服务员拿着菜单下去了，我委委屈屈地趴在桌上用手指画圈圈："你这是在报复我吗？"

苏南闭了闭眼，深吸一口气："你的生理期快到了，少喝点碳酸饮料。"

不是啊，大哥，为什么我的生理期你记得这么清楚？你这是有什么企图？也许是我控诉的眼神太明显，苏南生怕自己一世英名毁了，解释道："你生理期一喝这些东西就肚子疼，你忘记了吗？"

好吧，他是为了我好，可是我却以小人之心度君子之腹。我见他沉默地喝水，一脸抑郁，想起今天我来的目的就是和他赔礼道歉，可不能再惹得人家继续奓毛了。

于是，我拉着椅子来到他身边，攀着他的手臂，眨了眨眼睛，嘟着嘴，捏着嗓子撒娇："苏南，昨天都是我不对，你不要生气了好不好？"

苏南额角的青筋抽动，却没有拿开被我握住的手："你在干什么？"

我在讨你的欢心啊，这么明显，难道你看不出来吗？

来之前，我可是咨询了不少谈过恋爱的前辈，还上网查阅了相关资料，综合所知，如果女孩惹毛男朋友，撒娇是最好的办法，因为没有男人抵抗得了女人的撒娇。

不过事情总有意外，某些约定俗成的事情到了我身上总是莫名其妙拐了个弯，出现令人措手不及的情况。

"我没有生气。"他静静地盯着我。

一般生气的人都喜欢说自己没生气，这就是典型的死鸭子嘴硬，而苏南更是其中的代言人。

"你明明生气了。我们在一起十几年，我会不了解你？"我笃定道。

他另一只手撑着我的椅背，缓缓靠近我，温热的呼吸喷洒在我脸上。我们之间的距离不过须臾，他的每一根睫毛我都看得清清楚楚。在鬼使神差下，我竟然想伸手撩一撩他的睫毛，想感受下指尖拂过这些长睫毛的触感。

结果我的手刚抬起便被苏南握住，他的手很大，完全将我的手包裹住。他轻轻一拉，我冷不丁来了一个投怀送抱。我们鼻尖对着鼻尖，太近的距离让我呼吸困难，心如擂鼓，我只能强作镇定。

“胡乐，你是真心诚意和我在一起吗？”他轻声问道，语气带着几分不确定。

我看着他的眼睛，这双漂亮的黑眸中装着几许彷徨，我所认识的他是自信且完美的，从来不会露出这样的目光。

莫名的心疼涌上来，我认真道：“我当然是真心诚意和你在一起，我……我也……”话音未落，他猛地堵住我的唇瓣，我剩下的话被他吞进肚子中。

苏南见我目瞪口呆，稍稍抽开身，无奈地说道：“你乖乖闭上眼睛。”

我乖乖地闭上眼睛，黑暗侵袭的那一刻，其余的感官变得很敏感。我能感受到唇瓣上温柔的触碰，也能感受到苏南的心跳，一下一下，清晰无比。

就在此时，服务员推门而入，我的手快过脑子，猛地将苏南一推。苏南毫无防备，就这么连人带椅子摔倒在地上。那一刻，我觉得世界一片黑暗，只想到四个字——我死定了！

苏南的后脑勺磕在地上，吓得服务员差点儿报警，还以为我是杀人犯。

到了医院，医生给苏南拍了片，证实苏南除了后脑勺破了点皮之外，并没有脑震荡之类的内伤。可我在担心之下一直缠着医生，最后差点被护士扫地出门。

我站在医院门口，小心翼翼地看着苏南：“你……你还好吗？”

苏南沉默地看着我，随后一言不发地离开，那小背影孤傲可怜得很。我快走几步追上去，刚拉住他的手，他毫不犹豫地抽走。

他的声音轻得不能再轻："胡乐，麻烦你现在离我远一点，否则我真的怕……"

"怕失手打死我？"我也顾不得厚脸皮了，眼一闭，脖子一伸，小胸脯一挺，"如果能解你的心头之恨，我随你打随你骂。"

当然，苏南不会真的揍我，却比揍我还可怕。

他对我实行不闻不问政策，彻底冷落我。为此，我们宿舍召开了紧急会议，内容是：如何挽回男人破碎的心？

作为始作俑者的我，首先接受了大家的批评。鉴于我认错态度诚恳，徐曼曼率先说道："胡乐，骂你的话我也不多说了，免得浪费口舌，我就问你，只要能求得苏南的原谅，让你做什么都愿意吗？"

我迟疑地点点头："都可以，但是违法乱纪的事情可不行啊。"

徐曼曼："……"

舍友周菁菁说道："我觉得这次的事情并不是道歉就能结束的，平时苏南隔三岔五来找胡乐，现在都五天了还没动静，可见他真的气大发了。"

可不是吗？平日里苏南一天三个电话问候我，偶尔还约我吃个饭，散个小步，约个小会，牵牵小手，在月光下畅谈一下人生理想之类的，可现在我的手机安安静静地躺在角落里，没人让它振动一下，我觉得好忧伤。

"男人都这样，他不理你，胡乐你也别理他，就别惯着他，等他坐不住了，迟早会上门找你。"另一个舍友于小年说道。

于小年来自北方，性格狂野，说话大大咧咧，做人做事直来直往，嘴皮子溜得很，说起道理来一套一套的。

"这件事摆明了是胡乐的错，她还敢给苏南下马威看，这恋爱还谈不谈了？"周菁菁说道。

徐曼曼打了个响指："什么道歉都没用，我看胡乐你直接洗白白，给自己扎一个蝴蝶结，然后自动自发躺在苏南身边，我保证他有天大的气都消了。”

“臣附议。”周菁菁说道。

“臣附议。”于小年说道。

我严重怀疑他们三人被苏南收买了，这说的还是人话吗？

最后，还是方晓静出的主意。我、苏南、方子聪、她从高中开始就是朋友，几年过去，方晓静早就成了我肚子里的蛔虫。

她说：“苏南喜欢了你这么多年，忍了这么多年，而且是他先告白的。你别看他外表端正冷静，看似完美无缺，其实他很在乎你的想法。虽然你答应和他在一起，但他内心深处还是没有安全感，生怕你随时从他身边离开，我觉得你需要做一件事。”

“什么事？”我问。

“你和他告白，隆重一点，浪漫一点。大家都是年轻人，没什么事情不能做。等你们老了之后，回想起现在这一幕，你们会感谢上苍的。哦，对了，如果苏南原谅你了，你记得给我发一个大红包。”

前面我听得分外感动，但方晓静最后一句话让整段感情都垮掉。这孩子难道不知道谈钱伤感情吗？忒会破坏气氛了。

不过方晓静说得有道理，我和苏南从小一起长大，已经熟到呼吸相融，仿佛血肉都长在一起。我们的感情已经超越了一切，谁也离不开谁，可即便如此，我还是需要做一件事，那就是让他安心。我要让他明白，前面的十几年我都在他身边，未来的日子我也不会离开他半步。

接着，我又紧急召开宿舍会议，让大家出出主意，怎么告白才能让人刻骨铭心。

周菁菁：“牛排，鲜花，烛光晚餐。”

于小年：“气球，蜡烛，大喇叭。”

徐曼曼：“整这些虚头巴脑的东西做什么，胡乐你就洗白白去见他就行了。”

我：不是，徐曼曼，你到底是有多执着让我献身给苏南啊？

我就知道她们不靠谱，还是问别人吧。方晓静我已经问过了，而且再问她，她没准又要向我要大红包。恰好晚上叶颜打了一个电话给我。

自从我和叶颜谈过心后，我们已经从隐藏的情敌变成了无话不谈的好朋友，而且上了大学后，大家更珍惜高中那一段感情，那是最无忧无虑的一段时光。

无论是苦还是甜，它都值得我们妥帖珍藏，一辈子细细回味。

叶颜听了我的话，给我的建议也很诚恳简单："只要你用心，苏南就会高兴的。"

用心？我该怎么用心？我思前想后一个晚上，终于想到了一个办法。

我买了九十九张卡纸，准备在每一张纸上写一句我想对苏南说的话，然后折成千纸鹤的模样，接着找九十八个人，将这些千纸鹤交到苏南手中，而我是最后一个。

徐曼曼听了我的告白计划，朝我竖起大拇指："行啊，胡乐，你可真是不鸣则已，一鸣惊人，这一晚上，你就像变了一个人似的，无师自通啊。"

"好说好说。"我拱手谦虚。

"就这么做。"徐曼曼拍胸脯打包票，"你就专心折你的千纸鹤，写你要写的话，其余的事情交给我们办。"

"我胡乐何德何能才能拥有你们这样善解人意、温柔可爱、美丽大方动人的好姐妹？"

"好说好说，事成之后，发几个红包就好。"徐曼曼善解人意地拍了拍我的肩膀。

我：友谊的小船说翻就翻。

徐曼曼说干就干，她人缘好，交际能力强大，没多久便帮我找齐了人，而彼时的我还躲在宿舍里折千纸鹤。

我这人并不手巧，也很少能安安静静地坐下来，用我妈的话来说就是："哎呀，我家铁板棉袄就合适拿菜刀，绣花针这种精细活她不行。”

知我者，母上大人也。

我发现，每次我安静下来做一件事，都是为了苏南，上一次是折星星、画小画册，这一次是写小字条、折千纸鹤，我这是把我所有的温柔都给了苏南。唉，希望他看在我这么认真的分上原谅我。

我熬了一晚上，终于折完九十九只千纸鹤。检查完毕后，我让徐曼曼将千纸鹤交给她嘱托的人。

翌日上完课，我在原定地点待命。差不多的时候，徐曼曼打电话过来：“一号一号，马上到你了，做好准备，做好准备。”

“一号收到。”我挂了电话后，心脏跳得飞快，比我高考查成绩时还紧张。然后我深吸一口气，准备我的告白式。

也不知道苏南收到前面九十八只千纸鹤有何感想，更不知道他看到千纸鹤翅膀上面那些话会不会感动，不过我想，他即便感动，也不会表现出来。

比起人家摆九百九十朵玫瑰、蜡烛，还拿一个大喇叭在心仪对象住的楼下告白，我觉得我已经够低调了，不过还是吸引了不少人驻足观看，议论纷纷。

我这人撑不住大场面，紧张之下就左脚绊右脚，这还没跨进教室门呢，便摔成五体投地状，给苏南行了一个大礼。

一旁的徐曼曼等人不忍直视，捂住了眼睛。

好在我在摔倒的那一刻，还懂得护住手里的千纸鹤，没将它压成千纸鹤饼。

苏南见我摔倒，再也维持不住冷脸，几乎立马跑到我面前，小心翼翼扶起我：“摔疼了吗？”说完，他着急地上下检查我的手臂和膝盖。

这是这么多天以来，他第一次和我说话，也是第一次拿正眼看我。在这之前，我没少去找他，可他往往无视我，挥一挥衣袖就走，独留我无言尴尬。

虽然我说得夸张了一点，但他的确下了狠心不搭理我，否则我也不会走投无路想这种办法。这种告白等于向全世界宣告我喜欢苏南，完全不符合我低调的人设。

“你终于肯理我了。”我可怜兮兮地看着他。

也许是我的眼神太可怜了，苏南生怕自己心软，于是飞快地移开视线，恢复他一贯的高冷：“没摔疼就好。”

我看了一眼徐曼曼，她催我赶紧说台词。我酝酿了一下情绪，说道：“苏南，你也知道我是一个不解风情的女生，过去的十八年都是你在保护我，宠着我，替我擦屁股，而我总是理所当然地享受你的付出，你对我那么好，我还欺负你。”

他终于又看向我，眼神有所松动。

“不久前，我明白了一件事，恋爱不是单方面的，而是双方的。我会努力学习，请你给我时间证明。”我继续说道。

苏南目光灼灼地看着我。

我说完了台词，看向徐曼曼。她一副猪队友带不起来的模样，而我只能叹气扼腕。但凡我以前好好坐下来静心读书，多学几句浪漫的诗词，现在也不至于这么尴尬。

词穷是一种病，得治。

正当我绞尽脑汁想台词，差点盗用人家尔康的经典台词，说“以后我会陪你看星星看雪看月亮”的时候，苏南突然开口，问我：“你想证明什么？”

证……证明什么？

这是一道送分题。一旁的徐曼曼生怕我回答错误，着急地手舞足蹈，活像跳舞的大猩猩。我明白她的意思，我要是回答错误，送分题就会变成送命题。

“证明我喜欢你，如同你喜欢我一样。”我像说绕口令似的说完了一句话。

话音刚落，苏南无可奈何地摇摇头：“胡乐，让你说一句喜欢我就这么难吗？”

“我喜欢你。”我脱口而出。我看着他的眼睛，他的瞳孔很黑，眼神很温柔，像一潭平静的碧波。我原本躁动的心慢慢平静下来，此时此刻，周围人仿佛全部消失了，整个世界只剩下我和苏南。

我想对他说的话其实很简单：“苏南，我喜欢你，很喜欢很喜欢你，以后我会陪在你身边，不管发生什么事，我都不会离开你。”

苏南轻笑了一声，他接过我手里的千纸鹤，白白胖胖的千纸鹤的肚皮上写着“苏南，我喜欢你”几个字。

他小心翼翼地将千纸鹤放在衣服左上角的口袋中，沉声说道：“你可要说到做到。”

“嗯。”我用力地点点头。

他展开双臂，对我说道：“那你还在等什么？”

周围一群吃瓜群众原本正安静地看戏，看到高潮处也坐不住了，一个劲儿地起哄：“抱他，抱他，抱他，快上啊。”

这年头，大家怎么都这么喜欢起哄呀？

我轻咳一声，眼睛左右乱瞟，小声对苏南说道：“在这大庭广众之下搂搂抱抱不太好吧……”

我的话还没说完，苏南已经等不及，伸手一拉，径直将我拉到他怀里。等我抬起头来，他的吻便不容置疑地落下，我被偷袭个正着，想躲都躲不开。

周围全部是欢呼议论声，我却什么都听不清，耳边只有苏南如擂鼓般的心跳声。我想，我可能出名了。

是的，我出名了。

自那日我大胆和苏南告白之后，我走在路上的回头率百分之百。小时候，我一直想有一个出名的机会，现在我的梦想终于实现了，却恨不得去整个容，免得走过路过的人议论纷纷。

要知道，苏南从小自带主角光环。从幼儿园到高中，他都是万众瞩目的那一个，走在人群中永远如鹤立鸡群。到了大学，他这一属性保持不变。刚上大一，他就靠着自己那张脸和独特的气质成了校草。

虽然苏南本人对这些并不在意，但这不能阻挡他出名的脚步，这也是我当初千方百计隐瞒我们在谈恋爱的理由。

可惜现在木已成舟，我还能怎么办，只得宣告我正宫的身份。对于苏南的桃花，来一个我挡一个，来一对我挡一双。

可一来二去我也烦了，烦恼的同时还有点小嫉妒。

我问苏南："苏南，凭什么你那么招桃花，而我身边一朵桃花都没有？"这也太不公平了吧。

我说这话的时候，我们正在小面馆吃饭。

苏南听到这话，抬起头，用纸巾擦了擦嘴唇，淡淡道："可能看脸吧。"

什么叫杀人于无形？这就是！

我愤愤地吸溜了一筷子面条，嘟囔："苏南，你现在可是有主的人哦，可千万别被桃花迷了眼睛，你可要洁身自好。"

苏南突然倾身靠近我："你的意思是要我为你守身如玉？"

"什……什么？"我一下紧张成结巴了。

他不回答，下意识地舔了舔唇瓣，粉色的舌尖滑过唇瓣，薄薄的唇瓣显得水润润的，性感的喉结上下滚动。

我突然觉得有点热，便若无其事地拉开和他的距离，用手当作扇子扇风："哎呀，这面馆太闷了，我们赶紧吃完出去吧。"

苏南轻笑一声，继续低头吃面。

吃完面，我们走出面店，苏南牵着我的手："我们走吧。"

"去哪儿？"我问。

"你不是一直想去划船吗？"他说。

"现在？"我一脸惊讶。

"不然呢？"他拉着我，路边有很多共享单车，他扫了一辆前后都有脚踏板的双人单车，对我抬抬下巴，"走吧。"

骑着双人单车，我在他身后喋喋不休："苏南，男女朋友谈恋爱不是经常骑一辆小单车吗？我看电视剧中男主角都是白衣飘飘，女主角就抱着男主的腰，迎着风，迎着太阳，勇往直前。"

苏南无语凝噎："你以前蹭我的车蹭得少吗？"

我顿时无言以对。

以前我上学懒得骑车的时候，总是死皮赖脸地蹭苏南的单车，而他每次嘴上表示拒绝，实际上哪一次不是任劳任怨地把我送到学校呢。

“我错了。”我认错。

苏南突然停下车，我看着他的背，莫名其妙道：“怎么了？”

他长腿一跨，下了单车，嘴角勾起一抹笑：“你想搂我的腰就直说，别拐弯抹角的，我会成全你的。”

我不是，我真没有。

他特意找了一辆有后座的共享单车，拍了拍后座，眉眼间皆是笑意：“你是选择坐前面还是后面？”

“后面。”我说。

我坐上单车后座，小心翼翼地揽着他的腰，他的腰肢劲瘦有力，肌肉十分有弹性，而且他的软肉就在腰上。我的手环上去的时候，他的身体下意识僵了一下。

“要不，我坐前面？”我好心建议。

“不用，你抓紧我。”他轻轻松松地蹬着脚踏板，因为是下坡，风穿梭而过，将他的衣摆吹得猎猎作响。我将脸贴在他的脊背上，感受着他温热的后背，然后我睡着了。

等苏南叫醒我的时候，他的表情简直可以用无可奈何来形容。

我擦了擦嘴角的口水，粉饰太平道：“啊，到了吗？这么快？”

苏南不忍直视，随后叹了一口气，这才牵着我的手走向湖边。

这真的不怪我，实在是他的后背太宽厚、太好睡了，我不由自主就睡着了。我觉得我要说几句话解释解释，免得他认为我和他约会无聊到睡着，于是我说：“苏南，我真不是故意睡着的，主要是跟你待在一起太有安全感了，你也知道我这人，相信一个人才会在他面前睡着。”

我语无伦次，而苏南总结出一个重点：“所以，你是想染指我了？”

第二章 与众不同的约会

一道雷直接砸在我头顶上，我蒙了片刻，难以置信地看着他。向来行为端正、三观奇正，且年年被评为优秀学生的他，竟然会说出这么容易让人误解的话。

我不禁狐疑地看着他，这人到底是上了大学后天性解放“变坏”了，还是本性如此呢？

我控诉他：“你你你，苏南你怎么可以一言不合就‘开车’呢？”

苏南很少关注网上这些新鲜的词汇，闻言疑惑地皱了皱眉：“我开什么车了？”

罢了，鸡同鸭讲。我想他刚刚说出那句话也不是故意的，应该纯粹是顺着我的话往下说，这么说来，以小人之心度君子之腹且思想不纯洁的人是我，不是他。

“我去买票，你在这里等我。”苏南拍了拍我的头，说道。

“哦，好。”我乖乖应下。

买完票后，我们坐上小船，这艘小船是以踩脚踏板作为动力滑动的。我心不在焉地踩着脚踏板，注意力全在外面的湖光春色上。

苏南一直在我旁边唠唠叨叨："你别把身体都探出去，小心摔下去。看鸟就看鸟，嘴巴张那么大做什么，在接鸟粑粑吗？"

我认命地叹了一口气，完全理解苏南没事找事的行为。他是认为我冷落了他，所以在积极寻找存在感。啧啧，以往沉稳自信的他，谈个恋爱就变得幼稚了。

"好。"我扯开一个灿烂的笑容，目光定定地看着他，"那我不看别的，看你。"我非把你看出一朵花来，看你是不是还找碴儿。

苏南被我盯了不到五分钟，脸上便飞上两团"晚霞"，白玉一般的耳垂也染上淡淡的胭脂色，可他偏要装得镇定自若："你一直看着我做什么？"

"不是你让我看的吗？"我捧着脸，拖着慵懒的语调说道。

苏南张口结舌，而我很有成就感，毕竟他少有被我堵得说不出话来的时候。

不过我看着看着，还真瞧出了一些花儿来。衬着这湖光春色，苏南可真是眉眼如画，清隽无比。他的五官仿佛是上帝精雕细琢而成，每一个起笔和落笔浑然天成，我在想，上帝创造他的时候绝对是费了心神的，而在创造我的时候，绝对是打瞌睡了。

唉，忧伤。

这点我还是有自知之明的，我并不是让人一见钟情的美女，我没方晓静的漂亮五官，也不是叶颜小巧精致的模样，我妈说我顶多算清秀，没长残就算谢天谢地了。

我的思维不禁越来越发散，如果以后我和苏南生了宝宝，宝宝的基因遗传我，那岂不是吃亏了？他这么好的基因可不能糟蹋了。

我越想越起劲，苏南问我在想什么的时候，我脱口而出："我在想我们未来宝宝的模样呢。"

话音刚落，时间停止了。

我后知后觉反应过来，羞得恨不得一个猛子扎水里面去，实在是太丢人了。

他愣了片刻，突然低低笑出声。

苏南不常笑，他通常都是板着一张脸，以此显示“我很酷，我很帅”，但他一旦笑开，露出浅浅的梨窝和小虎牙，整个人便瞬间生动了起来，仿佛世界的阳光都在他眼底。他一笑，整个世界的花都开了。

只是这会儿他笑不太合适吧？而且笑就算了，揶揄我是什么意思？

他一只手撑着下巴，微歪着脑袋，语气愉悦：“你这么迫不及待想和我……”

我脸红得几欲滴血，飞速打断他的话：“我……我才没有。”

他也不踩脚踏板了，忽然倾身靠近我，呼吸喷洒在我的面颊上：“我刚刚可是听得一清二楚，你说……”

我没让他说完，一把捂住他的嘴巴。要让他继续说下去，我真的要投河自尽了。

“我怎么了？”苏南一只手撑在我身边，眼里映着湖光春色，里头荡漾着碧色的湖水，以及惊慌失措的我。

我明白他是在逗我，当即捶了一下他的胸膛，恨恨道：“你要是再耍我的话，你信不信我跳下去？”

“可以。”他点头。

我：“……”

他坐直身体，装得一派云淡风轻：“我教过你游泳了，不过提醒你一声，这个季节水比较凉，千万别感冒。”

我现在万分后悔了，为什么要找一个腹黑男做男朋友？分分钟被他碾压不是？

我们从湖边回来的时候，天已经黑了，我昏昏欲睡之际，忽然想起一件事：“哎，既然我们已经开诚布公了，那么我就要正式介绍你和我的舍友们认识，咱们找个时间一起吃顿饭。”

“好。”苏南点点头，“我送你回宿舍。”

由于我和苏南的男女朋友身份已对外公布，那我再没后顾之忧了，我们手牵着手，堂而皇之地走在学校里。

一路走过去，我听到许多人窃窃私语，大多数是在感叹好男人被猪拱了，而这头猪就是我。

我就不服了："我哪里像猪了？即使是，我也是最可爱的小香猪。"

彼时，我们已经到了女生宿舍楼下，听到我这段话，苏南又好气又好笑："这年头还有人把自己比喻成猪的？"

"那不然呢？他们都说你这好好的水灵白菜被我拱了，我不是猪是什么？"我哼了一声。

苏南突然捧住我的脸，唇瓣在我的额头上贴了贴后，轻声问我："你现在有什么感想？"

我想了想，认真回答："这件事告诉我们，男女朋友交往后，一定要勤洗头，不然很尴尬。"

我说的是实话，情侣肯定都有情不自禁的时候，比如亲亲额头或头发之类的，要是我三天不洗头，苏南岂不是要吐了？

苏南听了我的话，露出一脸无语的表情，随后，他无可奈何地拍了拍我的脑袋："你啊你，我能指望你解风情真是奢望了。"

"反正货物既出，概不退货。"我撇了撇嘴，"我上去了，再晚点，宿管阿姨都要瞪我了。"

"嗯。"他嘴上这么说，手却不松开。我狐疑地看着他，他抿了抿唇，丢下一句话："你别听那些闲言碎语，我会为你守身如玉的。"

我无语凝噎。

不久后，苏南请我们宿舍众姐妹吃饭。

订好包厢后，作为东道主的他早早便去准备了，而宿舍姐妹们为了此次"会面"，也替我精心打扮了一番。

我看着镜子中的女孩，双手捧脸，惊叹："哇，这是哪儿来的仙女啊，天上下来的吗？"

徐曼曼不客气地拆台："头朝下的那种吗？"

周菁菁和于小年捧腹大笑。

我们四人浩浩荡荡到了餐厅，进入包厢时，苏南正拿着手机起身，见到我的那一刻，他明显愣了一下，旋即视线胶着在我身上，难以移开。

我不是第一次被苏南这么看，却是第一次被他用这么露骨的眼神看，我那深藏在内心的害羞终于蠢蠢欲动，低着头，心跳得飞快。

徐曼曼的轻咳声惊醒了苏南，他忙移开视线，恢复一本正经的模样，绅士地替大家安排座位。

今日，他穿着白衬衫、休闲裤，外面搭着一件长款薄外套，举手投足之间气质斐然，整个人英俊又雅致。

周菁菁凑到我耳边："胡乐，你上辈子是拯救了银河系吗？"

"不，我拯救了全宇宙。"我笑道。

虽然之前苏南已经认识了她们，但这次是正式见面，我觉得我有必要隆重且认真地介绍介绍她们。

"这是徐曼曼，浙江人士，也是军训陪我罚青蛙蹲的好战友。这是周菁菁，宿州人士，肤白貌美大长腿，擅长搭配，今天我这么漂亮，全归功于她那双巧夺天工的手。这是于小年，本地人士，一张嘴说遍天下，是讲故事的小能手。"

我这一顿夸，使得姐妹们喜笑颜开。

苏南起身，双手握杯，朝她们郑重其事地自我介绍："我叫苏南，是胡乐的男朋友，多谢你们一直以来对她的帮助和包容，以后还请你们继续多多照顾她。"

"应该的应该的。"

"哪有，胡乐也很照顾我们。"

"是啊，胡乐就是我们宿舍的小活宝。"

好在我的舍友们都不是扭扭捏捏的人，很快大家便熟稔起来，气氛十分和谐。我和舍友们聊天，苏南便在一旁默默地帮我夹菜、剥虾。

他的手指修长，剥虾让他演绎成一门艺术，我看着他手里头白白胖胖的大虾，不由自主地说出口："苏南，你的手指很漂亮啊。"

说完我便后悔了，我这还没喝醉呢，怎么就开始说醉话了？这不是让大家看笑话吗？

昊然，大家听了我的话，纷纷低头做忙碌状。

我羞愤欲死，拿脑袋抵着桌子装死，下一刻，额头一凉，苏南抬起我的脑袋，眼角眉梢含着笑意：“吃虾了。”

我吃不下了，快羞死了。

今晚，苏南像吃错药一般，全程眉开眼笑，甚至一改之前惜字如金的严肃老干部模样，和徐曼曼她们聊得欢快。

我在一旁看得瞠目结舌，心想沉默的人要是一旦放飞自我，那也是令人刮目相看的。

她们三人非要敬我们酒，苏南一一帮我挡过。我因为上次醉过一次，所以被苏南三令五申不准喝酒，除非是和他单独相处的时候才能喝。

后来我转念一想，苏南这心机贼深啊，我要是在他面前喝醉了，他不得对我为所欲为吗？不过也不一定是这样，或许是我对他为所欲为呢？

吃完饭后，我这群极有眼见力的小姐妹将二人时光留给我和苏南。今晚，我在苏南的监督下滴酒未沾，苏南却喝了不少酒，人也有些醉意。

晚风徐徐，我们走在偏僻安静的小道上，周围除了路灯，还有偶尔被风惊起的鸟儿。

突然，苏南停下脚步，转过身定定地看着我。

这双黑眸带着几分迷离，一张俊脸上飞上两团“晚霞”，薄唇水水润润，活像刚偷吃了果冻一般。

他看了我一会儿，接着俯身缓缓朝我靠近。

他的身上带着淡淡的酒味，还掺杂着夜晚的凉气。在他靠近我的那一刻，我的心跳近乎停止。我想起上一次他吻我的情景，紧张地闭上眼睛。

可我等了一会儿，也没等到苏南的吻。我好奇地睁开一只眼睛，便见他低低一笑："你这是在期待什么？"

我十分窘迫，急忙往后退了一步，打算粉饰太平，否则我这张老脸就丢尽了："谁谁谁期待了？我期待什么了？我才没有……"

我的话还没说完，他长臂一揽，径直将我拉到他身边，干脆利落地堵住我的唇瓣。

一个吻结束，苏南微微喘息，放开我。我下意识舔了舔唇瓣，脑子混混沌沌下，傻话脱口而出："苏南，你不让我喝酒，最后我还不是喝到了。"

苏南本来还沉浸在旖旎浪漫的气氛中，听了我的话，差点儿岔了气："你真的是……"

"真是什么？"我问。

他无奈地摇摇头，微弯下腰，双手捧着我的脸，一双黑眸如湖水，而湖水里荡漾的温柔即将将我溺毙。

他轻轻吻了一下我的额头，离开的时候，他的睫毛扫过我的眼睛，我心头一颤，他旋即抱住我，低声叫着我的名字："胡乐。"

"哎，我在。"

"胡乐。"

"我在呢。"

"胡乐。"

这瓜娃子该不会现在开始发酒疯了吧？

"胡……"

"别叫了，我在呢。你都把我抱得紧紧的，我能去哪儿？"我无奈地叹了一口气，"你要再叫我的名字，信不信我反过来堵住你的嘴？"

苏南旋即放开我，展开双臂："欢迎你来堵。"

我无奈地抚额，这傻孩子果然喝醉了。

好在他醉归醉，也不至于醉到忘记全世界，还知道自己住在哪一栋宿舍。我将他送到男生宿舍楼下，对他说道："你赶紧回去洗一洗，好好睡一觉。"

他却不走，杵在原地，眼神无辜且可怜地看着我：“我要你送我上去。”

“乖，别闹了，我不能进男生宿舍。”

“那我就不回去了。”苏南难得闹脾气，一屁股坐在台阶上，长腿委委屈屈地缩着。好在现在这个点儿，宿舍周围人不多，否则苏南这模样被别人看到了，还不英名尽毁？

我生怕他醒来会后悔，忙挡在他面前，好声好气地哄着：“乖啊，你今晚好好回去休息，明天我再来找你，到时候我再补偿你。”

“嗯，怎么补偿？”他问。

为了让他快点回宿舍，我只能半劝半哄：“只要你今天肯回去，明天我什么都听你的。”

不知道是不是我的错觉，苏南嘴角一勾，眼底闪过一道奸计得逞的笑意。等我认真一看，他又恢复了无辜的表情，想来是我看花了眼。

“好，这可是你说的。”他点点头，利落地起身往楼梯走去。

我突然有种被设计的感觉。

回到宿舍，徐曼曼盯着我的嘴唇看了一会儿，笑得意味深长：“哎呀，这恩爱秀得不错呀。”

“谁秀恩爱了。”我哼唧了一声。

那端，周菁菁和于小年已经演开了。

“哎哟，苏南，你的手指好漂亮啊。”

“胡乐，多吃一点。”

我实在听不下去了，拿着睡衣埋着脑袋落荒而逃。

我进了浴室，看着镜子中含羞带怯的自己，伸手摸了摸脸，压住一直上扬的嘴角。

我洗完澡出来，徐曼曼指了指宿舍的电话：“刚刚赵燃打电话给你了，让你洗完澡务必回一个电话给他。”

赵燃是我们生物系的直系学长，也是跆拳道社的社长。我和徐曼曼刚来学校的时候，都是他在帮忙回答我们的疑问，后来我进了他所在的跆拳道社，正式成为跆拳道社的社员。

苏南也知道我参加跆拳道社团的事情，刚开始他是反对的，不过胳膊始终拗不过大腿，最终还是我赢了。

电话回过去后，没几秒便接通了，那端的赵燃哼了一声："你还知道回我电话。"

我立马换上一副谄媚的笑容："学长您说哪里的话，我怎么会不回你的电话呢。因为我这几天比较忙，所以没去社团，你多担待担待。明天，明天我一定去，绝对不迟到、不早退。"

"明天你给我准时报到。"赵燃丢下一句话，便挂了电话。我盯着手机看了一会儿，莫名觉得平日里热情的赵燃今天有点奓毛，这是谁惹他了？

翌日上完课，我便马不停蹄赶往社团。等我到了社团，赵燃已经在社团门口等我了，他穿着洁白的道服，腰间系着黑带。

赵燃看到我来，原本紧皱的眉头松开。他看了我一眼，没好气地伸手拍了一下我的头："胡乐，你是不是没把我这个社长放在眼里？"

这话从何说起？这学校除了苏南，我最放在眼里的就是他了！尤其在见过他赤手空拳把一个抢孩子的人贩子撂倒在地后，我对他的敬仰之情便犹如滔滔江水，连绵不绝。

因为我是看武侠小说长大的，最崇拜的就是像令狐冲这类惩恶扬善的英雄，所以才二话不说报了跆拳道社，立志做一个惩奸除恶的女英雄。

对此，苏南再一次给我泼冷水，他认为我不捣乱就算了，惩恶扬善这件事太重大，我担不起。他之所以答应我去跆拳道社，只是觉得我偶尔需要放松放松，也没想我能学出什么名堂来。

不过我的师父可是赵燃，参加青少年跆拳道比赛获得总冠军的人，要是他再努力一把，没准还能为国家做贡献。

不过我知道，吃得苦中苦，方为人上人。人上人历练的过程可以用我们高中的一段话来形容——"天将降大任于斯人也，必先苦其心志，劳其筋骨，饿其体肤，空乏其身”，而赵燃要经历的苦就是我。我想我就是他命里的一个劫数。

“你是猪吗？上次我不是教过你了，你怎么又忘记了？胡乐，我问你，你是不是小脑发育不全？怎么四肢没一个协调的？就你这反应速度，要是在野外碰到狮子，你知道你会怎么样吗？”

我被他骂得欲哭无泪，恨不得咬他一口，不过我的四肢都被他禁锢着，像一只被五花大绑的螃蟹，便是想挣脱都挣脱不开，只能求饶：“师父我错了，求放过。”

赵燃哼了一声：“我要是放过你，谁放过我？谁都知道我收了你这么一个徒弟，要是没教会你，我岂不是名声扫地？胡乐，我警告你，再不给我好好学，看我怎么虐你。”

“你要虐谁？”突如其来的声音惊醒了“癫狂”状态的赵燃。

这人就是这样，穿上道服就像变了一个人似的，委实可怕，我当时怎么就没发现他的真面目呢？要知道他“台上台下”两个模样，打死我都不认他做师父。

我看到苏南来了，如同抓到救命稻草一般，感动得眼泪差点儿落下来。

苏南看到我被赵燃压在身下，瞳孔一缩，面色阴沉无比，垂放在身侧的手慢慢握紧。

他看似镇定，实则快速走到台上，对赵燃说道：“我找她有事，请学长给她一点时间。”

赵燃看到苏南来，果然放开我。我刚得了自由，第一时间便飞奔到苏南身后，想寻求他的庇佑，可赵燃一个瞪眼我就尿了。

苏南见我进退两难也不恼，而是自发上前一步，不着痕迹地挡在我前面。我看着苏南这男友力爆棚的动作，沉睡已久的少女心爆棚了。

赵燃看了胆小懦弱的我一眼，随后对苏南说道：“现在还是上课时间，你要找胡乐可以，麻烦等她下课。”

我听到这话，不禁敬佩地看着赵燃。这年头敢给苏南脸色看的，除了远走大洋彼岸的周承光，赵燃是第二个。

周承光是初生牛犊不怕虎，也因周承光有一颗赤子之心，不懂那些弯弯绕绕、尔虞我诈，可赵燃不同，他之所以敢挑衅苏南，凭借的是他高我们一届的学长身份以及莽夫之勇。

苏南面对挑衅从来没有输过，或者说苏南从来不会畏惧任何挑衅，所以现在我不担心苏南，反而担心一时逞匹夫之勇的赵燃同志。

听了赵燃的话，苏南并没有恼羞成怒，根本不像大一热血沸腾的毛头小子，而是淡淡一笑："你们在上课，我的确不该叨扰，不过我今天也有一件事想和学长说明。"

"什么事？"赵燃皱眉。

苏南环顾一下四周，最终目光落在我身上："我听说你们社团还缺人，我想加入。"

"啊，苏南，你想加入跆拳道社？"赵燃还没说话，我先惊讶了，"你不是向来讨厌打打杀杀吗？这种事情不适合你。"我认识的苏南还是适合待在实验室里。

苏南扫了我一眼，我立马乖乖闭上嘴巴。

他对赵燃笑了笑："学长，你同意吗？"

赵燃不过愣了一瞬，很快反应过来："你要来参加我们社团，我当然十分欢迎，不过……"他上下打量了苏南一眼，"我们社团可不像其他社团，玩玩就算了，既然来了这里，就要听从社团的一切安排，不能随意迟到、早退或者退团，也要做好吃苦的准备，你确定你能匀出时间来吗？"

苏南看了我一眼："我当然可以。"

赵燃点点头："那就好，不过我们社团也不是随随便便便招人的，要进行考核，所以……"

赵燃的话还没说完，我立马插嘴："喂喂喂，社长，你该不会想找人和苏南切磋切磋吧？他可从来没学过这些，怎么打得过？"

我这护犊子的行为太过明显，赵燃眸子微微一眯，旋即展颜一笑："因为我怕社员没轻没重，伤到学弟，所以我亲自来考核他。"

说完，赵燃看向苏南，“你有异议吗？”

还未等苏南回答，我忙不迭道：“当然有意见。其他人就算了，师父你可是跆拳道黑带，随便一出手，不把我们虐死了？”何况他出手没轻没重，要是伤到苏南怎么办？

“你闭嘴。”

“你闭嘴。”

苏南和赵燃异口同声朝我轻声呵斥，我“嘤”了一声，缩了缩脖子，再也不敢啰唆了。

苏南朝前走了一步，眼里毫无惧意：“学长，我没意见。”

“很好。”赵燃点点头，随后对我说道，“胡乐，那你带苏南下去换一身道服，如果他考核通过，就可以进入社团。至于注意事项，你告诉他就好了。”赵燃说完，经过苏南身边的时候，轻轻拍了拍他的肩膀，“学弟，加油啊。”

事既定，无力回天，我忧心忡忡地带着苏南去更衣室换道服。我这人一啰唆就忘记一切，拿着道服，差点儿跟着他进了更衣室。

苏南拦住我，似笑非笑道：“怎么，你想看我换衣服？”

我这才反应过来，正要反驳，转念一想，这都什么时候了，他还有心情开玩笑。

赵燃是什么人，虐起人来毫不手软，而且根据我女人的第六感，他明显不待见苏南，以他那锱铢必较的性格，肯定会出狠招，到时苏南肯定吃瘪。

我想以苏南的聪明，他不会看不出来赵燃的挑衅，可他为什么会接下赵燃的挑战呢？

“苏南，听我一句劝，你还是走吧，你不适合这里。”我主要是不想看到他受伤，他要是伤到一根头发丝，我肯定会心疼的。

记得上小学的时候，我和班上的小霸王为争夺一块小饼干而大打出手。小霸王仗着身高优势强力碾压我，正当我处于下风之际，还没发育的苏南像一头小蛮牛一样撞开小霸王。我是得救了，可苏南被小霸王桎梏住了。虽然他的细胳膊细腿拧不过小霸王，但他的气势尤为凌厉。小霸王头脑简单，四肢发达，被他用威慑的眼神一瞪，慌了神，最后嘴角往下一撇，迈着胖嘟嘟的小短腿嗷嗷叫着找老师告状去了。

现在情况不同，赵燃不是小霸王，而他的气场和苏南不相上下，不是苏南一个瞪眼就会嗷嗷哭着去找家长老师告状的人。

我生怕苏南吃亏，苦口婆心劝苏南："你别被赵燃的激将法骗了，他这人就是这样，喜欢挑衅人，你别把他当一回事，先回去好吗？我待会儿下课了马上去找你。"

"他人就是这样？"苏南看着我，一字一句说道，"你很了解他吗？"

这话听着怎么这么耳熟呢？不过我没时间深究这些，刚要继续劝他，他便唰地拉上更衣室的帘子，沉声说道："我有分寸，你不用替我担心。"

我眼看说服不了苏南，只能另辟蹊径去找赵燃。

他显然在等苏南，此时正盘腿坐在垫子上，看到我也只是随意地挑眉："怎么，你家苏南怕了？"

我家苏南？我警惕地皱了皱眉："师父，你这话什么意思？"

他的表情有一瞬间的不自然，旋即撑着手利索起身："恭喜你，因为你那别具一格的表白方式，你现在已经成了学校的名人。"他翻出手机递给我看，"帖子都给你盖了好几百楼。"

赵燃拍拍我的脑袋，意味不明地说道："行啊，徒弟，你可以啊，谈个恋爱藏着掖着，也不让人知道。你瞒着别人就算了，你瞒着我算怎么回事？"

他的语气和态度告诉我，隐瞒此事的我十分不地道，我转念一想，他该不会因为此事生气，所以拿苏南出气吧？

"苏南从来没学过跆拳道，你一个黑带和他打，这不是欺负人吗？"我说。

赵燃定定地看着我，接着呵呵一笑："你这么维护他？"

废话，苏南是我男朋友，我不维护他，谁维护他？

眼见赵燃软硬不吃，我只好佯装生气："我不管，你要是伤他一根汗毛，我就……"

"你就怎么样？报复我吗？还是替苏南报仇？"赵燃似笑非笑，步步朝我逼近。我被他逼得节节后退，弄不清他此时到底是什么意思。

就在此时，苏南出现了。

他横亘在我和赵燃面前，面上一派平静："学长，你在做什么？"

我一看，顿时被苏南惊艳了。

苏南平日里一副禁欲系的模样，端的是清隽雅致，没有半点杀伤力，穿上这身洁白的道服，倒是多了几分凌厉的气势。

苏南个高腿长，和赵燃的身高不相上下，除去他们腰间黑白带的区别，两个人站在一起就是一幅画，可惜赵燃马上就要破坏这幅养眼的画了。

他上下打量着苏南，抱臂笑道："没想到你穿上道服有模有样的，不过不知道你有没有资格穿这套衣服。"

苏南并不惧怕他的挑衅，而是轻轻拍了拍我的脑袋，对我说道："你去旁边站着，在我和赵学长切磋的过程中，你不可以乱喊乱叫，也不可以上前。"

"苏南……"

"乖，听话。"他朝我安抚一笑。

赵燃见我这副依依不舍的模样，眼里闪过一丝自嘲："放心，我有分寸，不会伤到他，否则你会手刃师父我。"

我："……"

我下了台，紧张地看着他们两人切磋。赵燃一改方才的嬉皮笑脸，而苏南的眼神也凌厉了许多，两人分别朝着对方鞠了个躬，随即开始。

因为我在跆拳道社待了一段时间，多少知道赵燃出手的招数，所以知道苏南一开始便落了下风，令我震惊的是，苏南竟然会跆拳道。虽然他没赵燃厉害，但完全可以看出他不是刚入门的小白，而是练过一段时间，我顿时百感交集。

苏南这家伙是什么时候瞒着我学这些的，刚才又为什么不告诉我？

赵燃显然也发现了，嘴角一挑：“苏学弟，没想到你还留了一手。”

苏南淡淡一笑：“不是我故意留了一手，只是技不如人，不好意思在学长面前班门弄斧而已。”

“很好。”赵燃顿时起了兴趣，“苏学弟是一个狠人。”

赵燃说苏南是狠人，其实他狠起来比谁都厉害，好歹是跆拳道黑带，而且还拿过冠军，虽然苏南也不赖，但他一旦拿出百分之百的战斗力，苏南还是无可避免地输了。

不过在我眼里，苏南虽败犹荣，因为整个社团里都没人能对抗赵燃这么久，苏南是第一个。

我看着倒在地上的苏南，心疼得一抽一抽的，恨不得立马冲上去扶起他，不过赵燃快我一步，朝他伸出手：“起来吧，欢迎你正式加入我们社团。”

“谢谢。”苏南起身，对赵燃礼貌地道谢。

我见比赛结束，连忙跑到苏南身边，也顾不得这是在大庭广众之下，立即担忧地上下检查他的身体：“你有没有事情，被打疼了吗？”

苏南见我如此紧张，反手握住我的手，安抚道：“我没事。”

“哇，现场直播秀恩爱啊。”

“这是虐狗呢，还让不让我们这些单身狗活了？强烈抗议。”

“好甜蜜啊，我也想找一个男朋友了。”

“学妹，你看我成吗？”

“滚。”

在他们的声音中，我带着苏南离开了社团。

虽然苏南嘴上说没事，但我还是不放心，依旧“强迫”他去医务室看了看。结果不看不知道，等校医掀开他的裤腿，他的膝盖上一片瘀青，我顿时鼻子一酸，眼泪忍不住落了下来。

我并不是一个爱哭的人，因为从小我妈就说爱哭的孩子长不大，而小时候傻乎乎的我被她这句话影响深远，若非打针吃药，我是绝对不浪费一滴眼泪的。

苏南见我哭了，一脸哭笑不得："你哭什么？我又不是残了。"

"你放心，就算你残废了，我也会对你不离不弃的。"我发誓。

一旁的校医抽了抽嘴角。

苏南握拳轻咳一声，因为我这句话，耳根慢慢变红。他沉默了片刻，揉了揉我的脑袋，叹息一声："你啊，真是一个笨蛋。"

"我要是笨蛋，你就是傻瓜。"

"也好，刚好绝配。"他煞有其事地点点头。

校医似乎被我们两个小年轻秀恩爱秀到牙疼，做作地咳嗽了几声："好了，他也没什么事，就是膝盖肿了，抹点儿药水，过几天就消肿了。"

校医欲言又止。

我知道他还想说什么，他估摸着想说，就是一点小磕小碰，别整得跟生离死别似的，戏这么多，咋不去演戏呢？

我和苏南灰溜溜地离开了医务室。

路上，苏南整个人依偎在我身上。他个高腿长，这么靠着我，我几乎寸步难行，胳膊都酸了："苏南，你想压死我吗？"

岂料苏南委委屈屈地看着我："我腿疼。"

他这副小可怜的模样实在太招人疼了，我咬咬牙，心想：说白了，他是因我受的伤，所以我受点累又有什么关系呢，于是我也淡定了："没事，你腿疼，我扶着你就是了。"

"好。"苏南点点头，等我抬头，他又恢复了一本正经的模样，"麻烦你了。"

我问他："你什么时候学的跆拳道？我怎么不知道？"

他若无其事地回答："我想学就去学了。"

"为什么啊？"

“为什么？”他盯着我的眼睛，“你说呢？”

我：“……”

好不容易回到宿舍，我半边胳膊都麻了。徐曼曼见我揉肩膀，在旁边一边嗑瓜子一边问：“这么说，以后你和苏南又要在一起学跆拳道了？”

“对啊。”我又揉了揉手腕，“可是我心里不安，总觉得苏南和赵燃不对盘，我怕他们趁我不在的时候又莫名其妙开撕，更怕苏南吃亏。”

“放心，谁吃亏，你家苏南都不会吃亏。他是谁，他可是披着羊皮的狼。”徐曼曼漫不经心道。

我斜眼看着她：“你说我男朋友是狼？”

“是呀。”徐曼曼挑挑眉，语带暧昧，“没准他在你面前还能化身大狼狗，嗷呜一口就把你吞了。”

我一脸无语的表情，她不需要说得这么血腥吧？

“木已成舟，我只能走一步看一步了。”我双手撑着下巴，忧伤地叹了一口气，“希望苏南和赵燃能让我省点心。”

很久以前，苏南给我看过一本书，名字叫作《墨菲定律》。这书说复杂也不复杂，说简单也不简单，我用胡氏语言总结了一下这本书的精髓，那就是：你越怕发生的事情，偏偏越会发生。

那时候，我天天担心自己考试不及格，会被老妈棍棒伺候，结果怕什么来什么，我果然考试不及格，也果然被老妈揍得哇哇乱叫。

我一度觉得，苏南送我的这本书是一本诅咒书，我几度想丢了它，可更怕扔了它会换来比诅咒更可怕的东西——苏南的报复。

于是这本书现在被我带到大学来了，此时正安安静静地躺在宿舍的书架上。

徐曼曼问我：“你什么时候开始对心理学感兴趣了？”

“知己知彼，百战百胜嘛。”我说。

“你想对谁知己知彼、百战百胜，苏南吗？那还是算了吧。他那心思比索马里海沟还宽，比东非大裂谷还深，你要研究他的心理，恐怕要再向天借五百年的寿命。”

我叹了一口气，合上书，觉得徐曼曼说得有道理。

徐曼曼拍拍我的肩膀，安慰我：“他的心思再深沉，头脑比计算机还精密，他有一点心思是昭然若揭的。”

“什么？”我问。

徐曼曼无可奈何地点了点我的额头：“肯定是喜欢你的心。我听了你那叙述极差的故事，好在我聪明，总结出了精华。反正你和苏南高中时就是一个默默付出，一个傻白甜整天闯祸……”

“停，我怎么就傻白甜了，怎么就闯祸了？！”我怒视她。

徐曼曼鄙视地扫了我一眼：“反正我这听故事的人就是这么认为的，他无条件、无下限地纵容你、宠爱你这么多年，也亏得他一条道走到底，对你死心塌地。啧啧，这么好的一棵水灵白菜，怎么就赔你身上了呢？”徐曼曼感叹。

“所以，”她伸出一根手指，“接下来的日子，你得好好补偿他，让他的付出有所回报。如果赵燃欺负他，你就欺负赵燃。”

徐曼曼这逻辑，我深深佩服。

第三章
天降情敌

墨菲定律一直潜藏在我身上，就像东海龙宫三太子一般，时不时出来兴风作浪一番。

这不，我怕赵燃和苏南一言不合，针锋相对，结果他们真的闹起来了。

距离他们针锋相对不过一周，跆拳道一名社员就急急忙忙来找我，二话不说拉着我就跑，仿佛前面有钱捡或者外星人突然降临地球了一样。

在跑断气之前，我问他：“怎么回事？”

“你师父和你家男朋友打起来了，你赶紧去灭灭火，不然待会儿整个社团都要被他们拆了。”

我一听，跑得比他还快，一口气不停歇地跑到社团。社团很安静、很和谐，每个人都在做自己的事情，赵燃正在指导一个社员，苏南在一旁整理器材。

我想象中的两人闹得血雨腥风的场景并没有出现，他们看到我后，同时冲我微微一笑。

赵燃说：“你又迟到了。”

苏南朝我笑了一下，接着眉头微蹙，二话不说走到我面前，伸手轻轻梳理我乱糟糟的头发。他的动作很细致，眼神很温柔，以手当梳子，慢慢整理我半长不短的杂毛。

我的心跳因为快速运动还没缓下来，以致我能清楚地听到自己的心跳声，一下又一下。

“你怎么跑这么急？”苏南语带责备，“跑得满头是汗。”

“我……”跑太久就是这样，五脏六腑都会跟着受罪，我现在很渴。

“你喝口水吧，开口跟公鸭嗓子似的，不知道的还以为我收了一个男徒弟。”赵燃递给我一瓶水，我感激一笑，正要接过来，结果苏南把这瓶水夺走了。

我的手抓了个空，不解地看着他。

赵燃更是沉了脸，皮笑肉不笑道：“学弟，你该不会以为我要下毒害她吧？虽然我是化学系的，但请你相信，这是一瓶普通的矿泉水。”

苏南笑笑：“你误会了，只是胡乐有胃疼的毛病，喝不得冰的东西，我去给她倒一杯温水。”说着，他拍了拍我的脑袋，“还不快跟上。”

我乖乖地点点头，亦步亦趋地跟上他。

苏南给我倒了一杯温水，确认温度适宜后才递给我。我喝了一口水，顿时放松了下来。

苏南问：“刚才你为什么跑得那么着急？”

我实话实说：“有人说你和赵燃打起来了，我才一路狂奔。”我看了看四周，确定没有人听墙脚之后才小声问道，“你和赵燃没打架吧？”

苏南似笑非笑地看着我：“你觉得我是那种无理取闹的人？”

我毫不犹豫地摇摇头：“你不是。”

苏南不仅不是一个冲动、无理取闹的人，还有超乎他年龄的沉稳和理智，简言之就是泰山崩于前而面不改色。

我相信，今天要是真有外星人降临地球，他也会不眨眼地静静围观。

以前我觉得苏南这性格贼不可爱，小小年纪怎么这么老气横秋。五岁之后，我就没见过他大哭大闹以及撒泼打滚，更多的时候，他是淡定地看着我大哭大闹，撒泼打滚。

我记得我还特意问过他这个问题："苏南，你这花儿一般的年纪，怎么总这么沉稳，弄得和穿西装、打领带的成年人一样？"

他笑笑道："如果我不成熟一点，怎么保护该保护的人呢？"

现在回想起来，我才知道他当时话里有话，可惜当年的我的确如徐曼曼所说，是一个没心没肺、彻头彻尾的傻白甜。

"没事，你偶尔可以无理取闹一点，冲动一点，我来保护你。"我拍了拍胸脯。

"你？"苏南屈起手指，轻轻弹了弹我的额头，"你别给我惹麻烦，我就谢天谢地了。"

"说真的，如果赵燃欺负你，或者找你麻烦，你要告诉我。"我拉住他的手臂，诚恳地看着他。

他嘴角浅浅的笑意终于扩大，摸了摸我的脑袋："放心，没人欺负得了我。"

事实证明，的确是我看太多宫斗戏了，都怪宿舍那群人最近一直在追《××传》，害我被她们荼毒了几分，现在看谁都是一副有心机的模样。

大学课程五花八门，课外活动接踵而至，在这严密如蜘蛛网一样的安排中，恋爱中的男女朋友还要抽时间约会，大家连睡觉的时间都不够用了，谁还有那空余的时间"宫斗"？

不过宫斗没有，矛盾还是有的。很久以前就有一句俗语，三个女人一台戏，一个女人等于五百只鸭子，有女人的地方就有江湖。

据我总结，女生宿舍的矛盾归于这几点：谁用我的洗面奶了？谁上厕所不冲水？谁一大早起来闹钟不关，有没有公德心……虽然是一些鸡毛蒜皮的小事，但她们总有本事将小事无限放大，接着便是一场比世界大战还可怕的战争。

我铺垫这么多，就是想点个题，苏南没和赵然闹矛盾，徐曼曼倒是先和楼上宿舍的杠起来了。

我告别苏南后，前脚刚到女生宿舍，后脚就听到叽叽喳喳的争吵声。

这场闹剧很简单，就是一场内衣引发的“血案”。楼上宿舍的收内衣的时候，不小心落了内衣在我们阳台上，而那时候徐曼曼正在吃她最爱的螺蛳粉，从天而降的内衣恰好砸中了她的螺蛳粉。

徐曼曼嗜吃如命，当即火冒三丈，而对方因为自己的内衣被螺蛳粉污染了也不依不饶。

不过文明人有文明人的解决方式，我们当然不会用扯头发或者问候对方祖宗这种方式来解决问题。我们解决问题的方式很简单，就是解题。

我们才上大一，老师自认为我们有自主学习的能力，并且个个智商赛过爱因斯坦，总给我们布置超纲的题目。

这就好像我们的高中数学老师经常给我们布置奥数题，而我每次看那些奥数题就跟看天书没什么区别，不过苏南总能在第一时间解出来。

我非常怀疑数学老师在大庭广众之下明目张胆地给苏南开小灶。

后来我质问苏南，他淡淡反击我：“至少我有让人给我开小灶的能力。”

看看，什么叫杀人于无形，这就是了。

我扯远了，现在摆在我们面前的只有一个问题，解题 or（或者）不解题，不解题也可以，徐曼曼要道歉，外加签下“丧权辱国”的条约，让苏南给她们签名以作安慰。可以的话，她们还想要苏南的照片，最好是不穿上衣的那种。

绕了这么一大圈，我总算明白了一件事，楼上宿舍的哪儿是挑衅，这明显是醉翁之意不在酒，被熏臭的内衣算什么，她们的目标很明确，那就是苏南。

我作为苏南的女朋友，此时必须站出来说一些什么，比如："苏南是我男朋友，那他就是我的所有物之一，他签不签名，都需要经过我点头。"又比如："你们想要苏南的签名直说啊，要多少，我给你们多少。前提是，这件事我们需要好好商量一下，比如我们出签名，你们出钱，这样双方互惠，多么愉快。"现实中，我却义正词严道："解题是吗？好，分分钟解给你们看，你们等着。"

徐曼曼十分欣赏我的霸气和骨气，欣赏过后就是点着我的脑门骂："你笨啊，答应她们干什么？这些人摆明了在用激将法，也只有你这傻瓜会应下来。"

可能因为我在老妈的打击教育下成长，所以遇事特别乐观，于是我摊开试卷，抖了抖说："没事，这题也……"

"也什么？"徐曼曼双手环胸，斜眼看我。

我咽了咽口水，认真地看了一眼题目，再三确认是我们系的学习内容后，我讪讪一笑："徐曼曼，靠你了。"

作为始作俑者的徐曼曼现在表现得特别云淡风轻，她挥挥手："靠山山会倒，靠人人会跑，胡乐同志，你只能靠自己了，加油，我看好你哟。"

我咬着试卷一角欲哭无泪，总算明白什么叫搬起石头砸自己的脚了。

我挑灯夜战，研究了一晚上，确认我的智商无法解开眼前的题目后，翌日一早，我痛定思痛，打算寻求场外帮助。

我当然想过苏南，可他毕竟跨专业了，要他解题，无异于要他徒手拆房子，想来想去，我想到了赵燃。

自古以来生化不分家，赵燃多多少少涉猎一些生物方面的知识信息，没准还能给我灵感。想到这里，我拨通了赵燃的电话。

他可能是刚睡醒，声音有些嘶哑，像砂砾磨过光滑的玻璃表面。

不过，我更喜欢苏南的声音，苏南的声音温润低沉，他低声温柔说话的时候，像极了午夜电台的男主播。

赵燃问：“胡乐，如果你打电话过来是为了浪费你的电话费和我的时间，那我没有意见。”

我轻咳一声：“师父。”

那端的人沉默片刻，接着道：“通常你用这种声音叫我，肯定是有事求我，说吧，什么事？”

我嘿嘿一笑：“你想挑战高难度吗？”

“什么高难度？”赵燃好奇了。

我故意卖关子：“反正你出来就知道了，我在图书馆等你，不见不散。”说完，我径直挂了电话，堪称快准狠。

鉴于近日我风头正盛，我就打扮得十分低调，口罩黑衣帽子，整个人裹得严严实实。我想，就算是苏南也未必能一眼认出我。

赵燃站在图书馆门口，看到鬼鬼祟祟的我后，不客气地要来敲我的脑袋，我忙避开，他的手落空，旋即若无其事地插回口袋。

“你这打扮的是什么鬼样子？”赵燃笑道，“不懂的还以为我们在做什么地下交易。”

我朝他招招手：“的确是交易，事成之后，我可以答应你一件事。”

他顿了顿，双眸定定地看着我，随之一笑：“好，这可是你说的。”

“嗯。”我点头。

“成交。”

“成交。”

我俩进了图书馆，找了一个无人的角落，我将试卷掏出来，整平了放在他面前，讨好道：“靠你了。”

赵燃低头看了一眼试卷，嘴角微抽：“你弄了半天，就是让我做试卷？”

“对啊。”我点头。

赵燃闭上眼，深吸一口气，接着睁开眼，似笑非笑道：“这是你们系的试卷。”

“我知道我知道，但生化不分家，你说是不是？”

“生化不分家？”赵燃勾起他标志性的笑，拿过试卷抖了抖，说道，“等着。”

我见他专心致志地做试卷，松了一口气，可这口气刚松完，余光就看到一抹熟悉的身影。

苏南背着双肩包，穿着普通的白衬衫、牛仔裤和板鞋，整个人清爽得可以直接去拍广告。眼见他径直朝我的方向走来，我一个脑抽，直接藏桌子底下了。

赵燃被我的动作吓了一跳，弯下腰问我：“你在干吗？”

“我……我在冥想，你看你的试卷。”我随便找了一个借口，顺便祈祷苏南没发现赵燃。

“冥想？”赵燃皱了皱眉。

眼见苏南就要走过来了，我急忙用书本挡住脸，尽量将自己团成球。不得不说，我现在的模样像极了即将被围攻的刺猬。

幸亏赵燃不笨，见我行为怪异，转身看了看。

苏南已经停下，他并没有注意到桌子底下的我，自然地和赵燃打招呼：“学长，这么巧。”

赵燃轻咳一声：“是啊，好巧，你也来图书馆。”

我心想，你这问的不是废话吗？苏南都已经来图书馆了你还问。这就好比人家正在吃饭，你上去问一句，你在吃饭吗？多此一举！这明显不是赵燃该有的举动。可我现在自身难保，只能祈祷苏南能快些离开，否则我跳进黄河都洗不清了。

我转念一想，刚才还不如不躲，直接实话实说，这样一躲，反而显得我心里有鬼。万一苏南以为我按捺不住寂寞，一枝红杏出墙来怎么办？

我现在的心情真是复杂，既想站出来说明一切，澄清我们只是在单纯地讨论学习，又怕苏南知道后生气。

在我天人交战之际，苏南看了一眼桌子，嘴角微微一勾：“学长，你怎么在做生物方面的试卷？”

赵燃面不改色地说谎：“生化不分家，我心血来潮的时候也会做做这方面的题目，学弟，你抱这么多书重不重？”

连我都听出赵燃的潜台词了，结果苏南笑笑：“你不说，我都忘记了，不介意我坐这里吧？”

虽然我看不到赵燃的表情，但我能听出他从齿缝中逼出的声音：“当然没问题了。”

接着苏南的裤腿一晃，坐在我面前。

我的心都要跳到喉咙口了，大气都不敢出。虽然图书馆明令不准说话，但我们待的地方是犄角旮旯，算是“赦免”之地。

苏南肆无忌惮地和赵燃进行亲切友好的对话。

苏南若无其事的声音传来：“胡乐在社团没少给你添麻烦吧？”

“没事，我都习惯了。”赵燃见招拆招。

我在桌子底下愤愤地咬着衣角，我什么时候给他们添麻烦了？这两人也不怕风大闪了舌头。

“学长。”苏南淡淡道，“我是胡乐的男朋友，她的麻烦该由我解决，麻烦你也不太好，你说是不是？”

赵燃轻笑一声：“可是如果她偏要来麻烦我呢？”

我在下面听得提心吊胆，觉得他们的对话越来越有火药味。在我看来，赵燃这话摆明了是挑衅苏南，不知道苏南会怎么接。

“她不会。”苏南自信满满，“如果她真来麻烦你，那也是她一不小心做了错误的决定。”

错误的决定几个字他还特意咬了重音。

我和苏南从出生开始就形影不离，我连他身上有几颗痣都知道。以他的聪明才智，他怎么会没发现藏在桌子底下的我，他这么说已经是给我最后的机会了，我要是再不从桌子底下滚出去，估摸着他要重新审视我们之间的关系了。

于是我深吸一口气，像变魔术一样从桌子底下钻出来，抱着书包朝苏南露出尴尬却不失礼貌的微笑。

苏南看到我，表情没有半分变化，冷静得不可思议。

通常他这样冷静的后果只有两个，一个是真的不在乎，所以漠不关心；一个就是气到失去调节面部表情的功能了。

我看着他阴沉的眉眼，觉得后果应该是后一种。

赵燃见我不按常理出牌，直接跑出来，一时之间不知道该怎么收场。我也不想让他为难，于是解释道："我和师父是来图书馆讨论题目的。"

"嗯。"苏南淡定地点点头，"讨论出结果了没有？"

我咽了咽口水："还没。"

"要继续讨论吗？"苏南皮笑肉不笑地看着我和赵燃，"如果你们有要紧事，我可以暂时回避。"

"不用了不用了。"我赶紧摇头，"没有了。"

赵燃是一个聪明人，见我们有"家庭事务"要解决，他也不好掺和，免得引火烧身，于是弹了弹衣角，不带走一片云彩地离开了。

赵燃一走，这个角落只剩下我和苏南两人。苏南端正地坐在我对面，黑亮的眸子紧紧盯着我，如果他手里有一块惊堂木，那就更像审问犯人了。

我耷拉着脑袋，像随时等待拷问的犯人。结果苏南理都不理我，拉过试卷，一目十行地看了一遍，接着抖了抖试卷："就这题目，你要问他？"

我小心翼翼地看着他，试探性问道："难道你会？"

苏南用实际行动回答我，他做完试卷后默默地帮我收拾好书包，接着说道："这里是图书馆，不适合大声喧哗，也不适合算账，我们出去吧。"

我在心里长叹一声，终究在劫难逃啊。

离开图书馆后，苏南带我去吃饭，他和以前一样体贴地给我倒水盛饭，举动堪比二十四孝好男友，看得一旁吃饭的单身女性恨不得咬碎盘子。

以前我妈告诉我，古代有不计其数的可怕刑罚，其中有一种残忍的刑罚叫千刀万剐，就是一刀一刀割下你身上的肉，但又避开要害，最后让你痛不欲生，恨不得咬舌自尽。我现在就是这种感觉。

我咽下米饭，抬头看着他。他慢条斯理地吃着饭，接触到我直勾勾的目光，问：“怎么了？”

我小声却坚定道：“苏南，我和赵燃真的没什么。”话毕，我就想咬舌自尽，这话怎么那么像八点档狗血电视剧的标准台词？我重新斟酌语句，又道：“我的意思是，我和赵燃是很纯洁的师徒关系。”说完，我恨不得将脑袋扎进碗里。徐曼曼说得对，我的语文一定是体育老师教的，这表达能力还不如三岁小孩。

苏南沉默许久，突然开口：“你吃完了吗？吃完了的话，我们走吧。”

我有气无力地跟在他身后，他背着书包，手里还提着我的书包，明明空出一只手，却没来牵我的手。

我们一声不吭地围着学校散步，我走在他身边，几次三番想牵住他的手，可每次都被突如其来的人或事打断。

我看着这只修长漂亮的大手，心道，机会只有这么一次，此时不行动，以后只会追悔莫及。

于是我一鼓作气，上前一步，紧紧握住他的手。他一愣，却没有甩开我。

我在心中窃喜，他不甩开我，是不是代表怒气值降下一些了？那我必须再说点什么消消他的怒气。

于是我清了清嗓子，道：“苏南，没想到你这么厉害，我们系的试卷你都会做。”

苏南淡淡道：“我再厉害也没用，你还不是舍近求远去求别人。”

完了，这话题起错了。我赶紧亡羊补牢：“呵呵，我要是知道你这么厉害，怎么会去找赵燃，我还答应他一件事，可真是不划算。”

话音刚落，苏南握着我的手倏然一紧，我痛呼：“苏南，疼。”

他忙减小力道，却没有松开我的手，而是转身面对我，眉宇之间藏着一分凌厉：“你说你答应赵燃一件事？”

“是……是啊，可我是不得已。”我解释。

苏南怒极反笑：“胡乐，你真……”

“对不起，我错了。”我赶紧道歉，“我现在已经后悔了。我男朋友这么厉害，我干什么还要寻求场外帮助，就是你最近那么忙，我不想打扰你。”说完，我一抬头，撞上他无可奈何又不得不妥协的眼神。

他叹了一口气，道：“无论多忙，我都会抽出空帮你解决问题，这是我的责任和义务。”他一字一句道，“仅此一次，下不为例。”

“没有下一次了。”我赶紧表明立场。

他轻轻“嗯”了一声。

我偷偷拉了拉他的手，试探性问道：“那你还生我的气吗？”

“我生你的气又能如何，打你还是骂你？”苏南一副被我打败的模样，“何况你也不是第一次做这种事了，我要是天天生气计较，那还不得英年早逝……”

还没等他说完，我一把捂住他的嘴，“呸呸呸”几声后道：“好的不灵坏的灵，赶紧呸掉。”

他拉下我的手，眼带笑意：“胡乐，你这么在乎我？”

在乎一个人，会计较他的一切。他生气，我食之无味；他消气了，我整个人才放松下来。

难怪方晓静告诉我，爱情是一把双刃剑，让你享受甜蜜的同时也会让你产生各种各样林黛玉一般的情绪，喜怒哀乐随时切换，心智不稳定的没准还能得个抑郁症。

“你不生气了就好，虽然我以前老是惹你生气，但我现在很怕你生气。”我说。

“为什么？”他问。

“还能为什么啊，你一生气我就遭殃啊。你看你，在图书馆的时候就对我冷言冷语，还不主动牵我的手，你知道我多伤心吗？”我故意做西施捧心状。

苏南愣了一下，眼里闪过一丝别扭：“以后我会注意。”

“注意什么？”我傻傻问道。

他递给我一个“你笨死了”的眼神，接着牢牢握住我的手，与我十指相扣：“注意以后再怎么生你的气，我也不要放开你的手。”

以前听偶像剧中的男主角说肉麻台词，我的鸡皮疙瘩都会掉一地，可奇怪的是，苏南说的这些甜言蜜语，却像蜜一样渗进我心中。

他看着我，说：“这段时间我比较忙，可能不能天天和你吃饭约会，你会怪我吗？”

“不会。”我说，“我一周只要能看到你两三次就好了，而且我们可以视频啊。”我并不像其他女孩，一谈起恋爱就忘记一切，要求男朋友一天二十四小时围着自己转，忘记了他们也有自己的事情要做，也有自己的圈子。

他突然俯身吻住我，书包还挡在我们面前。我瞪大眼睛，一动不动地看着他纤长的睫毛。

一个吻结束，苏南退开，一脸无奈：“下一次接吻的时候，你能不能闭上眼睛？”

我被吻傻了，闻言立马闭上眼，耳边便传来苏南的笑声：“真是一个笨蛋。”

这声“笨蛋”太温柔，一下就被夜风吹散了。

苏南送我回宿舍，到了宿舍门口，我一步三回头，他一直站在原地，看着我走远。

我依依不舍的模样可能让宿管阿姨产生了逆反心理，她说道：“小姑娘，你要不要进来？你这样整得我和王母娘娘一样，硬生生拆散了你们这对牛郎织女。”

我被宿管阿姨说得面红耳赤，赶紧低头疾走。

回到宿舍，我将苏南做好的试卷交给徐曼曼，顺便简明扼要地说了今天发生的事情。

徐曼曼一听，低沉做沉思状，末了，她告诉我：“胡乐，你说赵燃该不会喜欢你吧？”

彼时我正在喝水，闻言一口水喷了出来，尽数喷到她脸上，算是免费给她洗了一把脸。

徐曼曼咬牙切齿地抹掉脸上的水，煞有其事地分析："你看跆拳道社员那么多，他为什么偏偏认你做徒弟？你既不漂亮，天赋也不高，他是吃饱了撑的才认你当徒弟吗？万一你学不好，他的名声不就毁了？"

"其次，你没发现他对你有求必应吗？你叫他出来，他就出来。据我所知，男生可是一种比树懒还懒的生物，不是打游戏就是睡觉，像他这样的人，生活肯定很精彩，哪有时间陪你做试卷。"

"最后，你不是说他为难苏南吗？那他为什么为难苏南？虽然你家苏南帅得天怒人怨，聪明到令人发指，人气高到无法形容，但赵燃也不是吃素的，他也不像是会嫉妒别人的人，唯一的可能就是，他喜欢你，所以无形中讨厌苏南。"

我瞠目结舌："徐曼曼，你不去法学系真是可惜了。"

徐曼曼叹了一口气："不瞒你说，我本来就是想去法学系的，可是分数不够，被调剂过来了。"

"啊？真的吗？"我一脸震惊。

"扑哧。"徐曼曼乐不可支，"骗你的，你这大脑还真是一点沟壑都没有，估计以后被别人骗了还会替人数钱，好在有苏南能保护你。"

"你想多了，赵燃怎么可能喜欢我。"我说道，"他和我们说过，他喜欢的是胸大屁股翘，长发披肩，最好比他大一两岁的御姐类型。"

徐曼曼上下看了我一眼："虽然你前后分不清，但你这模样长得还算清秀，没准赵燃被猪油蒙了心，突然换了口味呢？"

我磨牙："徐曼曼。"

她挥挥手："好好好，我不调侃你了。不过说真的，很多事情都要防患于未然，如果赵燃真有喜欢你的苗头，你该怎么办？"

"当然是将他这苗头扼杀在摇篮中。可如果人家没有这想法，我不是自作多情了？到时候多尴尬，我还要不要在社团混了？"我说道。

徐曼曼递给我一个“你等着看”的眼神。

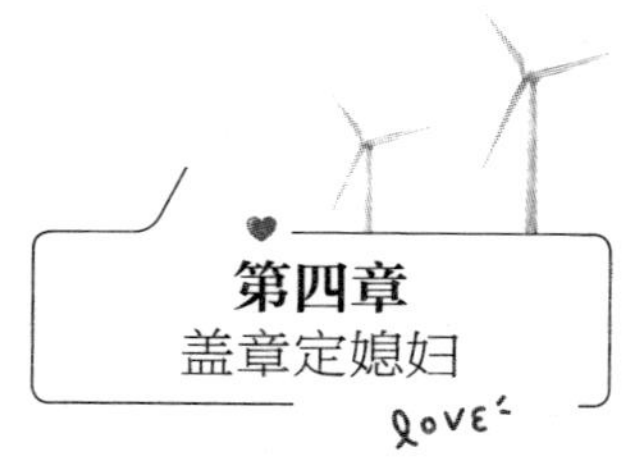

第四章
盖章定媳妇

白驹过隙，一晃秋去冬来。北京的冬天干燥寒冷，出了门，萧瑟的寒风就跟磨得锋利的冰刀子一样，扎在身上，绝对有千刀万剐的效果。

作为一个南方人，我的抗冻能力毋庸置疑，当面对北方冬天的魔法攻击时，我也全副武装：暖宝宝、暖水袋、一次性发热棉。

我身经百战，本以为能轻轻松松地扛过北方冬天的物理攻击，可事实证明，我太天真了。

北方的冬天的确是物理攻击，可人家是十级物理攻击，出手快准狠，让你连半分还手的能力都没有。而且室外冷，室内热，内外温差高达四十度，是真正的冰火两重天。

除了于小年，我们宿舍其余三人都来自南方。于小年看我们冻得像冰棍似的，还能潇洒一笑，独留我们在寒风中瑟瑟发抖。

在这样的冰天雪地中，能早上六点起床去上课的都是勇士，能顶着猎猎狂风约会的情侣也一定是真爱。

而我，两样都不行。

我对苏南说："苏南，虽然我对你的感情坚定不移，日月可鉴，但外面太冷了，我们还是取消约会吧。"

苏南很淡定："取消约会可以。"等我准备松一口气的时候，他又补充了一句，"不过不可以取消复习的约定。"

我知道苏南说一不二的性格，要是我阳奉阴违，他可能会利用他那张风华绝代的脸蛋骗过宿管阿姨，然后把我从床上提溜起来。

相信我，苏南说到做到。

于是我斟酌再三，考虑了一下利弊，还是决定艰难地爬起来。

徐曼曼瞟了我一眼，挤眉弄眼地感叹爱情的伟大力量，我只能有苦往肚子里咽。她不懂，我这一次去是风萧萧兮易水寒，壮士一去兮不复还。

等我到了图书馆，一眼就看到站在图书馆门口的苏南，他站得笔直，即便是这么冷的天，他也只穿着一件毛衣，外面披着长款军绿色羽绒服。

绿色很挑人，穿得不好，很容易给人一种土得掉渣的感觉。苏南皮肤白，气质好，身材高挑，加上那张即便他犯错，别人也不忍心责怪他的脸，这件军绿色的羽绒服穿在他身上如同模特走秀一样。

"佛靠金装，人靠衣装"这句话也可以反过来说，就是同样的衣服穿在不同的人身上，也会出现买家秀和卖家秀的区别。

我朝他挥了挥手，步履蹒跚地朝他走去。我到了他面前，他低头打量了一下我，嘴角勾起一抹奇怪的笑意："你是突发奇想，COSPLAY（模仿）北极熊吗？"

我嘟囔："我要是北极熊就好了，至少它厚厚的脂肪和毛还能御寒，而我靠一身正气御寒，可比它惨多了。"

苏南无可奈何地摇摇头："我说一句话，你总能顶十句。进去吧，外面冷。"

"那你怎么不进去？"我看他连手套、围巾都没戴，颇为心疼，"我又不是不认路。"

“习惯了。”他状似无意地说了一句，不由分说地牵着我的手往里走。

他的手宽大修长，十分有力，虽然在冰天雪地里冻了半天，但还残留着一些温暖。他手心的温度透过手套，径直传递到我身上。

进了图书馆，我才发现苏南还带了保温杯，保温杯中是枸杞菊花茶，醒神明目，我喝了一口，不由得偷笑。他知道我喜欢吃甜的，还往茶里面加了蜂蜜。

我喝完，笑眯眯地看着他，小声说道：“苏南，你对我这么好，我都无以为报了，要不……”

“你不用特意感谢我，待会儿好好复习，少气我一点就成。”苏南翻开书，头也不抬地说道。

我戏精上身，做出一副西施捧心，泫然欲泣的模样看着他：“你怎么对我这么冷淡？难道真的和她们所说的一样，男人把女人追到手了就开始不珍惜了？”

苏南翻书的手微微一顿，接着抬头凝视我：“她们是谁？”

我怎么会出卖莫须有的同伙，遂垂下眼睫，越演越上瘾：“这不是重点，重点是，你没有以前那么喜欢我了。”

结果苏南不按常理出牌：“是，如果你多做对一道题，我就多喜欢你一分，反之，分数递减，直到负分。”说完，他自然而然地拿过我手里的书包，精准地从里头掏出试卷，摊开弄平整后放在我面前，还体贴地把笔放在我手里，微笑道，“你可以开始了。”

戏台子被拆，我自讨没趣，埋头认真做试卷，有不懂的地方，就用笔小心翼翼地戳一戳他的手臂，他便放下手里的事情教我。

那种校园偶像剧或者言情小说中情侣含情脉脉的场景并没有出现，说实话，苏南没被我气得吐三升血就算不错了。

我又做错一道题的时候，苏南拿着试卷长吁短叹，我在一旁干咽口水：“苏南，你别生气了，气死了多不划算。”

苏南听了我的话，更无奈了。他屈起长指，轻轻敲了敲我的脑袋：“不生气是不可能的，但如你所说的，货物既出，概不退货，我能怎么办，只能好好……”

好好怎么样？好好爱我，好好陪我，好好喜欢我？结果苏南语不惊人死不休，话锋一转道：“好好教育你了。”

我一听，更加悲伤了。

时间的齿轮缓缓转动，在苏南严密的监督下，期末考如期而至。

考试前一晚，我把苏南的照片打印下来后贴在床头，希望考神苏南能保佑我科科都过关。

期末考试结束后，我心中卸下一块大石头。徐曼曼提议我们回去之前好好放松撮一顿，毕竟寒假一个多月，大家过完年才能再聚首。

徐曼曼是天生的交际家，才上大一就在学校混得风生水起，随便拉出一条交际链都能让人瞠目结舌。用她的话来说就是，没有她攻不下的人，如果有，那么对方一定不是人。

当然，徐曼曼之后为这句话付出了惨痛的代价，只是一开始我们都不知道会发生什么。

期末考完第二天，徐曼曼组织了一个小型聚会，我和苏南耽误了一小会儿，等我们到达指定包厢，一眼就看到了朝我们友好挥手的赵燃。

我看到赵燃的那一眼，明显感觉到苏南握着我的手紧了紧。我龇牙咧嘴地看着徐曼曼，她瞥了我一眼，给了我一个看热闹不嫌事儿大的眼神，接着去巩固她的人际网了。

因为我们来得晚，一张大圆桌几乎坐满了，所以只有赵燃身边还有两个空余的位置，而赵燃朝我们热情道：“你们还站着做什么？过来坐。”

苏南拉着我的手坐下。

聚会无非是吃饭喝酒吹牛，换作以前，我和方晓静、方子聪三人就能整出一个世界来，可是我身边有苏南，我想，要是我真整出一个世界来，苏南分分钟将我就地正法。

于是我乖巧地吃饭。眼见大红虾的盘子转到我面前，我伸筷子去夹，结果盘子飞速转开，我的筷子落空，尴尬地停在空中。

突然，我碗里多出了两只红彤彤的虾，以及两双筷子，右手边的筷子是苏南的，而左边的……

我抬头，赵燃一脸坦荡："你看什么看？吃啊。"

我能吃吗？我看向苏南，他的表情看不出喜怒，只伸手夹过我碗里的红虾，流畅地去皮取虾线，整套动作行云流水。我看着看着，突然觉得他手中的那只红虾是我。

"吃吧，我帮你剥另一只虾。"苏南将处理好的红虾蘸了酱料放在我碗里，之后拿走另一只。

饭吃到一半，徐曼曼敲着碗提议："光吃饭多没意思啊，我们来玩游戏吧。"

有人起哄："别又是真心话大冒险，老套。学妹，玩个新鲜的吧。"

"好，那咱们就玩个新鲜的。在座的各位有的已经是有'家室'的人了，有的还单身，比如我，为避免有'家室'的沾上其他桃花，抢夺了单身狗的资源，大家畅所欲言，可以说说自己喜欢的另一半的类型，那么就从我开始吧。"

徐曼曼落落大方道："我，徐曼曼，十八岁，单身，喜欢的男生属于木村拓哉这一类型的，汇报完毕。"

我汗颜，徐曼曼这口味还真是多变，前几天她还在宿舍嚷嚷着要嫁给吴彦祖呢，可真是一个朝三暮四的小东西。

我和苏南默默吐槽："你就听徐曼曼扯吧，每个人在憧憬未来另一半的时候，总是添加了各种光环，像装饰蛋糕一样，尽可能给它抹上最鲜亮的颜色，可事实往往和你想象的相反。"

苏南很会抓重点，他直接无视了我文艺的比喻，单刀直入："那你曾经憧憬的对象是什么样的？"

他一动不动地看着我，让我连插科打诨的机会都没有，我只好说谎不打草稿："就是你这样的。"

他不说话，只是轻笑。

我和他认识这么久，怎么会读不懂他的眼神，这家伙明显不信我的鬼话呢。

我以前的确有憧憬的对象，当然不是像木村拓哉、入江直树以及苏南这样的禁欲系学霸，而是阳光男，那种一笑咧开一口大白牙，生气撒娇的时候会和小奶狗一样在你怀里蹭蹭的类型。

我现在才明白，什么阳光男，什么小奶狗，哪儿敌得过苏南半分。他要是愿意，可以在大狼狗、小奶狗、牧羊犬……总之各种类型中无缝切换。当然，前提是他愿意展现这一面给我看。

不过我想，苏南应该更愿意站在我面前为我遮风挡雨，扫清一切障碍，而不是等着向我撒娇。

“好吧，我承认，我以前和方晓静一样喜欢阳光男，现在和徐曼曼一样喜欢木村拓哉这一类型的男生。”这暗示已经十分明了了，苏南不可能听不懂。

可不知道为什么，苏南一听到阳光男三个字，原本带笑的眉眼倏然沉下。下一刻，赵燃开口了。原来不知不觉中，交代自身单身与否的接力棒已经传到赵燃手上了。

赵燃耸了耸肩膀：“我今天要是有女朋友，坐的位置就不会这么尴尬了。”他的话一出，大家乐不可支，我才后知后觉发现，他的确被两对情侣围在中间。

而我和苏南还算低调，只在吃饭期间交头接耳，那对情侣显然在热恋中，恨不得黏在一起，难怪赵燃一直往我这边靠，我想他是不想被那对秀恩爱的情侣亮瞎眼吧。

我情不自禁地哈哈笑了一声，结果一转头，苏南依旧一副晚娘脸，丝毫没有融入如此欢乐的气氛中。

我说：“苏南，你怎么不笑啊？”这孩子，笑点太高了吧。

他递给我一个“这有什么好笑”的眼神，低头默默吃菜。

赵燃说完，轮到我和苏南了，现场有眼睛的人都知道我们是一对。当初我对苏南的告白可是轰轰烈烈，而且徐曼曼等人还特别“不小心”地传播了一下我和苏南青梅竹马的故事。他们一个个感叹的同时，也觉得我上辈子拯救了银河系，这辈子才会得到苏南的垂怜。

我就不服气了，为什么是我被苏南垂怜，而不是我垂怜苏南？对此，徐曼曼的解释一针见血："一对情侣中，总要一强一弱，这样才能正负平衡，达到世界和平的境界。"

论胡说八道，徐曼曼第一是也。

如今随着人民物质生活水平的提高，人们在温饱之余会向往多姿多彩的娱乐活动，而载歌载舞往往是当之无愧的首选。

将桌上的饭菜解决完，我们又转移阵地去唱歌了。赵燃认识KTV老板的儿子，老板当即大手一挥，不仅给我们一个大包厢，还给我们打了半折。

对于我们这些穷学生来说，打折才是这个世界上最好的礼物，女士们纷纷感谢赵燃，甚至几个单身的还向他抛媚眼。

我拉了拉苏南："刚给赵燃抛媚眼的那几个女孩，你看到了吗？"

苏南给我倒了一杯鲜橙汁，不在意地回答："我没认真看，不知道。"

"喷，就你左手边那几个女孩啊。"我指给他看，"你看左边那一个，长发披肩，看上去很有女神范；中间那一个也不错，娇俏风；右手边那个也行，柔弱风，和林黛玉有点像。不过我觉得赵燃可能不太喜欢这种娇娇弱弱的，估摸着中间那个娇俏风的适合他。"

我自顾自说着，一抬头见苏南目不转睛地盯着我。那眼神盯得我心中发毛，我干咽了一下口水，问："你干吗这么看着我？"

"你很关心他……的终身大事？"苏南若无其事地抿了一口橙汁，估摸橙汁太甜了，他微微地皱了皱眉。

我听到前半句，吓得心跳加速。听到后半句后，我拍了拍胸口："大哥，你说话别大喘气啊，人吓人可是会吓死人的。"

"吓你，为什么？"苏南看着我，"难不成你心里有鬼？"

"我心里有什么鬼，我可坦荡得很。你看我的左脸，上面写着单纯；你看我的右脸，上面写着直白。而且我肚子里有几根肠子，你不是一清二楚吗？"

苏南绷着脸不说话。

我无奈地叹了一口气。自从我们在一起后，我发现苏南越来越有小怨妇的气息了。用方晓静的话来说，现在的苏南就像是一颗新鲜饱满的柠檬，我怕他有朝一日把自己酸死，所以赶紧给他吃下定心丸。

我悄悄握住他的手，他怔了一下后没有挣开，下一刻反手扣住我的手，与我十指紧扣。

我瞪眼看着他，明明该是我吃他的豆腐，怎么一瞬间就反过来了？我怎么也要占一次上风，于是挣了挣，小声道："我要在上面。"

说完，我恨不得掐死自己，或者拔掉自己的舌头。我真的没有别的意思，可某人显然误会了。

他那张万年冰山脸终于融化了，笑起来的模样终于是我理想中阳光男咧开一口大白牙的画面，不过我现在全无心思欣赏，恨不得掘地三尺将自己埋起来。

可能苏南也觉得这么笑自己的女朋友是一件很不道德的事情，于是收了笑容，只是眼角眉梢残留着笑意。

他说："胡乐，你可真逗。"

我嘿嘿一笑："终于逗你笑了，我也算有成就感了。"

他敲了敲我的脑袋："笨蛋。"

恋爱中的女孩听到笨蛋两个字都觉得甜蜜，苏南骂过我无数次"笨蛋""白痴"，如今细细数来，也不知道他哪一次说的笨蛋是真骂人，哪一次说的笨蛋纯粹是语气词。

徐曼曼走过来："你俩别光顾着你侬我侬，忒煞情多。来，唱首歌，我给你们点了一首歌。

"什么歌？"我说，"我只会唱《两只老虎》。"

徐曼曼一副不想认识我的模样："是一首耳熟能详的歌，我相信是个人就会唱。"说完，她毫不犹豫地把我和苏南推到了前面，不一会儿，屏幕上出现了一首歌——《私奔到月球》。

这首歌的确耳熟能详，里头的歌词我都会背了，不为其他，就因为这是徐曼曼洗澡时喜欢哼的歌。

我听多了，自然自学成才。

我会唱这首歌不奇怪，奇怪的是为什么苏南会唱这首歌。据我所知，他对唱歌并没有兴趣。

随着前奏响起，苏南唱到“其实你是个心狠又手辣的小偷，我的心、我的呼吸和名字都偷走”的时候，目光紧紧锁住我，害我差点忘了歌词。

“多幸运，有你一起看星星，在争宠……”我俩对视一笑，苏南竟不管这是在大庭广众之下，堂而皇之地牵起我的手。

后面一堆起哄声，不过我唱到忘我，也没在意，只是余光不经意瞥到坐在角落的赵燃，他正打开一罐啤酒，安安静静地喝着，和平日里的他不太一样。

我想，他估计是在苦恼三个女孩，到底该选择哪一个吧。

热闹过后就是谢幕，我和苏南已经买好车票，收拾好行李，准备第二天回家。除了于小年是本地人，徐曼曼、周菁菁和我都要舟车劳顿才能到家。

回家途中，我和苏南依旧坐火车。虽然飞机速度快，但飞机对我们这些学生来说还是比较奢侈的交通工具。只是苏南说了，等毕业旅行的时候，他带我去坐飞机。

不过现在我担心的不是这些，而是另一些事情。

车上，我小心翼翼地问苏南：“我们真要和他们开诚布公吗？”

苏南递给我一个凉凉的眼神：“你说呢？”

“要不我们缓一缓吧，万一他们一时之间接受不了怎么办？咱们可不能图一时爽快，而忽略了他们的承受能力。”

苏南听着我东拉西扯，最后总结：“第一，我们已经是成年人了，有自主选择以及做决定的权利；第二，我相信他们知道我们在一起了，高兴会大于震惊；第三……”他突然俯身过来，压低声音道，“不告诉他们，难道我们回家后要偷偷摸摸约会吗？”

我难得扭捏，一副小女人的模样：“哎呀，这样不是更有挑战性吗？就像当初我大半夜跑到你房间一样。”

“我更喜欢光明正大。”苏南不置可否，“何况我们不说，你觉得以阿姨的火眼金睛，她会看不出我们之间的变化？”

我想想也是，我妈走过的路比我们吃过的饭还要多，我俩那点小心思哪里瞒得过她。

他拍拍我的脑袋，安慰道：“放心，到时候一切交给我，你什么都不用说。”

回家途中，我一路睡过去，中途醒了几次，吃饭或者解放内存。等快到家的时候，我突然开始坐立不安。

我这人就有这毛病，一紧张就想上厕所。当我第五次起身准备去如厕的时候，苏南伸手按住我的肩膀，蹙眉：“又上厕所？”

“嗯，水喝多了。”我弱弱说道。

他盯着我看了一会儿，薄唇轻启：“我不是告诉过你，别紧张吗？”

“我不能不紧张啊，待会儿他们四个人都要来接我们，要是我爸知道我们在一起了，我总觉得他要么拿着四十米的大刀砍死你，要么就是把你推下站台，总之你没有好果子吃。”

“放心，不会发生这么血腥的事情。”苏南无奈道，“你把叔叔想成什么样子了？”

“真的。”我吓唬苏南，“你可不知道，以前我爸和我妈说过，要是我以后交男朋友了，他要给对方设难关，闯关程度不亚于唐僧师徒四人取经，要经历九九八十一难。苏南同志，你确定你准备好了？”

苏南朝我一笑：“我一开始就准备好了。”

“那你的一开始是什么时候？准备得充分吗？虽然你很厉害，但我爸也不是吃素的，我是真的不忍心看着你被我爸虐得死去活来。”

我说得情真意切，就差潸然泪下了，企图让苏南回心转意，结果我的话反而坚定了他的信念。

他说：“你这么说的话，那我更要早些坦白，免得拖得越久，叔叔越生气。”

我哑口无言。

火车到站了，我已无力回天，不过还是垂死挣扎了一阵。眼见我妈和苏阿姨站在远处翘首以盼，我松了一口气，还好我爸没来。

苏南同样看到了她们，腾出一只手抓住我的手，我挣扎不开，只能走一步看一步了。

我们一走近，我妈和苏阿姨便看到我和苏南紧紧相握的手，苏妈妈愣了一下，笑笑：“看来我家南南还是沉不住气了，不过也差不多了。”

苏妈妈这话是什么意思？我正想问个明白，结果我妈叹息一声：“兜兜转转，最后我家铁板棉袄还是黏上苏南这孩子了，我也不知道该喜还是忧。”

我多嘴问了一句：“妈，你忧愁什么？”

我妈递给我一个“你说我愁什么”的眼神，接着笑得跟狼外婆一样：“苏南，以后我家铁板棉袄就交给你了，你不用顾及我和她爸的面子，她要是闹腾或者做错事，你尽管替我们教训她，我不会心疼的。”

我欲哭无泪：妈，我到底是不是你亲生的？

苏妈妈还是比较矜持，却也十分开心：“今晚我们要好好庆祝一番，先别站在风口说话，我们回去吧。”

车上，我拉了拉苏南的衣服：“你别以为过了我妈这一关就可以松懈了，待会儿我爸要是知道了，他可能会把碗扣在你头上，所以你今晚来我家吃饭之前最好先别洗头。”

苏南一脸无语的表情。

我刚回到家便闻到菜香味，我爸正在厨房忙碌着。他听到脚步声，拿着锅铲从厨房走出来，一脸心疼地看着我：“你瘦了瘦了，出去受苦了吧？今晚老爸做了你爱吃的菜，你待会儿多吃点。”

“她哪儿瘦了？我看有人天天投喂她，她没胖就算不错了。”

我妈不客气地拆台。

“谁投喂她？”我爸常年看报纸，不像我妈与时俱进，又虚心请教，“投喂是什么意思？喂饭的意思？”

我妈哈哈大笑，去厨房帮忙了。

我爸这人是典型的勤学好问，从我妈那儿得不到答案，又准备从我身上下手：“女儿，谁投喂你了？投喂是什么意思？”

我想着能逃避一时半会儿也是好的，于是支支吾吾道：“爸，我先上去洗个澡，我好累。”

我爸一听我累了，果然被转移了注意力，急忙催我：“你赶紧去洗澡，我做好饭喊你哦。对了，待会儿记得叫苏南他们一家过来吃饭。”

我心虚地应了一声，心想他待会儿要是知道我已经是苏南的女朋友了，会不会后悔得要剁了自己的舌头。

洗完澡，我换了一身衣服，打电话给苏南，他几乎是光速接起。

“我家饭菜快做好了，差不多可以过来吃饭了。”我说。

“嗯，好。”他应道。

十分钟后，我家门铃响起，我过去开门，苏南提着大包小包站在门口，穿得极为正式。一身西装勾勒出他完美的身材，肩宽腰细腿长，加上养眼的小脸蛋，简直像漫画中走出来的贵公子。

我爸夸了一句：“苏南真是越长越帅了，还高了不少。”他继续感叹，“也不知道这么优秀的男孩子以后会找什么样的姑娘，我想对方一定会和他一样优秀，能被他看上的姑娘，肯定是有着三辈子修来的福气之人。”

因为我爸不怎么会说话，所以夸人的话说得颠三倒四，最后我给他总结了一下：能被苏南看上的女孩，绝对是被幸运之神眷顾的。

只是他现在还没意识到，那被幸运女神眷顾的人就是本人我。

我妈和苏妈妈相视一笑，心照不宣。

大家热热闹闹吃完饭，我妈切了水果，我们几人坐在客厅一边看电视，一边聊天。聊到一半，我妈突然说道：“苏南，你不是有话要和大家说吗？”

我看了一眼苏南，心跳得飞快，他倒是十分淡定地整了整衣服，起身走到我面前。

我爸一头雾水地看着他的举动。

苏南见我临阵退缩，一把拉住我的手，带着我来到我爸面前。

我爸看到这一幕，瞪圆了双眸，刚用牙签插起来的苹果都忘记送进嘴里。

他先反应过来：“苏南，胡乐，你们这是……”

“叔叔，阿姨。”苏南握紧我的手，郑重其事地宣布，“我和胡乐在一起了，希望你们能祝福我们。”

这下，我爸手里的苹果直接掉在地上，接着他难以置信地问道：“你们……你们在一起了，在一起了，在一起了？”

“孩子她爸，你是复读机还是耳背？苏南明明说得很清楚，他和我们的铁板棉袄在一起了。”我妈重复了一遍。

“等一下，我理理头绪，不是……”我爸依旧处于震惊中，我可以理解他，他现在的世界观一定崩塌了，你说脑内大地震的人，还考虑什么耳背不耳背的。

“你们在一起是什么意思？”我爸现在不仅脑内地震，还失去了理解语言的能力。

我妈抚额，看着我俩：“你们别理他，我非常看好这段感情，你们再接再厉，争取三年抱俩。”

“喀喀。”苏爸爸轻咳了一声。

我妈立马转了话锋：“当然，前提是好好学习，天天向上，这不能耽误功课是吧？不过我很赞成你们毕业就领证。”

正在进行天人交战的我爸听到了最后一句话，顿时拍案而起：“领证？什么领证？我同意你们领证了吗？”

自此，我爸彻底被我们惹毛了。

当晚，我爸只差拿扫把将苏南扫地出门，完全忘记了他之前对苏南的赞美，现在在他眼中，苏南就是一只大灰狼。

苏南回家后，我爸举行了一年难得一次的家庭会议。

我在这里提一下，我家的家庭地位是这样的，我妈凌驾于我和我爸身上，我次之，我爸处于弱势群体，所以他空有一家之主的尊称，却没有一家之主的实权。不过这一次，他决定拿出自己一家之主的气势，好好说道说道。

我爸平时跟弥勒佛似的，笑起来忒和蔼可亲了，不过一旦严肃起来，相比苏南有过之而无不及，总之很可怕，让人提心吊胆。

我爸敲了敲茶几，沉声问道：“你们什么时候开始的？”

我的双手规规矩矩地摆放在膝盖上，脊背挺直，老老实实回答：“刚开学没多久吧。”

我爸深吸一口气，额角青筋抖动：“那是谁先告白的？肯定是那臭小子。”

你看，不久前苏南还是好孩子，现在转眼间已经是臭小子了，男人的心可真是海底针，分分钟反目成仇啊。

“是他。”我赶紧给苏南树立好印象，“爸，他是真心待我，可以说是十年如一日，每天对我嘘寒问暖。你看，他为了喂饱我，自己都瘦了一圈。”

结果，我爸反而被我的话惹得吹胡子瞪眼：“什么十年如一日？我看他那是有备而来。这臭小子的心机可真是深沉啊，难怪老是叔叔长、叔叔短地叫我，还隔三岔五给我提提东西，打扫打扫卫生，收留一下你这胳膊肘往外拐的家伙，原来他早就步步为营了。”

我凑过去问我妈：“老爸最近看什么电视剧了？”

我妈嫌弃地噘着嘴：“《××传》，一群女人追着一个一脚即将迈进棺材的男人的故事。”

“你俩在交头接耳什么呢？”我爸在气头上，气势总是很足的，往往忘了待会儿恢复正常的家庭秩序后他会受到怎样的惩罚。

罢了，他好歹被我妈压迫了这么久，我这做女儿的暂时没法报答他，就让他感受一下做父亲的威严吧。

我低着头忏悔：“爸，我错了，我应该一早和您说的，不过您应该知道情到深处自然浓的道理。您也是过来人，我和苏南其实早就互相喜欢了，只是缺了一个契机表明心意。我想你们也不希望我被其他不知根知底的男人骗了吧？苏南也是你们看着长大的，你女儿和他在一起，你们可以放一百个心。”

“放什么心，兔子都不吃窝边草，结果那臭小子居然一早在打你的主意，还隐藏得那么好，连我们都没发现一些苗头。我要是发现了，一定将这苗头掐死在摇篮中！”

我在心中默默腹诽：不仅您没发现苏南的小心机，我也没有啊。

我妈不乐意了：“掐死什么？我们家铁板棉袄能被苏南收了，那是祖上烧了高香，你还有哪里不满意？我看你纯粹是大男子主义作祟，接受不了现实罢了。”

我爸被我妈堵得哑口无言，吭哧了半天，终于气鼓鼓地上楼了。

我妈拍拍我的肩膀：“别管他，你大胆地谈你的恋爱去，他只是一时之间没反应过来，还把你当成十三四岁的小女孩看待呢。”

“妈……”我感动地攀住她的手臂，准备撒娇的时候，她突然语不惊人死不休，“不过说真的，你们才大一，现在学业还是比较重要的，而且我还年轻，不想这么早当外婆。前面我只是觉得气氛太沉闷，说笑调节调节气氛而已。要是你把持不住，或者苏南那孩子把持不住，记得做好措施，我小时候教过你这些了。”

我一口气憋在心里出不来，险些心肌梗死。

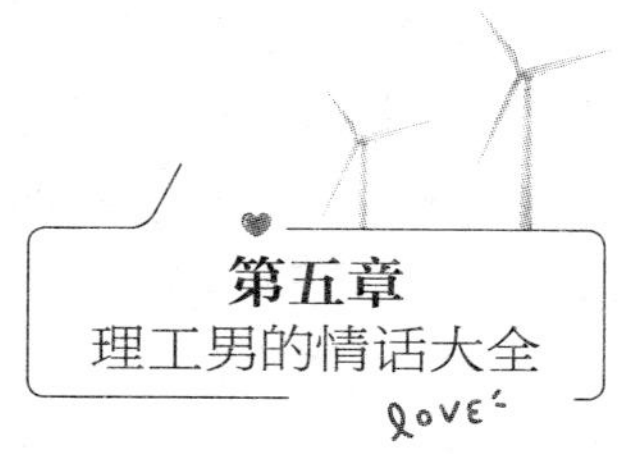

第五章
理工男的情话大全

许是晚上吃撑了，我躺在床上翻来覆去睡不着。突然，手机振了一下，是苏南发微信过来了。

苏南：睡了吗？

我：其实我想睡的，但是睡不着，我觉得从明天开始，我爸就要棒打鸳鸯了。

苏南在那端冷静了三分钟才发来消息：叔叔还是很生气？

我：他很气，恨不得把你大卸八块，拿四十米大刀将你剁成肉酱。

也许苏南被我这句话吓到了，半天都没回我。我在床上滚了一圈，突然发现枕头下有个亮晶晶的东西。我掀开枕头一看，顿时嘴角抽搐。

我老脸一红，刚想将这东西拿去毁尸灭迹，结果窗户被人敲了敲，接着苏南手撑着窗台，利索地跳了进来。

我瞠目结舌地看着他。

结果他径直与我擦肩而过，反锁住房门之后才走到我面前。他看了看我背在身后的手，一脸疑惑地问："你手里藏什么呢？"

他不问还好，一问我立马想起手里抓着的可是烫手山芋，这要是被他看到了，只有一个结果——我会被他嘲笑误会一辈子。

于是我打着哈哈："没……没什么呢。"说着，我将东西放进口袋中，"你怎么这时候跑来了？而且这儿可是二楼，你不要命了吗？"

苏南自然地坐在沙发上，似笑非笑地看着我："反正某人也不要命地爬过，妇唱夫随，我也应该爬一次，这样才公平。"

他一说，我就想起自己当年英勇的事迹，为了和他道歉，我硬是徒手爬上二楼。不过那时候我的想法很单纯，只为了和他道歉，可现在他的目的就不纯了，三更半夜闯闺房，换成古代，这可是要被送官府的。

于是我轻咳一声，说道："你还是回去吧，免得待会儿我爸发现了，把我们俩就地正法。"

他轻笑一声："我才来，你就要赶我走，这么无情？"

我狐疑地看着他，总觉得今晚的他有些不对劲。

我坐到他身边，揪了揪他的脸皮，面无表情道："你是哪个星球的？附在苏南身上有什么目的？劫财还是劫色？"

苏南无奈地抓住我的手腕："别闹了，叔叔真的很生气？"

我挣了挣手腕，没挣开，于是放弃了，点点头："他那是相当生气，要不是看在叔叔阿姨的面子上，他今晚可能提着菜刀过去砍你了，我劝你最好出门躲几天哦。"

"你这胡说八道的毛病什么时候能改改？认真点。"苏南已经对我东拉西扯的本事免疫了。

我耸耸肩："我说的都是真的，无非是添油加醋了一下。你要知道，每个女儿都是老爸上辈子的情人，你神不知鬼不觉地把他的小情人夺走了，你说他气不气？"

苏南无奈地叹了一口气："那我只有负荆请罪这一条了。"

"好啊好啊。"我拍手，"我听说古代负荆请罪都要脱掉上衣……”

苏南眸光如水，里头荡漾着涟漪：“你该不会是想看我才故意这么说的吧？”

我一脸正经道：“哪有。”

突然，苏南握住我的手放在他的衣角上：“如果你真想看，我就勉为其难牺牲一下。”

我的手一抖，急忙放开，红着脸道：“你……你太不正经了，还是不是我认识的苏南了？”

苏南一笑，我才明白这家伙是在逗我呢，于是气不打一处来：“你给我出去，现在，马上。”

“乐乐，你在和谁说话呢？”我爸的声音在外边响起。

我吓得结巴起来：“没……没有呢，我在练法语发音呢，我今年选修了法语。”我随便找了一个借口，“爸，我睡了啊，您也早点睡。”

外边沉默片刻，接着我爸的声音传来：“女儿，虽然你爸我上了年纪，但这不代表智商跟着直线下降。我年轻的时候也学过一点法语，就是不知道你学的是哪一国的法语，我怎么没听懂？”

我冷汗直流，用求助的目光望向苏南，他依旧非常淡定，似乎还在嘲笑我说谎也不找一个简单的理由。

我爸继续敲门：“乐乐，你把门开开，爸爸和你聊聊天。”

我咽了咽口水：“爸，我们之前已经聊过了，要不明天再聊？你看这么晚了。”

“不晚，我明天不上班，你也不上课。”他顿了顿，突然叹息一声，“还是你已经和老爸疏远了？唉，女大不中留，有了男朋友就不要老爸了。”

“没，没有的事情，我马上开门。”眼下让苏南从窗户爬下去的可能性不大，我只好让他藏在衣柜中，并且嘱咐他千万别发出声音，否则待会儿佛祖都救不了他。

我确认无虞后，打开了门。门一开，我爸立马左顾右盼。

我问他："老爸，你看什么呢？"

他指了指窗户："窗户怎么开着？"

我面不改色说道："哦，因为我嫌房间关了太久有味道，所以开窗散散味。"

他没说话，走到窗户边，往下看了看，接着看到窗台上的脚印，浓眉如蚯蚓一般抖了抖，问道："这鞋印是怎么回事？"

我冷汗直流，但还是强作镇定："老爸，你也知道我以前调皮，整天拿脚印在上面盖章，为此没少挨老妈毒打，要不是你帮我，我不可能茁壮成长。老爸，谢谢您。"我开启拍马屁功能，企图干扰他的视线，迷惑他的判断力。

事实证明，每个老爸都听不得女儿的夸奖，我爸果然飘飘然了："呵呵，应该的应该的，你是我的女儿，我不疼你疼谁！反之，要是臭小子背着我打你的主意，看我不打断他的狗腿。"

我替躲在衣柜中的苏南打了个冷战。

"女儿啊。"我爸语重心长地对我道，"你是真心喜欢苏南那臭小子吗？"

"爸，他不是臭小子，你之前不是还在夸他吗？"我说。

我爸没好气地哼了一声："那是之前，现在我对他的印象大打折扣。打个比方，他之前在我心里还是神户牛肉，现在只是一坨隔夜没人要的猪肉。"

我扑哧一声，憋不住笑出声。

"你说说，他是不是一早就打你的主意了？那臭小子在我眼皮子底下还敢这么嚣张……"说着说着，我爸话锋一转，"不过你要是真喜欢他，爸爸就勉为其难接受他了。他要是敢欺负你，你告诉老爸，我就是拼了这条老命，也要帮你教训回来。女儿，无论怎么样，你都不要受委屈，你可是我和你妈辛辛苦苦保护了这么多年的宝贝女儿。"

我突然有些鼻酸，我爸今天之所以反应那么剧烈，并不是讨厌苏南，他只是突然没法接受自己的小棉袄即将变成别人的心头朱砂痣。

“老爸，我知道了。”我抱住他，“谢谢您。”

他也抱住我，突然心酸又欣慰道：“我女儿长大了。”

不知道为什么，听到这句话，我再也掩饰不住自己的情绪，眼泪涌出眼眶。

当我们父女俩即将哭成一对泪人儿的时候，我妈双手叉腰，一脸鄙视地站在一旁吐槽：“行了行了，不知道的还以为你们父女俩在演八点档狗血剧呢，麻烦把眼泪收一收，该干吗干吗去。还有孩子她爸，我都不想说你了。女儿不过谈个恋爱，你要死要活做什么？照这个样子，以后她出嫁，你不得哭倒长城？”

我妈煞风景的本领真是十年如一日。

最终，我爸一步三回头地离开。我只顾着伤感，忘记了还在衣柜中闷着的苏南，还是他自己推门出来的。

我看到他出现，揩了揩眼角的眼泪，傻乎乎道：“我都忘记你还在里面了。”

苏南难得没有反驳我，而是红着一张俊脸。我狐疑地看着他，这表情不对啊，脸怎么这么红？

苏南握拳轻咳一声：“以后注意收拾衣柜。”

我挠了挠头：“啊？”

“就这样，我先走了。”他笔直地走到房门前，正要开门，我忙一个箭步冲上去，“你不要命了，我先出去刺探敌情，确认他们回房间后，你再出来。”

“不用，我从窗台下去。”他又同手同脚地走到窗户边。

我又一把拉住他，这孩子不过被关了一会儿衣柜，吸了一会儿二氧化碳，怎么就变得傻乎乎的？我按住他，确认外头没动静后，才鬼鬼祟祟地把他送出门。

我说：“苏南，以后别半夜跑我家来了，就算你的身体受得了，我这小心脏也受不住啊。”

苏南面色一红，小声说了一句“我知道了”，接着飞快离开，脚步快得仿佛身后有鬼。

翌日一早，我爸一边吃早饭一边看报纸，途中欲言又止。当他第 N 次看我的时候，我叹了一口气，放下牛奶：“老爸，您有话就直说吧。”

“咯，是这样的，你去和苏南说一下，我想找一个机会和他喝喝酒、聊聊天。”

我二话不说拒绝道：“老爸，聊聊天就算了，为什么要喝喝酒？苏南他不会喝酒。”

“不会也要会。”我爸说，“女儿，这你就不懂了，男人酒后见人品，要是他喝醉会家暴，会骂人，会耍脾气，会无理取闹怎么办？我要帮你测试测试他。”

我发现我爸一旦较真起来，比我妈还可怕。无奈之下，我只好点头答应，并告知苏南此事，又给他打了预防针：“我爸可给你设了鸿门宴，希望你好自为之。”

他倒是十分淡定：“嗯，兵来将挡，水来土掩。”

我：“……”

我爸知道苏南要来，准备了红白黄三种酒，我看了之后怒目而视：“老爸，你是想谋杀他吗？”

“这孩子，胡说八道什么呢？你老爸我是那种人吗？”

我妈在一旁说风凉话：“哦，你不是那种人，干吗准备三种酒？我可说好了哦，你要是动苏南一根汗毛，我和铁板棉袄都不会放过你的。”

老爸看着我，我迟疑地点点头，结果此举更是激怒了他，他哼了一声：“不放过就不放过，要想娶我家乐乐，可不得受点苦。”

我：“……”

当天晚上，我爸煮了一大桌好菜，煮完后他特意洗了澡，换了一身正装，刮了胡子，再戴上八百年都不戴的金丝边平光镜，突然有种精英的气质。

我凑过去和我妈咬耳朵：“老妈，看来老爸收拾收拾也不赖啊。”

“嗯。”我妈点点头，“如果忽略那将军肚的话，的确好看。”

我忍住笑。我看过他们年轻时拍的照片，那时候没有彩色照，只有黑白照，两位颇有几分港星的气质。

只是我一度不明白，他们年轻的时候明明拥有强大的美貌基因，怎么到我身上就正正得负了？而苏南继承了苏爸爸和苏妈妈所有的优点，长得和被老天爷精雕细琢过的瓷娃娃一样。

老天不公，不公至斯！

我妈又说：“待会儿如果事态不妙，我拉你爸，你拉走苏南，千万不要让你爸祸害了苏南。”

“好的。”我点头。

不久后，苏南到了，他今天穿得十分乖巧，里头一件白色套头高领毛衣，外搭一件黑色长款风衣，下身是牛仔裤。

我妈看苏南是丈母娘看未来女婿，越看越满意，眉开眼笑地夸奖苏南：“这孩子，真是越长越俊了，我家铁板棉袄真是有福气。”

我爸在旁边不屑地哼了一声，不客气地拆台：“福气什么福气，我们乐乐也不差，不仅考上重点大学了，长得也不赖，性格还好，而且吃啥都不挑，这么好养活，全天下哪里还能找一个这么优秀的姑娘。”

饶是我脸皮厚如城墙，也经不住我爸这一顿夸，何况吃啥都不挑跟好养活貌似是形容猪吧？

“你说是吗？”我爸终于肯正眼看苏南了，“我家乐乐是不是很优秀？”

“嗯。”苏南温柔地看着我，“我能有资格喜欢她、陪伴她，是我这辈子最大的幸运。”

我爸无形之中吃了一嘴狗粮，差点儿噎到，他的嘴角抖了抖，转头和我妈说：“现在的年轻人都这么肉麻的吗？情话脱口而出，我看实际行动就未必了吧。”

“爸。”我给他使眼色。

我爸威严地轻咳一声，倒了一杯老家酿的黄酒递给苏南：“你尝尝看，这是我从老家拿来的酒，很醇香。”

苏南听话地喝下去。

我爸见苏南如此配合，才稍稍满意一些，不过他看苏南是岳父看女婿，越看越生气，在饭桌上光给苏南倒酒了。我阻止了几次，苏南摇头阻止我。

趁我爸倒酒的时候，他握住我放在膝盖上的手，紧了紧。我直视他的目光，他递给我一个别担心的眼神。

酒过三巡，我不知道苏南醉了没有，但我可以确定我爸醉了。他举着酒杯的手摇摇晃晃，说话也大舌头，完全没有之前淡定的严父模样。

他说：“苏南，乐乐可是孩子她妈十月怀胎，辛辛苦苦生下来的孩子，也是我们的宝贝。我们一直给她最好的，舍不得她磕着碰着，她要是被人欺负，我这颗心哪，就好像在热油里滚过一样，难受得很啊。她一天天长大，我和她妈是喜忧参半，喜的是，刚开始一团小小的人儿越长越大，从走路走不稳，到后来的健步如飞。你不知道，她的学习能力强，我都差点儿跟不上她。看着她一天天变化，我就想啊，她长大了，我和她妈妈也一天天变老了，以后谁来照顾她呢？”

“爸。”我看着他头上的白发、眼角的皱纹，鼻子发酸，心里涌上难过的情绪。我一天天在长大，可他不也一天天在变老吗？

“我就在斟酌啊，烦恼啊，忧愁啊，生怕乐乐以后喜欢上一个坏男人，就是你们现在所说的渣男，要是那样，我会……我会拼了这条老命和对方干上。我的女儿哪里能受一丁点委屈，好在她喜欢的人是你。”

我爸直视苏南：“说句实在话，你也是我看着长大的孩子，你身上有没有胎记，心里头有什么小九九，我都知道得一清二楚。我知道你是好孩子，你和乐乐不一样。都说穷养儿，富养女，你爸爸妈妈把你教育得很好。你聪明，有担当，遇事沉着冷静，不像十七八岁的毛头小子冲动爱惹事，乐乐有你护着，她这一路才能一帆风顺，无磕无碰。叔叔知道你的良苦用心，在这里，叔叔要谢谢你，谢谢你帮我照顾她，也拜托未来的十年、二十年、三十年、五十年，你也能照顾她。”

“我会的。”苏南认真地看着我爸，一字一句道，“有我在的一天，我都会保护胡乐，不会让她受半点委屈。”

“都说男人的嘴，骗人的鬼，我活了大半辈子，彩票都没买过，今天就赌了这一把，我把乐乐交给你，我同意你们谈恋爱。如果你没有说到做到，无论你去天涯海角，我都会追杀你。”

听见这话，我都不知道该感动还是该笑了。

聊到最后，我妈看不下去了，拖走了醉醺醺的老爸。我坐在苏南身边，担忧地看着他：“你喝醉了吗？”

苏南双眸迷离地看着我，两颊如涂了胭脂一般，看了一会儿，他迟钝地摇摇头：“我没醉。”

喝醉的人最喜欢说自己没醉了，我伸出手，在他面前比了一个“耶”的手势，问：“这是几？”

他认真地辨认了片刻，突然灿烂一笑：“二。”

“你才二。”我扶住他，轻声哄着，“苏南，我扶你回去洗洗休息，你醉了。”

他突然伸手揽住我的腰肢，脑袋埋在我的胸膛处，撒娇地蹭了蹭。

我曾经说过，很早的时候，我和方晓静幻想过自己喜欢的类型。我喜欢阳光小奶狗，但苏南是典型的禁欲系，他属于从英国古堡中走出来，自带光环的吸血鬼类型，浑身透着疏离和冷漠，要想他撒娇，那简直无异于将南极和北极调个方向。

自从我有了这个认知，就再没奢望苏南像小奶狗一样撒娇。可一切皆有意外，喝醉酒的苏南仿佛解了束缚，像换了一个人一样，脑袋在我胸膛前拱着，长臂紧紧抱住我的腰肢，带着醉意的声音低沉软糯。

他问我：“胡乐，你是从什么时候开始喜欢我的？你真的确定要和我在一起，不后悔？”

我突然有些心疼，骄傲如苏南，面对我也变得患得患失。我揉了揉他黑亮柔软的头发，低声道：“我很确定我喜欢你，如果非要加一个形容词的话，那可能是喜欢你到海枯石烂，天崩地裂吧。至于后不后悔，我才怕你后悔呢。我妈说得对，我的优点不多，缺点倒是一大堆。不过我并不是觉得自己一无是处，只是觉得你太优秀了，优秀得让我觉得我在你身边会拖你的后腿。”

“你没有拖我的后腿。”苏南仰头看我，眸光如水一般，“我存在是因为你。”

我老脸一红，这孩子清醒的时候甜言蜜语没说过几句，怎么喝醉酒就跟行走的情话大全一样？果然，平时正直的男人，一旦放飞自我，十匹马都拉不住。

“胡乐。”他叫。

“嗯。”

“胡乐。”

“嗯，我在呢。”

“胡乐。”

我：“……”

我忍住额角暴跳的青筋，好声好气问道：“你要做什么，是口渴了吗？那你等一等，我给你倒水喝。”

“我不渴，我就是高兴。”他笑眯眯地看着我，“其实我很早以前就幻想过这一天，现在梦想成真，我就是高兴，很高兴，恨不得向全世界宣告。”

我的额上滴下一滴汗，我爸说得果然没错，男人醉酒会展现出另外一面，只是苏南这另一面怎么这么幼稚可爱？

我嘿嘿一笑，这么软萌可爱、随便我搓圆揉扁的苏南可不常见，那都是五岁之前的事情了，所以我要是不做点什么，是不是有些对不起自己？

于是，我偷偷拿了手机，拍下了苏南醉酒的模样，以后我处于下风的时候，还能用这些视频威胁威胁他。我真是太机智了。

我妈已经收拾好我爸，从楼上下来，看到我不停地给苏南拍照，顿时嘴角微抽：“你们这是在干吗，玩什么奇奇怪怪的东西？”

我急忙收起手机，淡定摇头：“没什么，老爸睡了吗？”

“他睡得直打鼾，九级地震都叫不醒他。”我妈说着，看着趴在桌子上的苏南，努努嘴，“你准备怎么处理苏南这孩子？”

处理？我一脸无语，总觉得我妈自从学会上网后，说话是越来越放飞自我了。

“他爸妈今晚都不在家，他又喝醉了，回去要是头疼脑热口渴或者上厕所跌了的话，我这做岳母的可是会心疼的。要不这样吧，今晚他就睡这儿了。”

喂，老妈，你别单方面做决定啊，而且什么岳母，我和苏南只是男女朋友，还没决定踏入婚姻的殿堂啊。

我妈大手一挥：“就这样吧，你把他扶你房间去，方便照顾。至于你们是要睡一张床，还是你睡床，他睡地板，或者你睡地板，他睡床，你自个儿看着办。”

我板着脸看我妈：“妈，你就不怕他对你闺女做什么吗？”

我妈捂嘴一笑，朝我挤眉弄眼：“我倒是希望你们发生点什么，以苏南的性格，他肯定会对你负责到底，我就不担心他半路退货了。”

我果然是从垃圾桶里捡来的对吗？有此妈，何愁不被卖？

不过我妈说的话有几分道理，苏妈妈、苏爸爸今晚值夜班，苏南喝醉酒，要是头疼脑热，或者一不小心脚滑从楼梯上跌下去，摔个生活不能自理，那可如何是好？

何况他都醉成这副模样了，我就不信他还会对我做什么，就算他有贼心，我也会将他的贼心扼杀在摇篮中，要知道我现在可是学了跆拳道的女人。

别看苏南清瘦，实际上颇重，我妈也不愿意帮我搭把手。我将苏南扛回房间后，累得手指头都不想动了。

我躺了一会儿，还是挣扎起来，替他脱掉外套和鞋子。因为他躺着，所以我剥他的衣服比剥粽子还难，刚将他的左手抬起来，他的右手又放下去了。

一来二去，我恼了，坐在他旁边威胁道："你把手乖乖抬起来，否则我把你从床上踢下去。

苏南听到我的话，缓缓睁开眼睛，这醉醺醺的样子像极了可怜兮兮的小鹿，我被这软萌的眼神看得心一软，放软声音："乖，快脱衣服。"

他一脸无辜："脱衣服干吗？"

"睡觉。"我好声好气哄着。

"哦。"他呆呆地应了一声，艰难地从床上爬起来。他因为喝醉酒，动作变得迟缓，脱个衣服跟电影慢镜头似的。我是一个急脾气，忍了忍，没忍住，伸手替他解决。

结果我的力道使得不太对，直接一把推倒他了。他被我压在身下，倒也不反抗，而是用那双湿漉漉的眸子直勾勾地盯着我。

饶是我脸皮厚如城墙，也抵不住他这样的眼神，于是伸手盖住他的眼睛："别看了，再看也不会看出一朵花来。"

片刻后，他拿开我的手，浅浅一笑，露出小虎牙："不会，我看不够。"

我："……"

"以前我觉得你长得很普通，眼睛不大，嘴巴却不小，鼻子也不够挺，总之，你的五官没有一处精致，可你还老和我吹嘘自己长得美过天仙。小时候你说这句话的时候，我就特想给你一面镜子，让你认清真相。"

我听了，皮笑肉不笑。我爸说得没错，人在酒后真的会吐真言。

苏南，你给我等着，等你清醒后，看我不揍死你。

也许他感受到我怨念的气场，突然转了话锋："但看习惯了，我突然觉得你的眉毛、鼻子、眼睛、嘴巴长得恰到好处，随便换掉一个，那都不是你了。"

呵呵，算他有求生欲。我伸手捏着他的脸，往旁边扯了扯。他吃痛却没有反抗，而是乖乖让我蹂躏。

我蹂躏了一会儿，看着他这双漂亮的眼眸，突然有些心虚，赶紧移开手。他却突然伸出手，紧紧握住我。下一刻，他猛地一拉，天旋地转间，我们的位置已经彻底转变。

我在下，他在上。

他的双手握着我的手，俯身在我上方，灼热的气息喷洒在我脸上。我闻着他身上的气息，有酒味，也有他特有的气息，几种味道混杂在一起，让我目眩神迷。

眼见他慢慢靠近我，我紧张地舔了舔嘴角，闷闷道："你想干什么？我妈说，我们现在还小……"

他倏然停下，就这么一动不动地盯着我。这双眸中刚燃起的烈焰慢慢熄灭，里头拂过一阵春风，一瞬间之后，他眼里又聚集了清明和温柔。

他放开我的手，摇摇晃晃起身。

我平复了一下呼吸，整理了一番思绪才起身。我见他准备离开，忙伸手去扶他："你要回去吗？"

他顿了顿，口齿不清道："不回去的话，我怕我会控制不住自己。"

我老脸一红，磕磕巴巴道："那……那你慢走，走楼梯小心点，要不我送你回家？"

"嗯。"他乖乖点头，把手递给我。

我牵住他的手，扶着他回家。到了他的房间后，他整个人放松下来，一躺到床上便两眼一闭睡着了。我坐在床上歇了一会儿，才记起给他收拾收拾。

收拾完一切后，我累得不想动弹，便躺在他身边静静地看着他，结果在不知不觉中，我也睡着了。

翌日，我被刺眼的阳光闹醒，挣扎着睁开眼睛，发现自己正四仰八叉地躺在床上，而苏南已经被我挤到床的角落，可怜兮兮地缩成一团。

我颇为心虚，没想到自己睡着了这么霸道，我要是再努力一点，完全可以将他踹到床下。

趁着苏南还没醒来，我蹑手蹑脚地准备逃之夭夭，结果刚抬脚，身后一道沙哑低沉的声音传来：“胡乐？”

我咽了咽口水，艰难地回头，冲他挥了挥手：“嗨，早上好。”

苏南的眼神从迷茫逐渐转为清明，接着眸中染上震惊，他一个鲤鱼打挺坐起来，难得慌张：“我们昨晚……”

“你放心你放心，我们昨晚什么事情都没发生，你还是清清白白的三好少年，我也是清清白白的三好少女。咱们只是躺在一张床上，合理利用了一下资源而已，你千万别多想，更别大惊小怪。”

苏南不愧是苏南，听了我的话后立马冷静下来，他抓了抓一头乱发，轻咳一声：“昨晚我喝醉没乱说话吧？”

你何止乱说话，还差点吃我豆腐！我心中腹诽，嘴上却否认：“没有。”

结果这话一说，立马冷场了，苏南坐在床的左边，双腿盘着，手无意识绞着被子，一副心事重重的模样，而我之所以沉默，是因为我的脚抽筋了。

苏南自顾自沉思了片刻，一抬头，看到我扭曲的面庞，吓了一跳：“你怎么了？”

“脚抽筋了。”我欲哭无泪。

他想也未想就抓过我的脚，轻轻揉捏。虽然他现在顶着乱糟糟的鸡窝头，脸没洗，牙没刷，但美男就是美男，即便邋里邋遢，胡子拉碴，也别有一番独特的魅力。清爽少年做久了，偶尔做一个文艺沧桑男子也挺招人喜欢的。

不过，我这人忒会煞风景，问道：“苏南，你不怕我脚臭吗？”

他没好气地瞥了我一眼：“你五天没洗头的样子我都见过。”接着他补充了一句，“反正我也没刷牙洗脸，要臭一起臭。”

我咧嘴，傻乎乎地笑：“苏南，其实你幼稚起来，和我差不多嘛。”

他淡淡道："近朱者赤，近墨者黑。"

啧啧，还是喝醉酒的苏南软萌可欺，这一旦恢复清明，我又不是他的对手了。

等脚恢复之后，我准备回去了，要是我再晚点回家，被我爸知道我和苏南同床共枕了一晚上，他一定会后悔昨晚的托付，像古代棒打鸳鸯的老父亲一样，将我和苏南分开，接着上演一个缠缠绵绵、悲惨无比的怨偶故事。

我回到家，一眼看到倚靠在门口守株待兔的老妈。

我顶着乱糟糟的头发说道："妈，什么事儿都没发生，你赶快收起你那过分兴奋的表情。"

我妈一脸失望："唉，传说中的酒后剧情没了。"

我正往前走，闻言一个趔趄，脑袋差点撞在墙上。我忙跑到她面前，压低声音道："妈，你能不能正常点？这要是被爸听到了，他还不得把苏南大卸八块？"

我妈一脸不以为然："像苏南这种可遇而不可求的奢侈品，你下了定金还不够保险，最好生米煮成熟饭，这样他就是长着翅膀都飞不走了。"

我面无表情道："老妈，当初你该不会是这么拿下老爸的吧？"

"怎么可能。"我妈得意地笑，"当年是他对我穷追不舍，我身后可是有一大群优质青年任我挑、任我选。唉，最后我怎么就选了你爸呢？一定是被猪油蒙了心。"

"猪油蒙了心？"我爸不知道什么时候醒来了，此时站在楼梯上冷笑连连，"那还是我癞蛤蟆吃天鹅肉了。"

我递给我妈一个"好自为之"的眼神，施施然回房间了。我爸顾着和我妈算账，也就忽略了我。

经过这件事，我爸好歹认可了苏南，也同意我们正式交往。换言之，苏南终于可以明目张胆地牵我的手，和我一起约会，而不怕中途有人跑出来阻止了。

放假的第八天，我和苏南去机场接方晓静和方子聪。

方晓静高考发挥不错，考上了南方一所重点大学。方子聪虽然成绩吊车尾，但也马马虎虎上了本科。他为了追随方晓静的脚步，报考了方晓静所在城市的大学。

我突然发现，兜兜转转，我们四个人永远都不会分开。

不过一个学期没见，方晓静出落得越来越漂亮，顶着一头波浪卷棕色长发，化着精致的妆容，提着气质小包，戴着大墨镜。

我心想：这哪儿是学生，这活脱脱是一个明星啊。

方子聪也变化不少，染了头发，人高了一大截，只是一开口，搞笑属性不改，还是当年的那个方子聪。

我们回了一趟家，放好行李后，订了一家餐厅一起吃饭。

我和方晓静久未见面，凑到一起便侃侃而谈，将他们丢在一旁。苏南几次想说话，都苦寻不到机会。

方子聪拍拍他的肩膀："班长，算了，你们多的是机会你侬我侬，现在就给她们小姐妹留一些时间，我们可以聊聊，或者开黑？"

苏南面无表情地抖开他的爪子："我宁愿看书。"

吃完饭，我们又转移阵地，四人一起去了江滨公园。江滨公园附近有一个大型游乐园，方子聪和方晓静这两个闲不住的主，一合计就跑去玩了，而我和苏南颇有佛系情侣的气质，安安静静地看着江边的浪花。

晚上风大，我往他身边靠了靠，他侧头看我："冷吗？"

废话，不冷我靠你身边干吗？我心里正在腹诽，他却解开外套。我以为他会脱了外套给我穿上，结果他只掀开外套，对我道："过来。"

我往左右看了看："大庭广众之下，不太好吧？"

"别理他们。"他轻轻一拉，把我裹进他的怀中。

外套很温暖，我舒服地叹了一声，脑袋往他胸膛上拱了拱："我发现你的怀抱比什么暖宝宝、暖手宝都管用。"

"是吗？"他笑，"很是荣幸。"

第六章
熊孩子危机

江边实在冷，我们等不了方晓静和方子聪，准备打道回府，结果我不经意看到一个熟悉的身影。起初我以为自己眼花了，仔细一看，吃惊不已。

我指了指前面，问苏南："你说前面那个人像不像赵燃？"

苏南顺着我的目光望去，那人恰好抬头，双眸笔直地朝我们望来。现在已经不用确认了，那人便是赵燃。

他神色一喜，三步并作两步朝我们走来："苏南，胡乐，这么巧，在这里遇到你们了。"

"好巧啊。"我干笑。

苏南的表现很淡定，完全没有他乡遇故知的喜悦之情："学长，你怎么会在这里？"

"哦。"赵燃解释，"我爸妈今年去国外陪我弟过年，我一个人在国内也无聊，我表姐就邀请我来她家做客。当然，他们最主要的目的是想让我带那混世魔王小外甥，谁让我推脱不得，只能暂时做做保姆。"

什么，保姆？我一脸同情地看着他，要不是苏南在一旁，我都想拍拍他的肩膀以示安慰，本以为他飞了大半个中国是来旅游的，结果是来带娃的。

赵燃并不觉得自己可怜，反而看着我们，嘴角浅浅一勾："你俩约会呢？"

苏南握紧我的手，郑重其事地点头："是的。"

我看了苏南一眼，瞅你这眼神、这表情、这语气，哪里是回答这么生活化的问题，明明像在作科研报告一般。

"你们住在哪儿？"赵燃笑笑，"有空我去找你们玩。"

"好啊好啊……"

我还没说完，苏南瞥了我一眼，我立马将余下的话吞回肚子里嚼碎，一声都不敢吭了。

随后，苏南低沉温和的声音传来："有空我会带赵学长四处逛逛。"

记住，苏南说的是有空，这就好比"改天请你吃饭"一样官方且忽悠人，不知道改天究竟是哪一天，而有空是何时有空。

我不禁深深佩服苏南，同样活了十八年，一同接受阳光雨露的洗礼，怎么他说话就这么滴水不漏？

三人寒暄了一会儿，我们和赵燃分道扬镳。不知道是不是我的错觉，我总觉得苏南的情绪有些低迷，明明约会的时候还心情不错，现在却一言不发，好像被人点了哑穴一样。

苏南的脾气我很了解，他几次阴阳怪气全部是因为赵燃，这种情况似曾相识。以前我和周承光一走近了，他就像被人触了逆鳞一样，整个人都不对劲。

我扯了扯苏南的手，试探性问道："苏南，你是不是不喜欢赵燃？"

"不喜欢。"他的回答倒是很直白，直白到让我哑口无言，他看了我一眼，"你真相信他在这里有个表姐？"

人口调查的事情与我无关，而且我想赵燃也不至于这么幼稚吧。

“没准人家真是过来旅游度假的呢？”我呵呵一笑。

他没有再回我，只是投给我一个意味不明的眼神。

到了我家门口，苏南依旧握着我的手，我用眼神示意了一下：“苏南，我到家了，你可以放开手了。”

“嗯。”他嘴上答应，手却没有放开。

我发现，自从和我确认关系以来，苏南好像变得越来越幼稚了，我怎么从他身上看到了我昔日的赖皮影子？

无奈之下，我问：“你到底想怎么样？”

他微微一笑，并不作答。

我恍然大悟，电影中都这么演，情侣分开的时候，对方都要送上一个吻。为了配合浪漫的情节，我踮起脚，缓缓靠近他，正要触碰到他的唇瓣的时候，一束光从楼上照下来，我俩同时吓得一激灵，飞速弹开。

这束光在我们面前晃来晃去，弄得我们像极了被包围的犯罪嫌疑人。我眯着眼睛仰头望去，始作俑者不是别人，正是我爸。

“爸，你在干什么？”我问。

我爸继续晃手电筒：“我在找东西呢。”

我信你个鬼，你个糟老头子！我愤愤地想，本来想和苏南花前月下，结果被您老整成了犯罪嫌疑片，这拐弯猝不及防，我和苏南差点儿吓出心脏病。

我故意拆台：“爸，你找什么？我们和你一起找。”今晚要不找出一个子丑寅卯出来，大家都别想睡觉。

我爸顿时像吃了苍蝇一样支支吾吾。

苏南拉了拉我，示意我别这么上纲上线：“给叔叔一点面子。”

“哦，好吧，明天早上见。”我说。

他无奈地笑笑：“你忘记我明天一早要去临市？”

“哦。”我想起来了，只好讪讪道，“那祝你一路顺风。”

“我会早点回来，等我。”他说。

“好。”

我估摸着，我俩要是继续这样你侬我侬，缠缠绵绵，对视到天荒地老，我爸也不会善罢甘休，于是挥一挥小手，两人各回各家，各找各妈。

我进了屋子，我爸终于消停了。我三步并作两步跑上楼，在他关手电筒之前，对他说道："老爸，你到底想做什么？"

"没做什么啊，我真的在找东西。"我爸假装忙碌。

我叹息一声："老胡，你家小胡真的长大了，您放一百个心好不好？我发誓，这四年中，我不会让您和妈妈莫名其妙当外公、外婆的。"

我爸被这句外公呛到了，咳了半天，面色涨得通红，丢下一句"这可是你说的"，接着落荒而逃，全然忘记了这是他的房间。

翌日一早，我被我妈走路、拖地、整理东西的声音吵醒，挣扎了片刻，痛苦地用枕头捂住耳朵。

下一刻，我妈打开房门，大嗓门传来："太阳都晒屁股了，还不快起来，胡乐，你属猪吗？猪都没你这么能睡，你的人生是不是除了吃就剩下睡了？你也不出门活动活动筋骨，跳广场舞的大妈、大爷都比你强，你这腰扭一扭估计能扭出腰椎间盘突出。"

我实在扛不住她的碎碎念，痛苦地从床上爬起来吃饭。

吃饭的时候，我妈又念："吃饭就好好吃饭，掉一桌子，你的下巴是有洞吗？就你这种吃法，我只在一种属相面前见过。"

我眼皮都不抬，说："我知道，您说的是猪。"

"你比猪都不如，猪都知道出去晒晒太阳。"我妈继续埋汰我。

我叹了一口气。

我在学校的时候，我妈天天盼着我回家，在电话中字字句句辛酸，让我听着恨不得坐火箭回家享受天伦之乐。在家里前三天，我简直被他们当成了公主，他们随叫随到，而我要啥有啥。不过这种公主级别的待遇不超过一周，一周过后，我已经感受到母上大人浓浓的嫌弃。

我要是再不收拾收拾滚出门，没准我妈会拿着扫帚亲自送我出去。

果然，吃完早饭，我妈递给我十块钱，说了一句："大好青年就该出去好好玩玩。"说着，她不由分说把我踢出家门。

我举着十块钱站在风中，突然觉得亲情这玩意儿有时候还真是虚无缥缈。

如今物价上涨，买瓶水都要两块钱，十块钱能做什么？于是，我花了两块钱坐上公交车，来到了植物园。得知植物园门票要五十块之后，我继续抬头望天。

有时候，一分钱难倒英雄汉。快到中午时分了，我想到自己口袋里只有七块钱，突然觉得悲从中来，正想打个电话给苏南，让他江湖救急一下，又想到今天他和他爸妈去临市拜访朋友了，也就作罢了。

算了，远水救不了近火，我还是自食其力吧。可偌大一个城市，竟没有卖艺的地方让我表现一番。在我绝望之际，身后传来一道熟悉的声音："胡乐。"

我欣喜地转过身，见赵燃牵着一个小男孩朝我走来。他走近后打量了我一眼："好巧，在这里碰到你。"

"真的好巧。"我笑。

赵燃对他身边的小男孩说道："小包子，快叫姐姐。"

他还真是过来当保姆的。

不过这个小包子，哦不，小男孩真可爱，也就四五岁，一双大眼睛像极了我们小时候玩过的玻璃珠子。看着他吹弹可破的小脸蛋，我竟想伸手捏一捏。

也许小包子洞察到我蠢蠢欲动的心，悄悄往后退了一小步，嫌弃地哼了一声："我才不要叫姐姐，阿姨还差不多。"

听到这句阿姨，我那母性瞬间荡然无存。赵燃尴尬地批评小包子："许之睿，怎么可以这么没礼貌，快和姐姐说对不起。"

"我不。"小包子倒是犟得很，鼻孔朝天，一副唯我独尊的小霸王模样。

我笑笑："没事没事，叫阿姨就阿姨吧，反正我也是阿姨中最年轻最美的，是不是呀，小包子？"

"我才不叫小包子，我叫许之睿。"小包子气得很。

赵燃呵呵一笑："你别理他。这小魔王被我姐和姐夫宠坏了，现在就是无法无天的混世魔王。我正打算好好教教他，不过我发现，教他比教你还要难。"

我一时之间都不知道赵燃这句话是在夸我还是骂我了。

"你在这里做什么，要去植物园吗？怎么没看到苏南？他去买票了？"赵燃一个问题接着一个问题，我都不知道先回答哪一个了。

我索性一次性回答："苏南今天有事，我被我妈赶出来散步，结果钱没带够……"我欲言又止，又状似无意地捂了捂肚子。

好在赵燃很懂得察言观色，很快明白我的肢体语言所代表的意思，说道："刚好我和小包子都没吃饭，一起吃吧。不介意的话，我们待会儿一起去植物园玩一玩。他的学校布置了作文，我一个人怕管不住他。"

吃人嘴软，我笑着应下。

吃完饭，我们买了票，进了植物园。今天是周末，植物园人满为患，大多是家长带着孩子，像我们这样的组合，少之又少。

在遇到许之睿小朋友后，我总算明白了一句话——人外有人，天外有天，也明白苏南当初对我的冷嘲热讽根本不算什么，眼前这个小包子的犀利言辞才是字字句句扎心。

比如，为了启蒙孩子，我故意对一株含羞草做好奇状："这株植物好神奇，手一碰，居然会收拢起来，跟害羞的小姑娘一样。"

许之睿不屑地回答："笨蛋阿姨，这是含羞草。因为它在受到人们触动的时候，叶柄下垂，小叶片合起来，所以我们以为它害羞了。可是它根本就不懂得害羞，它就是一株植物而已。阿姨，你是不是童话故事看太多了？"

许之睿小朋友，我看是你看太多《今日说法》了，小小年纪一点童心都没有，一点都不可爱。

还未等我反驳，赵燃又替我挽回面子："姐姐只是和你开玩笑，而且姐姐是生物系的，她知道的东西比你多得多。"

"哦。"许之睿煞有其事地点点头，"那今年你们学校的分数线降低了吗？还是她其实是特殊类别学生？"

我的拳头隐隐发痒，不过心里有个声音告诉我，这是孩子，孩子只是口无遮拦，忍一时风平浪静。要揍别人家的孩子，你估计得赔个倾家荡产。

于是我深呼吸，保持微笑，继续被他扎心。俗话说得好，圣人都有脾气，何况我还真不是圣人，于是逛到一半，我假装苏南来找我，找了一个借口落荒而逃。

离开他们的那一瞬间，我觉得自己终于活了过来，深吸一口外面的空气，嗯，真是清甜。

恰在此时，苏南打电话给我："你在哪儿？"

我一听到苏南的声音，委屈不已："苏南，我刚刚被除了你以外的人打击得体无完肤，关键是我还不能揍他，因为他还未成年，你说我气不气。"

那端的苏南顿了顿，只叹息一声："你在哪里？我来接你。"

"你回来了？"我一脸惊喜。

"嗯。"他淡淡地应了一声。

我笑得贼兮兮的："你该不会是想我了，所以提前回来了吧？"

那端的人沉默了片刻，没有回答这个问题："别贫嘴，你把地址告诉我。"

我知道苏南脸皮没我厚，而且这少年害羞得很，要是惹急了，估计会奓毛，所以我适可而止，报了位置之后就在原地乖乖等他。

结果，我还没等到苏南，赵燃已经带着小毒舌出来了。他看到我还在植物园外头翘首以盼，特别惊讶："你怎么还在这里？"

"笨蛋舅舅，她这明显是在骗你，就你上当受骗了。"小毒舌许之睿说道。

我发现，这小毒舌叫人名的时候，特别喜欢在前面加上笨蛋两个字作为前缀。

我笑眯眯道："不是哦，我在等人。"

话音刚落，一辆出租车停在我们面前，车门打开，苏南从容淡定地走过来。苏南身上有一股让人安定的气息，仿佛只要他朝我走来，一切难题都会迎刃而解。

赵燃看到苏南，面色僵硬片刻，旋即一笑。

苏南走到我身边，看了一眼赵燃，朝他点点头，旋即目光落在许之睿身上，接着他轻声问我："这就是欺负你的孩子？"

我握拳轻咳一声，实在不好意思承认。

"笨蛋阿姨，这是你的男朋友吗？"没想到许之睿小小年纪，倒是早熟得很，一语道破我们的关系。

我更加不好意思了。苏南一笑，弯腰俯身与许之睿平视，他的眼神和语气都十分温柔，不过说出来的话堪比核武器。

他说："小朋友，你长得十分可爱。"

许之睿的确长得可爱，可能他被夸过许多次，也可能他很少被比他长得还好看的帅哥哥夸奖，他有些别扭地红了小脸，居然害羞了："谢谢……谢谢。"

苏南摸了摸他的脑袋，语气愈加温柔了："不过我希望你的言行举止和你的外表一样可爱，做个表里如一的好孩子。"

我听了这话，不禁拍手称赞。什么叫说话的艺术，这就是。

苏南轻描淡写的一句话，既批评了许之睿不礼貌的行为，又暗藏鼓励之意，希望他能悔改，这种褒贬合一、既褒又贬的说话艺术，不学习几年是练不出来的。

我突然更加钦佩苏南了。

也不知许之睿是不是被苏南的美貌迷住了，竟难得没有满嘴喷毒箭。

赵燃笑笑："相请不如偶遇，我请你们吃饭，也谢谢胡乐今天帮我带了半天的孩子。"

苏南意味深长地瞥了我一眼。我感受到他眼神之下的巨大压力，赶紧摇头："举手之劳而已，而且你中午不是请我吃过饭了吗？"

话音刚落，我恨不得打自己的嘴巴，果然，苏南呵呵一笑："那一起吃饭吧。"说完，他牵起我的手，"再推脱就见外了。"

不过，关于吃什么，大家产生了不同意见。赵燃提议去吃日料，许之睿想吃汉堡。

最终还是苏南提议："天这么冷，要不吃火锅吧，在外面吃也不干净，我们买点食材回家吃。"

火锅可是人间一大美食，我举双手赞成，赵燃和许之睿小朋友也同意，最终我们拍板定案，将吃火锅的地方定在了许之睿小朋友的家。

天色还早，我们三个大人带着一个小包子出发去超市采购食材。

到了超市，小包子闹着要坐进推车中。我看小包子终于露出单纯灿烂的笑容，不由得欣慰。孩子就是孩子，虽然有时候皮了一些，但笑起来还是能融化人心的。

结果苏南误会了我欣慰的眼神，抬了抬下巴，问我："你也想坐推车？"

还不等我回答，他嘴角微勾，带着几分揶揄："可惜这手推车可能承受不住你的重量，为避免待会儿发生意外，这个计划暂时搁置。"

我丢下一句"谁想玩了"就落荒而逃，身后传来苏南爽朗的笑声，也不知道他什么时候变得这么幼稚了。

方晓静说过，火锅和啤酒最配，于是我拿了几罐啤酒。结果苏南走过来，淡淡道："你把啤酒放回去。"

我可怜兮兮地看着他："就喝一点点。"

他一笑："那好，待会儿你自己付钱。"

他明知道我身无分文还这么说，我愤恨地将啤酒放回去，结果下一刻，一只手伸过来，赵燃拿走我手中的啤酒，笑道："喝点啤酒解解乏也是可以的，我们都是成年人了，是不是，苏南？"

苏南抬头，认真地看着赵燃。

许之睿点点头："我爹地说过，会喝酒的男人才是真男人。"

苏南被三面夹击，无奈投降，对我说道："你只能喝一点。"

我点头如捣蒜。

我们提着大包小包回去，本以为要拦车，结果刚出超市，一辆宾利停在我们面前。

车门打开，一个西装革履、打扮得一丝不苟的中年男人从车里出来，弯腰礼貌说道："小少爷。"

小……小少爷？等等，这场面怎么似曾相识？我和苏南对视一眼，脑海中掠过周承光的身影，许之睿小朋友该不会是缩小版的周承光吧？又一个富二代？

等我们到了许之睿的别墅后，我咽了咽口水，终于明白小包子为什么敢那么嚣张了，因为他有嚣张的本钱啊。

苏南对我笑笑："胡乐，我发现你有一个特异功能。"

我干笑："难道是认识有钱人的特异功能？"

他点点头，算是默认。

我们跟着管家，七弯八绕后终于来到所谓的厨房和餐厅。我看着比我们家还大的厨房，莫名羡慕嫉妒恨，便问一旁的赵燃："原来你是有钱人哪。"

难怪他说他父母去国外陪弟弟过年，我现在一琢磨，才回味过来。

他呵呵一笑："有钱的不是我。"

我拍拍他的肩膀，语重心长说道："你知道吗？曾经有个人也这么和我说过，你知道他现在怎么样了吗？"

赵燃配合地问："怎么样了？"

"他沐浴在金钱的海洋中，应有尽有。"我面无表情说道。

赵燃一听，哈哈大笑。

吃火锅是最简单也是最方便的事情，所有食材只要洗一洗、切一切，丢下去煮就好了。赵燃负责看孩子，我和苏南在厨房洗菜切菜。

别墅里有暖气，苏南脱了外套，上身穿着一件白色毛衣。他把袖子卷起来，露出结实的小臂，站在洗菜池前洗菜。

我在一旁切菜，苏南过来一看："你这是切的萝卜？"

我挠挠头："嗯，后现代化、抽象派的萝卜，吃起来更够味哦。"

苏南无奈地摇摇头，接过我手里的菜刀，开始利索地切菜。

我看着他行云流水的动作，不禁咋舌："你什么时候偷偷瞒着我报了新东方烹饪学校？"这流畅的刀法，快和方子聪不相上下了。

苏南手上的动作不停："家里总要有一个人懂做饭，否则两个人都不会，岂不是饿死了？"

我脱口而出："苏妈妈、苏爸爸会做饭……"我还没说完，已经反应过来，低着头摆弄一旁的金针菇。

苏南见我沉默，放下刀，对我道："好了，你把金针菇洗一洗拿出去吧，你再玩下去，我都能听到它们的哭泣声了。"

我赶紧端着装金针菇的盘子落荒而逃，结果我跑得急，没注意脚下，一个趔趄，我抱着盘子朝前撞去，幸亏一只手伸过来稳稳扶住了我……手里的盘子。

我眼疾手快地扶住桌角，避免了再次劈叉。

"毛毛躁躁的。"赵燃下意识想揉揉我的头发，好在我偏头躲开了，他的手尴尬地停在半空中，接着若无其事地收回，"你这样子真不像我徒弟。"

苏南端着一盘切好的豆腐站在我身后，我不知道他有没有看到这一幕，他走过我身边的时候，轻声道："下次走路小心些。"

一切都准备好，我们开始吃火锅。火锅有三宝——香菜、蒜头和辣椒，可惜这三样苏南都不喜欢，我就只能退而求其次，调了芝麻酱等调料。

吃火锅的时候，赵燃和苏南各自夹了一筷子金针菇，我脑子一抽，说道："你们知道金针菇的另一个名字叫什么吗？"

苏南皱了皱眉，似乎知道我接下来要说什么，闭口不问，反倒是赵燃特别好学："是什么？"他问完，连许之睿都颇为好奇地看着我。

我神秘一笑："金针菇的别名叫明天见，英文可以叫 see you tomorrow，意思就是你今天吃下去，明天会原封不动地拉出来。"

正在吃金针菇的赵燃沉默地放下筷子，冷静说道："胡乐，要不是苏南在这里，我可能要好好教训教训你了。"

苏南这次主动站在我这边，淡淡地指出来："是学长自己要听的。"

赵燃深吸一口气，接着一笑："算了算了，我应该猜到你不会按照常理出牌的。"

许之睿也被我的冷笑话噎着了，半天回不过神。接下来，舅甥两个尽可能避免吃到火锅里的金针菇，唯有苏南面不改色地吃着它们。

我撞了撞苏南的胳膊："咦，你怎么没被恶心到？"人的想象力是无穷的，一旦有了具象化的画面，那画面就会在脑海中挥之不去，严重的甚至会影响食欲。

苏南一边将涮好的牛肉夹到我碗里，一边回答："既然我决定和你在一起，就要有这点承受力。"

赵燃打开一瓶啤酒，啤酒放气的声音打乱了我和苏南说话。他给我们分别倒了一杯酒，说道："来，我提前祝大家新年快乐，心想事成，万事如意。"

我吐槽："师父，你这祝福实在太土了，来点特别的吧，祝我们财源滚滚，滚滚财源来。"

许之睿小朋友吐槽我："你的祝福比小舅舅的还要土。"

你不知道，这才是最真实、最朴实的祝福。孩子，你还太小了。

吃完火锅后，苏南和赵燃去收拾残羹剩饭，我陪着许之睿玩闹。

我和这小家伙玩《大富翁》，结果屡屡输给他。我心想，怎么也不能输给一个五岁的小男孩，于是想力挽狂澜，而我力挽狂澜的办法只有一个——偷金币。

显然，许之睿小朋友看穿了我的心思，嫌弃地看着我："姐姐，你这样胜之不武。”

“我错了。”我忏悔。

“知错就改还是好孩子。”他伸出软软小小的手，轻轻拍了拍我的脑袋。我捏住他的脸颊，揉了揉。

他挣扎退开，口齿不清道：“可恶，我最讨厌别人捏我的脸了。”

我最喜欢他这么别扭的模样，趁他不注意，直接用力量压制他，紧紧抱住他：“说，你之前为什么叫我笨蛋阿姨？我明明还是一朵花好吗！”

许之睿被我抱着，挣扎道：“我以为你是我小舅舅的女朋友。”

“啊？”我傻了。

他噘着嘴，老气横秋道：“我小舅舅之前有很多女朋友，不过那些女朋友都是看中他的钱才和他在一起的，她们都是坏女人，我以为你也是这样的人。”

我笑笑：“那你之后变了，是因为知道我不是你小舅舅的女朋友？”

许之睿红着一张小脸，羞答答道：“这也是原因之一啦。其实真正的原因是我喜欢苏南哥哥，而你是苏南哥哥的女朋友，我当然要讨好你了。”

我：不愧是有钱人家的小孩，这深谋远虑，是尔等比不过的。

“你们聊什么呢？”苏南朝我们走来，“时间不早了，我们早点回去吧。”

许之睿一听我们要回去，紧紧抓住我的手臂，小声在我耳边说道：“姐姐，你们今晚留在这里陪我吧。”

“这不太好吧，而且不是有你小舅舅陪你吗？”我想拒绝，不过看到他这双水盈盈的眸子，顿时心软了。

他叹息了一声，放开我的手，站起来，小背影万分可怜：“你们回去吧。虽然小舅舅陪着我，但他喜欢打游戏，都让我自己看书。我的妈咪和爹地一直忙于工作，我一周都见不到他们一次。我很想听他们给我讲睡前故事，陪我玩《大富翁》，和我一起看电影，可是他们都没空。没事，我已经五岁了，我是一个小大人了，我可以的，你们回去吧。”

我听了之后，二话不说答应留下，我已经从他身上看到了周承光的影子。

苏南无奈地看了我一眼，我知道他又在埋怨我同情心泛滥了。

许之睿见攻下我了，又将目光转到苏南身上，结果苏南根本无视他的卖萌或者卖惨大计，揉了揉他的小脑袋道：“算了，我留下来。”

“太好了。”许之睿拍手。

赵燃端着一盘水果走来，一脸醋意：“不知道的还以为你们是这臭小子的舅舅、舅妈，我才是外人，这胳膊肘往外拐得太过了。”

苏南难得朝赵燃露出一抹真诚温和的笑意：“睿睿很可爱，我也很喜欢他。”

我张大嘴巴，苏南这是吃了火锅后大脑短路了吗？他竟然对赵燃这么和颜悦色，不是我以小人之心度君子之腹，是他之前对赵燃的态度真的疏离到不能再疏离了。

“我也喜欢哥哥。”许之睿害羞地将脑袋埋在沙发上的抱枕中。

唉，谁说我有特异功能，我看苏南才有，他有让全世界的人都喜欢他、臣服于他的特异功能，周承光如此，赵燃如此，许之睿也如此。

不过，许之睿喜欢苏南是有道理的，他能很快解开九连环，能很快拼好魔方，能连赢《大富翁》，能带着许之睿玩游戏，并让许之睿坐上冠军宝座，并且甩了第二名几千分。最重要的是，他还会给许之睿讲睡前故事。

我不久前才说过，苏南的声音低沉温润，在午夜静谧时尤为好听，很适合做午夜电台主播，他现在就用这副嗓子给许之睿读故事。

他坐在床边，一只手捧着书，另一只手随意地垂放在身侧，翻书的时候轻而无声。即便是读简单到幼稚直白的故事，他也不是用以往读课文的方式诵读，而是充满感情，像一阵清风拂过耳边。

我听着他的声音，仿佛感受到我脚下掠过柔软的小草。与此同时，一个王子缓缓朝我走来，走近了，他就是苏南的模样。

“醒醒。”有人轻轻推了推我，我睁开眼睛，看到苏南放大的俊脸，便傻乎乎地问道：“他睡了吗？”

苏南压低声音说道：“睡着了。”

“哦。”我擦了擦口水，“你说的故事实在太催眠了，连我都一不小心睡着了。”

他突然笑了笑，眼角眉梢似染上了春色：“没事，如果你以后失眠，我就给你讲睡前故事。”

“我们出去吧。”他牵着我的手，轻手轻脚离开房间。

赵燃还没睡，正坐在客厅里喝咖啡，见我们出来，他起身笑笑：“今晚麻烦你们了，这小魔王难得这么听话。”

“嗯，我们回去了。”苏南说道。

赵燃看了看手表：“太晚了，反正这里房间多，你们随便挑两间睡吧。”

苏南看了看我，见我困得打哈欠，不忍我来回奔波，于是说道：“好吧，那打扰了。”

翌日，许之睿小朋友依依不舍地目送我们离开，虽然我知道他依依不舍的对象是苏南，但还是伤心了一把。

苏南见我频频回头，说道：“这么喜欢孩子？”

我笑：“孩子本来就是多面体，有时候是天使，有时候又是魔鬼。我妈说我小时候调皮的时候，恨不得把我塞回肚子里，可看着我睡着的可爱模样，又觉得十月怀胎的辛苦是值得的。”

苏南低低一笑，眸里似藏着星光：“那我要谢谢阿姨手下留情了。”

“啊？”我没听懂他的话。

“你喜欢男孩还是女孩？”他换了一个话题。

“我喜欢女孩。”我兴奋地挥挥手，“我要是生一个女孩，就在她小的时候给她扎各种可爱的辫子，给她穿各种漂亮的小裙子。

等她大一些，我们母女俩可以一起睡觉，一起逛街，一起吃东西、喝饮料、聊天，简直是多了一个姐妹。”

苏南听得嘴角抽搐。

我描绘了一番未来的蓝图，接着反问他：“那你呢，你喜欢男孩还是女孩？”

“都行。”他回答。

“你这回答也太敷衍了，我都说得这么详细了。”我不满意。

他目视前方，俊脸微红，眸光似染了外头的阳光：“好好坐车，别说话。”

我：“……”

第七章
是误会还是其他

新学期伊始，我给自己制定了学习计划。徐曼曼看了一眼，嗤之以鼻："我敢保证，这张学习计划表二十四小时后会变成一张废纸。"

我怒视她："你就不能盼着我一点好？"

徐曼曼拍拍我的肩膀："姐妹，这是因为我了解你。你就是一头驴，要是没苏南在身后甩你一鞭子，你是不可能主动走一步的，你认命吧。"

不蒸馒头争口气，于是我说道："你等着，我会做给你看的。"

于是，我婉拒苏南一起学习的邀请，决定做一个自立自强的女性。苏南许是早已摸清我时不时抽风的性格，在听闻我远大的计划和志向之后，说了句加油鼓励我，便随我而去了。

近日，苏南没空管教我，他被教授优先提拔，选去研究什么项目了，别说和我约会，我一周能看到他一次就要烧高香了。

当然，无论苏南忙到多晚，他都会给我发微信，我也会将一天的行程详细地汇报给他。他审阅后，往往会留下一句话：等我忙完，我会补偿你。

补偿两字很简单，我却脑补出很多大戏，不知道他是要给我黄金，还是直接以身相许。

于是，苏南认真做项目，我认真读书。大学中人才济济，我虽然不要求自己崭露头角，鹤立鸡群，但也不希望自己的成绩吊车尾，拖苏南的后腿。

徐曼曼每每见我形单影只，连连叹息："别人谈个恋爱花前月下，你俩谈个恋爱咋这么佛系？不知道的还以为你和空气谈恋爱呢。苏南怎么回事？再忙也要抽空陪你聊聊天、吃吃饭，说说甜言蜜语，否则你这颗少女心该何处安放？你的青春也就这两三年，直接蹉跎完了，你以后后悔咋办？"

徐曼曼这是为我操碎了心，我撑着脸安慰她："我和苏南从出生就在一起了，抬头不见低头见，几乎生活在同一个屋檐底下。我连他身上有几颗痣都知道，而且他真的忙，我也不想打扰他。"

"啧啧，你这女朋友忒懂事了。"徐曼曼摇摇头，"怕就怕有人乘虚而入。"

乘虚而入？乘谁的虚，入谁的门？我正想问个一清二楚，徐曼曼已经迈着婀娜多姿的步伐，神秘兮兮地走了。

我掐指一算，的确有小半月没见他了。同在一个大学，两人小半月没见，不怪徐曼曼为我忧心忡忡。恰好他打电话过来，我立即接起。

他的声音越发低沉了："你在干什么？"

"看书。"我翻了翻桌面上的英语书。

"最近很好学。"他笑。

"不好学能怎么办？你都这么努力了，我必须跟上你的脚步呀。"我脱口而出，说完却有些后悔，"我的意思是，大家共同进步。"

苏南沉默片刻，语气中含着浓浓的歉意："对不起，你再给我几天时间，到时候你想做什么，我都陪你。"

"你说的哦。"我说，"说谎的人是小狗。"

“嗯。”

苏南轻咳了几声，我面皮一紧：“你感冒了？”

“没事。”他哑着嗓子道。

“感冒了就一定要去看医生，别硬扛。最近天气忽冷忽热，你注意添衣，别吃乱七八糟的东西，再忙也要顾好身体……”

我喋喋不休，他却突然沉沉一笑：“胡乐，你这样很像管家婆。”

我龇牙咧嘴：“你说谁管家婆呢？”

电话那端好像有人叫他的名字，他说了句“等下”，将电话移开。我听着话筒中吱吱吱的电波声，安静地等着他。片刻后，他终于回来了。

在他开口之前，我体贴道：“你忙的话就挂了吧，注意身体。”说着，我又补充了一句，“我会照顾好自己的。”随后便挂断了电话。

我怕他愧疚，也怕他忧心。

其实说不失落是不可能的，徐曼曼说得对，我还年轻，正是情窦初开、感情奔放的时候，的确需要和苏南牵牵小手。我不求我们像尔康和紫薇那样你侬我侬，忒煞情多，只希望我们像小燕子和五阿哥一样，能红尘做伴，策马奔腾。可惜我现在没有马，也没骑在马上的王子。

眼见天黑了，我收起那些小女人伤春悲秋的心思，揣着饭卡去了食堂。等我到了食堂，才发现座无虚席。我端着餐盘，像雷达一般扫视着空余的位置。

这时，赵燃朝我挥挥手：“胡乐，这儿。”

我一眼瞅见一个重量级人物正迈步往那唯一的位置走，忙一个箭步冲上去，稳稳地将餐盘放下，对慢了一拍的重量级同学微微一笑：“不好意思，这里有人了。”

对方恹恹地走了，赵燃笑道：“不愧是我教出来的徒弟，反应这么快。”

那是，我坐得快准狠，连汤汁都不带洒的。

赵燃敲了敲碗沿，我正想提醒他，敲碗沿的人容易变乞丐，但想到他穷得只剩下钱便缄默了。

我沉默地吃着饭，他随意问我："最近我怎么都没看到苏南？"

我抬头，直勾勾地盯着他。他被我盯得毛骨悚然，轻咳一声移开视线："你看什么？"

我哼了一声："我怎么寻思着你这话有些幸灾乐祸呢？"

"怎么可能。"赵燃忙解释，"我只是问问而已，毕竟你们以前同进同出，好得跟一个人似的。最近他也没来跆拳道社了，作为社长，我问问也没问题吧？"

"哦，因为他参加了一项研究，所以很忙。"我强调很忙这两个字。

果然，赵燃说出了耳熟能详的台词："他再忙也不能丢下你，这不是一个称职的男朋友该做的事情。"

他这话说得漫不经心，我却听不下去了。

我放下筷子，认真地看着他："请问师父，什么才是称职的男朋友该做的事情？"

赵燃面色一变，估计是没想到我会如此较真。

我并不是护犊子，而是不喜欢根本不了解事实真相的人指指点点、评头论足，徐曼曼是看我成日闷在宿舍才关心我的，可是同样一句话，放在不同的语境中，用不同的语气说出来，便是天差地别。

赵燃笑笑，想缓和一下气氛，见我收起了往日的嬉皮笑脸，便正色道："胡乐，你别误会，我只是觉得苏南该多花点时间陪陪你。"

我说："他已经陪了我十几年，不差这几天。"

赵燃倏尔苦笑一声："我知道你们是青梅竹马，从小一起长大，你不用一而再、再而三地提醒我。我也没恶意，只是你一个人孤孤单单，也没人给你在食堂占位置，更没人给你提书包，晚上也没人陪你回家，他放得下心？"

我回答："我有手有脚。"

赵燃嘀咕一句："如果是我，我才不会让我的女朋友这么受委屈，我一定会将她捧在手心里疼爱。"

我听了这句话，牙酸倒一片："师父，'如果是我'这句式已经不流行了，而且我是一个独立女性，谁说谈恋爱就一定要二十四小时黏着对方，变成无脊椎动物？我更追求平等和一起努力的关系。"

赵燃无奈地笑笑："我只是开个玩笑，你就能讲出长篇大论来，仿佛我要吃了他一样，你也太护着他了吧。"

我脱口而出："那当然，我不护着他，难道护着你？"话已出口，我自知口快，忙亡羊补牢。

虽然我方才有点生气，但他好歹是我的师父，被我这么一顶撞，他里子、面子都挂不住。

于是我赶紧补充："我的意思是……"

他摆摆手："算了算了，吃饭吃饭，别讨论这些了。对了，过几天，社团会来一个新社员，我比较忙，新社员就交给你了。"

我的注意力立马被转移了："什么新社员？男的女的？什么系的？多大？"

他说得模棱两可："到时候你就知道了。"

吃完饭，我和赵燃就分开了。我一人无所事事，寻思着是回宿舍刷剧学英语还是去图书馆打发时间。

在我犹豫的空当，我看到两个人缓缓朝我走来，其中一个不是别人，正是忙到恨不得有三头六臂的苏南，而他身边是一个长发披肩、面容秀美、气质高贵的女孩，两人旁若无人地一边说话一边往前走。

我也不知道是什么心思，第一时间躲了起来，屏住呼吸，等他们从我身边走过，我才像一个怨妇一样，直勾勾地盯着他们远去的背影。

我压下心底的不安，镇定地给苏南发了一条信息：你在哪儿呢，忙吗？

足足三分钟，他才回复我：正在忙，待会儿说。

我收起手机，看着他们离去的方向，一阵冷风袭来，我的胃猛地一抽，一股酸味涌了上来。我没去图书馆，像幽魂一般飘回宿舍里。

我魂不守舍一晚上，把鞋油当牙膏，把擦脚巾当洗脸巾。等我无意识地喝了一口滚烫的热水，终于被烫得眼泪哗哗流的时候，徐曼曼发现了我的不对劲。

她一边给我倒凉白开，一边问："你怎么回事，失魂落魄的？"

我眼角含泪，口齿不清："曼曼，如果一个男人一直和你说忙，你却发现他所谓的忙是和其他女生有说有笑，你说是为什么呢？"

徐曼曼立马反应过来："你的意思是，苏南出轨了？"

"不是。"

"浑蛋！"徐曼曼一拍桌，震得桌上的书抖了三抖，"亏我以为他是二十一世纪绝种的好男人，结果居然是渣男。胡乐，你别怕，姐妹帮你去收拾他，看我用我的九阴白骨爪将他挠成大花脸。"

我立马拉住冲动的徐曼曼，我不相信我一直以来崇拜信任的苏南是她口中的渣男，这其中一定有什么误会。可我一想起他和陌生女孩说说笑笑离开的背影，那点仅存的自信心便荡然无存。

我又想起叶颜对我说过的话，她说："胡乐，虽然我退出了，但这不代表别人不会乘虚而入。苏南太优秀了，他本身就是一个发光体，会吸引很多女生靠近他。即便他矢志不渝，对你忠心耿耿，你也要当心别人神不知鬼不觉地挖墙脚。"

我妈也说："苏南是一块香馍馍，看到的人总想咬一口，你可得看紧，别让别人得手了。"

我爸也说："十个男人九个坏，其中一个好的只是有色心没色胆。苏南这么优秀，保不齐一时半会儿被其他莺莺燕燕迷了双眼。你们啊，未来的日子还长着呢。"

他们一个个都对我进行苦痛教育，都在给我打预防针，可我仗着苏南对我无条件的宠爱和妥协，理所当然地认为他一定是我的，不会离开我半步，会如磐石一般坚定不移。

因此，我从来都是理所当然地享受他的付出，从来没有想过好好经营这段感情。我忘记了方晓静说过一句话，感情是需要两个人一起经营的，一旦一个人长期付出，久而久之，对方也是会累的。而对方一旦累了，就可能放手。

我想到这里，浑身冒冷汗，等后背湿了又干透后，我对徐曼曼说："这件事我自己来解决。"

徐曼曼也很冷静："你打算怎么解决？"

自古以来，误会都是从"你听我说"和"我不听不听"中产生的，所以我的人生哲理是，有话直说，千万别藏着掖着。

我用了一晚上冷静。第二天一早，我收拾整齐，发了一条微信给苏南：你今天有空吗？我们好久没聊聊了。

很久很久以后，苏南才发来一条微信：我今天有点忙，改天再说。

改天，又是改天，我握紧手机，结果下一秒，手机被徐曼曼夺过去。

她看了一眼微信，气得磨牙："太过分了，走，我们去找苏南，今天无论如何都要让他给你一个交代。"

徐曼曼拉着我往实验室走去，一路上风风火火，到了拐角处，猛地撞上一个人。

徐曼曼被对方撞了一个趔趄，稳住身子后火气未消，抬头就骂："好狗不挡道，知不知道啊？"

徐曼曼平日里脾气好得和弥勒佛一样，唯有底线被触碰到的时候像点了引线的炸药一样，她今天会说如此粗鄙之语，也是因为我。

结果被骂的人轻轻弹了弹衣角，弯腰捡起地上散落的书籍、笔记，语气清冷："也不知道是谁先撞上来的，这话我应该还给你。"

"你……"徐曼曼捋起袖子，结果一抬头，看到一张清隽的面庞，顿时僵在原地。

我忙道歉："对不起对不起，我们不是故意的。"我拉了拉徐曼曼，"我们快走吧。"

徐曼曼"啊"了一声，傻乎乎地被我拉着走，完全没有之前的嚣张气焰。我知道徐曼曼颜控的毛病又犯了，我们方才撞到的是一个长相清隽、气质出众的帅哥，只是我好像从来没在学校里见过他。

我们在实验室找不到苏南，徐曼曼也终于回过神来："我们去他宿舍看看吧，没准还能捉奸呢。"

我："……"

每个大学都有一个奇怪的、约定俗成的规矩：男生一律不准踏入女生宿舍，踏入者，杀无赦，狗腿打断，可若是女生要去男生宿舍，那简直如入无人之境。

当然，我们学校还是有规章制度的，我们要大摇大摆进去也很难，不过徐曼曼人缘好，很快弄到检查宿舍卫生的牌子，宿舍阿姨一见牌子，立马无条件放行。

我们到了苏南宿舍门口，徐曼曼拍了拍我的肩膀："你自己进去吧，如果需要帮助就喊一声，我会为了你赴汤蹈火，两肋插刀。"

我吸了吸鼻子，强颜欢笑："希望我不要给你这样的机会。"

徐曼曼拍了拍我的肩膀安慰我。

宿舍门没关，我蹑手蹑脚进入，心提到嗓子眼。男生宿舍和女生宿舍的格局差不多，我一眼望去，看到地上到处散落着衣服、鞋子，嘴角抽了抽。

突然，头顶传来一道嘶哑到诡异的声音："谁？"

我心头一惊，猛地抬头，因为这声音的主人不是别人，正是苏南。在我抬头的瞬间，他也望了过来。四目相对，我们双双愣在原地。

苏南双颊酡红，眼神迷离，气息带喘，满头是汗。他皱了皱眉，挣扎着从床上爬下来，摇摇晃晃地走到我面前："你怎么跑男生宿舍来了？"

我没有回答他的问题，而是伸手探了探他的额头，那滚烫的温度让我眉头紧皱："你发烧了。"

"我没事，一点感冒而已。"他似乎站不住，晃晃悠悠地坐了下去。

我顿时气不打一处来："你这叫一点感冒？你再烧下去，这额头都可以煎鸡蛋了！”我拉起他，又抓来外套，“走，我们去医院。”

“我不去。”他倒是闹上脾气了，“我吃过退烧药了。”

我深呼吸，看着他狼狈的模样，冷静地问道：“你不接我的电话，说忙，是不是因为发烧而不想麻烦我？”

他沉默了。

我呵呵一笑，觉得有些悲哀：“苏南，我是不是你女朋友？你生病不和我说，一个人扛着，宁愿发一条模棱两可的信息让我一个人在那里瞎猜瞎想，最后脑补出一出大戏，你以为你这样很伟大吗？你这样只会让我觉得自己一无是处，是一个全然不合格的女朋友。既然如此，我们还有在一起的必要吗？”

我说的这段话，一半是气话，一半是心里的真实想法。他就是这样，很多事情都喜欢自己扛着，明着为我好，实际上从未想过我到底要不要他这样的付出和好。

我只希望和他谈一场平等的恋爱，而不希望他一味地谦让我、纵容我、宠溺我，让我变成温室的花朵，经受不起半点风雨。

我转身要走，当然是去找徐曼曼帮忙，结果苏南以为我真生气了，一把抓住我的手。他的手滚烫无比，像烧热的铁钳一般紧紧抓着我。

我回头，他紧紧盯着我，目光中带着前所未有的脆弱：“别走。”

我看着他狼狈又可怜的样子，狠不下心，放柔了声音：“我没走，我去叫人，我们去医院好不好？”

他还是执着地摇头：“我不要去医院。”

我冷笑：“你不去，那我就打晕你，扛也要扛着你去医院。如果你烧成傻瓜，我就去找别人。”

果然，后面那句话极具威胁，他沉默了片刻，终于艰难地点头答应：“好。”

那么问题来了，苏南人高马大，我和徐曼曼两个弱质女流根本搬不动他，最后无计可施之下，徐曼曼去楼道里逮免费劳工。

在这空当里，我给苏南换了衣服，他一套睡衣全被汗水浸湿了，湿漉漉地贴在身上。我从衣柜中拿了一套崭新的衣服，刚想伸手去脱他的上衣，他倏然握住我的手。

他的手湿滑有力，我心头猛地一颤，抬头撞上他炽热的目光。

我柔声道："你的衣服湿透了，要换干净的。"

他哑着嗓子道："我自己来。"

我轻咳一声，把衣服递给他："那你自己来吧，需要我帮忙就说一声。"

他轻轻"嗯"了一声，又不好意思道："你能转过身去吗？"

我"嘿"了一声，这都什么时候了他还害羞，何况前段时间他撩起我来，明明像变了一个人似的，怎么发烧喝酒后，变得越发纯情可爱了？

我用双手捂住眼睛："我不会看，你快换衣服吧。"

这次他没再出幺蛾子，安安静静地换衣服，我用双手挡住眼睛，心内却激烈挣扎着，一方面想偷看，一方面又因为仅存的那点矜持强忍住了，踌躇之间，苏南已经换好了衣服。

等我们收拾好一切，徐曼曼带来了免费劳工。我看到免费劳工的时候，惊愕不已。

怎么是他？这个免费劳工不就是刚才被徐曼曼骂"好狗不挡道"的无辜少年吗？

我们好不容易折腾到医院，检查过后，医生面无表情说道："肺炎，需要住院，哪位是家属？去办理一下住院手续。"

我忙跟着护士去办理住院手续，途中我又遇上了免费劳工。一路上，我终于知道免费劳工叫什么。他是法学院的大三学生，叫张弛。

此时，小帅哥正和徐曼曼对峙中。不知是不是我的错觉，我总觉得徐曼曼的眼神像极了一只大灰狼在看鲜嫩多汁的小羊羔。

徐曼曼看到我来，一个箭步冲上来，柔声细语说道："苏南怎么样了？看你忙得满头是汗的，你赶紧进去照顾他，住院手续什么的，我来我来。"

我狐疑地看着她，她朝我挤眉弄眼，我心下了然，对她拜托道："那麻烦你和张学长了。"说完，我把空间留给他们，转身回去照顾苏南。

等我到病房的时候，护士小姐姐已经在收拾东西了。苏南躺在床上，双眸紧闭，呼吸急促。我看着他紧皱的眉头，心里一疼。

护士小姐姐问道："他是你男朋友吧？刚刚他烧得糊里糊涂的时候，一直在叫你的名字呢。你叫胡乐对吧？很可爱的名字。"

换成平时，我一定会和护士小姐姐侃侃而谈一番，和她聊聊我名字的由来，不过现在我心里记挂苏南，全无心情。

见此，护士小姐姐说道："你放心，他没事的。"

护士小姐姐走后，我拉了一张椅子坐在他身边。

苏南身体很好，很少生病。他为数不多的几次生病，最后都能神奇般地康复，反而是我，因为从小皮，三天两头生病或者受伤，每次我醒来都是他坐在我床边，一脸担忧地看着我。

他将自己伪装成铜墙铁壁、刀枪不入的模样，却忘记了他自己也才成年没多久，也需要偶尔撒撒娇，放松放松。他不该这么累的。

徐曼曼很快办理好住院手续，我让她先回去，顺便帮我请个假。我收到了她的眼神暗示，特意真诚地拜托张弛送她回去。

我趁着苏南睡着的时候，出去买了一些日用品，还买了一份小米粥，用刚买的保温杯温着，等苏南醒来后吃一点。

我忙完一切，累得腰酸背痛，放松下来后便趴在他身边，不知不觉睡着了。

迷迷糊糊中，我觉得有人在轻轻抚摸着我的长发，修长的手指一下一下从我发间滑过。我舒服地叹了一声，仿佛被撸顺毛的猫儿一样。

一声轻笑传来，我猛地从梦中惊醒，抬起头，撞上苏南温柔的目光。

"你醒了？"我一脸惊喜，旋即伸手摸了摸他的额头，发现温度降了下来，顿时松了一口气。

我接着埋怨："你醒了，怎么也不叫我？"

"我看你睡得香，就没吵醒你。"他的嗓子依旧沙哑，唇瓣毫无血色，嘴角起了皮，面色十分苍白，精神却好了许多。

我见他这样，十分心疼："你就作吧，下次生病再不告诉我，我们绝交。"

"对不起。"他又一次道歉，"我只是不想你担心而已。"

"你都得肺炎了，你知道吗？"我没好气地戳了戳他的胸膛，"你要是有个三长两短，我怎么和叔叔阿姨交代？"

他目不转睛地盯着我，认真地听我碎碎念，嘴角始终弯着。

我哼了一声："你笑什么笑，等你病好后，我还有好些账和你算，现在你先给我好好养病。"

他又乖乖地"嗯"了一声。

结果，账还没算，之前那个女生又出现了。

翌日，我刚打完水回病房，便听到病房里传来一道细细柔柔的女声。

我止住脚步，站在门口。

女生说道："我一早听说你生病住院了，就过来看看你，你还好吗？"

苏南的声音清清冷冷，毫无起伏："你怎么知道我住院了？"

"我是听教授说的，他说你请假了。我之前就劝过你，你没必要那么拼命……"

"谢谢，如果你没什么事情的话，就先回去吧，实验室需要人手。"苏南委婉地下逐客令。

里头安静了须臾，接着门被人打开。我赶紧跑到一旁做忙碌状，一个秀发飘飘、白裙飘飘的女孩走了出来。我抬头看了她一眼。

没错，她就是那天我见到的绯闻女主角。我确认她离开后，才施施然推门进了病房。

苏南看到我，本来清冷的面上荡出一抹笑，仿佛寒冷的北极之地开出了一朵花，他甚至有些撒娇地抱怨道："你去哪里了，这么久？”

难道我说我听墙脚听了这么久？于是我状似无意地问道：“刚刚是不是有人来看望你？”

说完，我屏住呼吸，等待苏南的回答。他要是回答没有，那就是心里有鬼；要是坦荡回答，那我从长计议好了。

苏南点了点头：“嗯，实验室的人。”

“哦，她叫什么啊？还送了花和水果，这么客气，你感谢人家没有？”

苏南盯着我看了一会儿，接着了然一笑：“胡乐，你的演技实在有些拙劣。”

我叹息一声，再好的演技在他面前也没辙，这人有火眼金睛。

真面目被拆穿，我也不想拐弯抹角了，直截了当地问道：“好，我实话实说好了。前天，我在图书馆附近看到你们了，当时你们肩并肩走着，有说有笑，状似十分亲密。”

苏南一听，嘴角抽搐：“你哪一只眼睛看到我们有说有笑，十分亲密了？”

我哼了一声：“两只眼睛都看到了。”

他也哼了一声：“那你需要去眼科看看了。”

“你……”我撂挑子要走，他终于急了：“好了，那天我的确和她在一起。”

我委屈又幽怨地看着他，但凡他说一句“其实我发现我爱的人是她”或者“其实我爱上了两个女孩”，我都会将手里的开水往他头上泼去。

“那是因为教授让我们去拿材料。”他说。

“哦。”我阴阳怪气道，“拿个材料还要你们两个人一起去，那材料是有多大？而且重点是你们有说有笑。”

其实这话我说得有些心虚，因为我仔细回忆了一下，当时那女生的确是有说有笑，不过苏南好似面无表情。

苏南叹了一口气，语气十分无奈：“你这是不相信我，还是不相信你自己？”

“我不相信自己。”我跟着叹息一声，“不是我学琼瑶，也不是我伤春悲秋，我就不是那么一个人。只是苏南，你必须承认我们之间存在差距。虽然我们同样考上了这里，但你是龙头，我是龙尾。我们就跟入江直树和相原琴子一般，虽然在同一张纸上，但隔着很长的一段距离。”

苏南眼神温柔：“可是他们最终在一起了，不是吗？”

我诧异地看着他：“你怎么知道？”

他有些别扭地轻咳一声：“因为有人整天在我面前说我不如入江直树。”

我张了张唇，心想，他心里不服气，想去找入江直树单挑？结果发现对方只是一个作者虚构的漫画人物？

我想象了一下苏南面无表情地看着入江直树和相原琴子互撩的爱情故事，扑哧一声笑出来。

“你笑什么？”苏南不满地看着我。

我赶紧以咳嗽掩饰笑意，一本正经道：“你放心，虽然入江直树是我的男神，”我在瞥见他投过来的不满眼神后，识趣地转了话锋，“曾经的男神，但现在我心目中的男神只有一个。”

苏南勾起嘴角，心满意足地笑了。

“那就是我爸。”我说。

果然，我成功地看到苏南变脸，原本春风得意、自信不已的笑意顿时消散，一张俊脸变得山雨欲来风满楼。

他咬牙切齿地看了我一会儿，在我以为他要发火之际，他突然无奈一笑：“胡乐，我真的败给你了。”

要让一个学霸心悦诚服地承认输给我，真的好难。

苏南需要住院几天，生病中的苏南可以任我搓圆揉扁，这种机会可不多，我可要好好珍惜。不过苏南认为自己拥有狗的恢复力，退烧之后便想出院。在我一哭二闹三上吊之下，他终于妥协了。

由此可见，有一个会演戏的女朋友是一件多么重要的事情。

苏南住院后，我才发现他的人缘有多……好。看着不大的病房里摆满了各种各样的鲜花、礼物、水果等，再看接踵而来看他的人，甚至其中还有教授，我深深地嫉妒了。

想当年我生病的时候，就方晓静和方子聪来看我，而且他们不仅没给我带礼物，还丧心病狂地在我面前表演吃辣条。

等我送走最后一拨探望苏南的人后，一回来便看到苏南疲惫地捏了捏眉间，他的侧脸越发立体，鼻梁挺拔如山，薄唇紧抿，面无表情的样子几乎和漫画中走出来的少年一模一样。

我既心疼又幸灾乐祸，走过去捏着他的肩膀："你看你活该吧，谁让你人缘这么好。"

苏南侧头看我，笑道："你是在嫉妒吗？"

"并没有。"我嘴硬，扫视了一圈病房，"这些礼物怎么办？"

"吃的你带回去，分给你的那些小姐妹们，至于其他的，你看着办吧。"他说。

我咽了咽口水："其他的我拿去卖了行不行？还能换点小钱钱。"

苏南一脸鄙视地看着我："你这么缺钱？"

我泫然欲泣："缺，非常缺。你知道吗？我妈为了让我相信我是从垃圾桶里捡来的，还专门带我去我家附近的垃圾桶认亲，我还抱着垃圾桶号啕大哭过，控诉它为什么不要我。"

苏南嘴角微抽，一脸看笨蛋的表情看着我。

"真是无趣。"我摇摇头，"要逗你笑可真难，好歹你也配合一下啊。"

"好。"他煞有其事地点点头，"阿姨不要你，我要你。"说着，他从枕头底下拿出钱包，"从今天开始，你来管钱包。"

我不知道他是配合我演戏还是来真的，接过钱包打开一看，里头只有一张卡。

我笑嘻嘻地问："银行卡密码是多少呀？"

我期待他继续配合我，比如回答：密码是你的生日，又比如说：

没有密码，你自己设置。

可是我忘记了，我面对的是不按常理出牌的苏南，是拥有高智商的苏南，他怎么会落于俗套，说这些烂大街的话呢？

他微微一笑，叫我拿来纸和笔，接着他低头奋笔疾书，唰唰几分钟后，他将字条递给我："这道题目的答案就是这张卡的密码。"

我扫了一眼这道高数题，确认自己不认识它之后，皮笑肉不笑道："大哥，你不想告诉我密码早说，我绝对不会怪你的。"

他定定地看着我，似乎并不是开玩笑。

我张了张唇："你该不会……"

他点点头："我什么时候开过玩笑了？我说钱给你管，就给你管。家里总要有一个当家管钱的，你比较适合。"

我适合我适合我适合……这话一直萦绕在我脑海中，直到我回到宿舍。

苏南的舍友很讲义气，见我照顾了苏南一晚上，自告奋勇前来守夜。实际上，在我离开之际，苏南舍友送我出来，声泪俱下道："嫂子，我是被老大胁迫来的，老大说我如果不来医院替你，以后就不给我辅导作业，也不帮我打游戏……"

我拍拍他的肩膀，和苏南同流合污："加油。"

虽然我回到宿舍了，但我还是心系苏南。苏南认为我在医院除了帮他解决那些礼物之外，别无他用，我为此十分不满。换成平时，徐曼曼知道了，一定会过来安慰我。

比如她会说："傻瓜，苏南只是为了让你轻松一点才这么说的，他可疼你了。"

现在，她一个人坐在书桌前，一只手撑着下巴，时不时傻笑。最让人惊悚的是，她傻笑之时，调动了面部所有神经，笑起来的样子像极了某种会从电视里爬出来的生物。

我状似无意地走到她面前，拍拍她的肩膀："你想什么呢，这么开心？"

徐曼曼被我一拍，吓得一激灵，回头嗔怪地看了我一眼："吓我一跳，你什么时候回来的？”

我一脸无语，我很早就回来了，在她旁边的椅子上坐了好久，难道她不知道？

我摸了摸她的额头：“你没发烧啊。”

徐曼曼正色道：“胡乐，你说喜欢上一个人是什么样的感觉？”

很好，继我之后，徐曼曼成为我们宿舍第二个少女心萌动的成员，而且她少女心萌动的对象不是别人，正是法学院的张弛。

第八章

我喜欢你走远点

张弛，法学院一把手，行走的禁欲系学神，当之无愧的系草。

之所以不说他是校草，是因为法学院所有的女生将他供为法学院的国宝，我们这些外系的人不可染指，否则杀无赦。

张弛在某种程度上和苏南很像，同样不苟言笑，不随波逐流，不奉承、不附和他人，遗世独立……总之，想要让人仰望，就要有自己的风格气质，而他们的风格和气质便是高冷，拒人于千里之外。

但是，苏南与张弛又有着本质上的不同。

苏南冷归冷，却不会无情。有人向他寻求帮助，他虽然嘴上不说，但还是会伸出援手，甚至经常做好事不留名。张弛不一样，他由内而外散发着“你们都离我远点”的气质。

为此我很担忧，生怕徐曼曼一厢情愿，人家张弛根本把她当一团空气。只是这是她第一次春心萌动，我也不好意思阻止，只能陪着她走一步看一步。

徐曼曼雷厉风行，通过她的人际关系网，很快拿到了张弛的课程表，又特意寻了一个机会，拉着我去法学院听课。

我本着为朋友两肋插刀的想法，义无反顾前行。上课十分钟后，听着枯燥的专业词，昏昏欲睡的我恨不得和徐曼曼断绝好友关系。

徐曼曼倒是听得津津有味。恋爱中的女人荷尔蒙爆发，她全程屏蔽了那些生涩难懂的专业词汇，双眸紧紧地盯着张弛，我生怕她的目光太过炙热，将张弛的脸烧出两个洞。

果然，张弛忍无可忍，淡淡道："看够了吗？"

徐曼曼不愧见惯风云之人，她淡定地翻了一页书，非常自然地将目光移到白发苍苍的老教授脸上。

许是她看张弛的眼神太炽热，一时之间没转换过来，老教授正苦于没人回答他的问题，一看她渴求且急于表现的眼神，立马指了指她："那位长鬈发的女生，起来回答一下我的问题。"

在场长鬈发的女生很多，留了长鬈发的徐曼曼理所当然地认为自己不会被幸运大饼砸到，还朝我呵呵一笑："堂堂法学系的教授，居然不懂得针对性叫人，应该说得具体点嘛，比如长鬈发，穿着白色叮当猫 T 恤、蓝色牛仔裤的女生……"

"对，就是穿着白色叮当猫 T 恤、蓝色牛仔裤的长鬈发女生，就是你，起来回答一下问题。"老教授笑眯眯道。

我悄悄地往旁边挪了几厘米，顿时明白一句话：报应不爽。

徐曼曼不愧经历过大风大浪，很淡定地整了整衣服起身，老实地回答："教授，我不会。"

她的脸皮如此之厚，态度如此之诚实，倒是让老教授一时之间没反应过来。一旁的张弛随意地扫了她一眼，继续面无表情地低头看书，一副与他无关的模样。

我对徐曼曼深表同情，抱歉的是，我爱莫能助。正当她拼命给我使眼色，我假装没看到的时候，张弛站了起来："陈教授，她不是我们系的同学。"

老教授一脸惊讶："那她怎么跑来听课？"

张弛淡淡地瞥了徐曼曼一眼，那一眼仿佛在说：谁知道她心里藏着什么猫腻呢。

“你们认识？”老教授推了推眼镜，乐呵呵道，“是的话，你就帮她回答一下。”

“不是。”张弛很冷静地回答，“我不认识她。”

其实，故事到这里差不多可以结束了，不过徐曼曼不是普通人，她向来喜欢从细微处出发，抓人漏洞，以此作为反击。

在张弛说完话后，徐曼曼突然开口，一针见血地指出问题：“如果你不认识我，又怎么笃定我不是你们系的人？你们法学系几百号人，除非你有惊人的记忆力，可以一一记住他们的脸，但是我相信你不能，你这句话本身就存在问题。”

我听完徐曼曼的一席话，从惊愕到恨不得给她鼓掌。这孩子留在生物系实在屈才了，这口才，这反应能力，妥妥一个法学苗子。

老教授也来了兴趣：“这位同学说的话有几分道理，张弛，你怎么说？”

众人齐刷刷地看向张弛，这可是他们法学系的学霸、出了名的铁齿铜牙，要是他今天辩不出一二，岂不是让人笑掉大牙？

道高一尺，魔高一丈，身为法学系的学霸，张弛怎么可能轻易被一个门外汉堵到无言以对。他看着徐曼曼，眼里并无任何情绪，嗓音低沉：“我不用记所有人的脸，只需要知道一点即可。那就是，你带的书并不是我们课程所学，但凡你多去了解一些，也不会把前几年的课本带到今天的课堂上来。”

徐曼曼败下阵来，勉强听完一节课后，落荒而逃。

我以为徐曼曼受了心伤，打算带着她去食堂暴饮暴食一番，结果她不仅没被张弛打击得一蹶不振，反而越挫越勇：“胡乐，你说他是不是真的很有趣？”

我点点头：“那是相当有趣，打击你的同时还沉稳淡定地回答了问题。恕我实话实说，你玩不过他。”

虽然徐曼曼是老狐狸，但张弛是修炼成精的狐仙，他现在是不屑与徐曼曼斗法，要是真被惹急了，分分钟发大招灭了徐曼曼，我可不想看到我的好姐妹英年早逝。

点菜的时候，我严肃地询问徐曼曼：“你真的决定了吗？虽然说张弛是一朵不可多得的天山雪莲，但并不是人人都有命享受到这朵雪莲花的。你不怕你在采撷他的时候，一脚踩空而跌下万丈悬崖，跌得粉身碎骨吗？”

徐曼曼高深莫测道：“怕是阻碍一切事情发展前进的脚步。”

晚上，我去看生病的苏南。他的舍友小胡子看到我来，立马稍息立正，主动将位置让给我：“嫂子好。”

我一脸无语：“你叫我胡乐就好，再不济叫我乐乐。”就是别叫我嫂子，叫一次，我的鸡皮疙瘩就集体起立一次。

“乐乐？”小胡子扑哧一声，“这不是狗……”还未等他说完，苏南威胁地瞥了他一眼，他立马眼观鼻鼻观心道，“那我就叫你胡乐吧。”

“今天你好点了吗？”我给苏南带了粥来，“这是我在宿管阿姨的小厨房熬的。你不知道，她一听你生病了，立马把我撇到一边，自己倒腾了半天，往里面又是加鲍鱼，又是加干贝，不知道的人还以为你是她儿子呢。”

苏南静静地听着我碎碎念，眼里泛着温柔的光芒。我一抬头，看到他看着我，下意识摸了摸脸：“你看我干什么？”

“老大，我先出去一会儿。”小胡子飞快转身离开，仿佛身后有鬼追着他一般。

我疑惑不解：“他尿急？”

苏南嘴角微抽。

可能是生病的缘故，苏南的胃口并不好，喝了小半碗粥便放下碗。不过这碗粥可是汇聚了宿管阿姨的金钱和心意熬成的，浪费着实可惜，于是我就着他吃过的勺子和碗，将剩下的粥解决了。

等我吃完一抬头，见苏南直勾勾地盯着我，那眼神含情脉脉，看得我一阵阵恶寒。

我咽了咽口水，将碗放在一旁：“是你自己不吃的，我帮你解决剩饭而已。古人说得好，‘锄禾日当午，汗滴禾下土’，浪费粮食就是浪费生命，浪费资源……”

“笨蛋。”他突然开口。

他没事骂我笨蛋做什么？我不满，又听到他说道：“胡乐，我很开心，真的。”

这人莫不是生场病之后性情大变吧，最近怎么总是喜怒无常的？

很久很久以后，我才知道苏南那天傻乐什么，原来是因为我吃了他剩下的粥，他认为这是一种极其亲密的行为。我没想到他的脑子如此九曲十八弯，我只是饿了而已。

后来的后来，我突发奇想问他：“我都吃过你的剩饭了，你怎么都没吃过我的剩饭？”

难道他嫌弃我？

苏南淡淡地瞥了我一眼：“你倒是给我剩啊。”

我无言以对，落荒而逃。有个“海纳百川”的女朋友，是一件多么孤独的事情。

一周后，苏南出院了。

苏南吸取了上次的教训，便不再给我落单的机会，他怕我又胡思乱想，于是我们的恋爱日常恢复了甜甜蜜蜜。

但有时候，甜蜜也是一种负担。

比如苏南重获健康之后，讽刺我的功力更上一层楼。他出院后的第一次晚自习，解决完手上的事情，随意一扫我做的作业，眉头紧蹙，片刻后说：“胡乐，你是把脑子丢在宿舍没拿出来吗？”

虽然我从小生活在苏南的打击下，但我现在好歹是他名正言顺的女朋友，他如此埋汰我不太好吧？

于是，我象征性地发发火，撂挑子不干了：“既然你嫌我笨，那你换一个聪明点的。”

他一动不动地盯着我，盯得我心里发慌。我在心里思考着该用什么姿势求饶比较有诚意时，他忽然一笑，认命地拿过笔，替我改作业：“你想得美。”

我想到我们好久没约会了，撞了撞他的胳膊。他的手一抖，笔在书上画出长长一条痕迹，皱眉问道：“干吗？”

“我们好久没去约会了。”我朝他挤眉弄眼。

“哦。”他难得一笑，放下笔，双手交叉，似笑非笑地看着我，“你就这么想和我约会？”

我很诚实且干脆地点头：“是。”

快到月末了，我的荷包已经在暴风式哭泣。这几日为了避免苏南发现我的“悲惨生活”，我都以下课时间不同作为借口，拒绝和他一起吃饭。

虽然我们是男女朋友，但我并不想就此占他便宜，谁的钱都不是大风刮来的。

我吃了几天泡面青菜炖萝卜，已经饿得两眼发光，恨不得沾荤腥大吃一顿。月中，我还能去徐曼曼那边沾点肉末，结果到了月底，她也开始吃泡面了。

苏南就是苏南，一瞬间便心知肚明我打的小九九，故意挪开胳膊：“那道高数题你还没解出来吗？”

他怎么又提起这件事了？我已经馋得理智全无，虽然大脑在高速运转，尝试解题，但很抱歉，我的大脑配置赶不上苏南的智能大脑，只能辜负他的这一番心意了。

“这种事嘛，随意就好。对了，我把银行卡还你吧。”虽然我解不出题目来，但不代表别人解不出来，万一我把卡弄丢了，把我卖了都赔不起。

也不知道他卡里头到底有多少钱，值得用那么复杂的数学题来保护。

我想到这里，突然想起最近网上的一个段子，很多人吐槽现下生活不易，用六位数的密码保护两位数的存款，转念想想，我就是这么一个可怜人哪。

“不用还。”他淡淡道。

“为什么？”我问。

“因为早晚都要给。”他头也不抬，继续在我的作业本上奋笔疾书。

我突然不好奇他那张卡里有多少钱了，因为无论里面有一百万还是一千块，只要他有，都会毫不犹豫地给我。

爱你的人，即便身上只有一块钱，也会想方设法用这一块钱种出最美丽的花朵。

“好了。”他把作业本挪给我，催促道，“快点看。”

“干吗？”我问。

他有些不耐烦又有些别扭：“你不是说要约会吗？”

约会三步骤：吃饭、看电影、逛街。首先，吃饭是重中之重。如果我饿得头昏眼花，连对方的脸都看不清楚，就别提你侬我侬了，忒没心情。

苏南问我：“你想吃什么？”

我并不像其他女生，只会来一句“随便”，我特立独行：“其实我想吃火锅，不过待会儿我们要看电影，怕熏到别人，要不我们去吃拉面吧？”

“好，吃拉面。”果然，苏南抓到了最后一句。

我选了一家奇怪的拉面店，这家店的名字叫“一根面”。顾名思义，一碗面便是由一根完整的面条组成。今日店里做活动，如果哪位顾客能在不咬断面条的情况下吃完一整碗面，不仅免单，还额外奖励一盒巧克力和一只布偶大熊。

我摩拳擦掌、跃跃欲试，苏南却兴趣索然，不过在我的威逼利诱下，他还是勉为其难同意了挑战。

面端上来后，我仔细观察了一下，小心翼翼挑起面的一头，但越怕什么越来什么，我千方百计不想让它断了，可最终还是以失败收场。

我只好将目光投向苏南。苏南叹了一口气，一副被我打败的模样，开始吃面。

苏南挑起面条，见我目不转睛地盯着他，轻咳一声：“你别看，否则输了是你的责任。”

我只好默默地别过头，用余光去扫视他，最后没忍住好奇心，还是拍了一张照片。也不知他用了什么方法，居然真的完整地吃完了一碗面，而且中间没有断过。等服务员说挑战成功的时候，他微微松了一口气。

服务员微笑着目送我们离开，苏南回头看了一眼店铺，恹恹道：“下次我不来这儿了。”

我将脑袋埋在布偶熊中，用力憋笑。刚才苏南没注意的时候，我将他吸溜面条的那一幕拍了下来，虽然滑稽，但也可爱。

我安慰他：“你这是舍己为人，会有好报的。”

苏南瞪了我一眼：“只有你会出馊主意，吃个饭也能整出花来。”

“可不。”我举了举手里的巧克力和布偶，“吃个饭还能有意外收获。”

现阶段没什么特别火爆的电影，我们便从矮子里挑高个子，好不容易挑了一部，可进场没多久，我便昏昏欲睡。我本着不浪费电影票的心情，强睁着眼睛看了半小时，可最终敌不过周公的召唤，沉沉睡去。

我再次醒来的时候，苏南轻轻摇着我，一脸无奈。

我尴尬一笑：“电影结束了？”

“走吧。”他牵着我的手准备离开。

旁边一对中年夫妻中的妻子笑道：“小姑娘，你男朋友对你可真好，你睡了这么久，你男朋友愣是动都没动一下，生怕惊醒你。”说着，她投给我一个意味深长的眼神，然后勾着她家老公的手，有说有笑地离开了。

我愧疚地看着苏南：“抱歉啊，我不是故意睡着的。你的肩膀麻了吗？我帮你揉揉。”

苏南见我不分场合就动手动脚，轻咳一声躲开我的手，红着脸道：“出去再说。”

出了昏暗的电影院，我顿时清醒不少，心想苏南今晚又是挑战吃拉面，又是当人形枕头，委实辛苦。我寻了一个无人的角落，强迫他坐下，细细地替他揉捏肩膀。

苏南的肩部肌肉十分紧绷，在我的揉捏下才慢慢放松，他的头靠在我的胸膛上，闭着眼睛，纤长的睫毛如羽扇一般。

“怎么样，我的手艺不错吧？”我问。

“嗯。”他勾了勾唇，“还不赖。”

“苏南，你说你对我这么好，我得寸进尺怎么办？”我有一搭没一搭地说道。

“你尽管得寸进尺。”他闭着眼睛，嘴角却是微微翘起，“我还应付得来。”

回去的路上下了雨，距离公交站还有一些距离，我正想往雨里冲，苏南一把拉住我：“别冒冒失失的，你想感冒吗？”

“没事，就一点毛毛雨。”我说。

他一言不发地脱下身上的外套，兜头罩在我身上：“披着，跑过去。”

“一起不好吗？”我踮着脚，将外套还给他。虽然在电影院的时候，我大部分时间都是睡着的，但小部分时间还是清醒的。比如我瞄到电影中的一个情节便是男女主角共披一件衣服，奔跑在雨中。

苏南犹豫了一会儿，眼见雨势变大，同意了。

可是我忘记了，电影终归是电影，电影情节千万别轻易模仿，因为容易玩脱。奔跑中，我没顾得脚下的一块青苔，脚一滑，拽着苏南的外套，四仰八叉地摔在地上。

这一小段路刚好坑坑洼洼，于是我把自己摔成了泥人。

苏南也没想到事情如此急转而下，也顾不得自己的外套了，忙扶起我，上下检查：“你有没有哪里摔了？手腕活动一下。我说胡乐，你是不是小脑发育不全，怎么回回走路都会摔倒劈叉？”

我脸上全是泥，眼睛都睁不开，欲哭无泪道：“我也不知道啊，估计我没有女主角的命吧。”

苏南一脸无奈："都什么时候了，你还贫嘴。"

周围没有二十四小时便利店，苏南的外套报废了，他只好向路人借了一瓶水和纸巾，小心翼翼地替我擦干脸上的泥水，而后叹息一声："这样我们没法回去，先找一个酒店吧。"

换成平时，我这副泥人的模样别想踏入酒店，好在苏南生了一副好皮囊，在他的再三保证下，前台终于愿意开一间房给我们。

不久后，酒店阿姨送了干净的衣服上来，是苏南让阿姨帮忙买的。

苏南是真的细心妥帖，平日里虽然沉默寡言，但总是把事情安排得妥妥当当。从方才到现在，他也没说过我一句不是，更没不耐烦，要知道跟一个"泥人"走在一起是需要很大的勇气的。还有，我发现我总有把事情搞砸的本事。

洗完澡，我走出浴室，看到苏南坐在窗边的椅子上，便冲他不好意思一笑："本来是一次完美的约会，结果败在了最后。"

他朝我招招手："过来。"

我很听话地走了过去。

他从身后掏出吹风机，让我坐在床上。吹风机发出嗡嗡的声音，暖风从我头顶拂过，我感受到他的手指在我的发间穿梭，原本愧疚的心便慢慢安定下来。

我眯着眼睛说道："五岁之后，我妈就不帮我吹头发了，她说我已经是小大人了，要学会自己的事情自己做。"

可是在苏南面前，我却永远扮演着小孩的角色。他用成熟和稳重建立起一道围墙，隔绝了外面的一切风浪和险恶，将我护在其中。他对我的好，我这辈子许是还不清了。

"没事，以后你懒得吹的时候，我帮你。"他说。

可还没等我高兴几秒，他的声音透过嗡嗡的风机声徐徐传入我耳中："但是，我这不是免费的，我需要报酬。"

很久很久之后，我才知道他口中所说的报酬是什么意思。

这端，我和苏南甜甜蜜蜜；那端，徐曼曼的单恋之路万分艰难。

她曾经在宿舍放出豪言壮语，告诉我们，即便追求张弛比唐僧师徒四人取经还要难，她也要坚持到底，赴汤蹈火，在所不辞。

虽说铁杵磨成针，但也有磐石不为所动的时候，张弛就属于后者。

许是出于第一印象，张弛对徐曼曼的态度尤为冷酷。对别人，他尚且还保持起码的礼貌。对徐曼曼，张弛的面上只有一个大写的“滚”，这让徐曼曼忧伤不已。

其实徐曼曼长得国色天香，高鼻、大眼、薄唇、大长腿，又会打扮，可张弛偏不为所动。

于小年劝她：“天涯何处无芳草，何必单恋一枝花，换一个吧。”

徐曼曼咬牙切齿：“不换，这可是世上独一无二的一枝花，我才不会让给别人。”

菁菁一针见血道：“可是他不喜欢你。”

徐曼曼微微一笑：“终有一天他会喜欢我。”

我在旁边默默拆台：“可能那一天就是世界末日。”

徐曼曼肩膀一垮，一脸愁云惨雾：“你们说我容易吗？我这颗尘封万年的少女心好不容易复苏了，结果对方居然如铁树不开花，对我的追求不为所动。我每天想方设法与他偶遇，制造各种邂逅，可偶像剧中的情节怎么就不发生在我身上呢？”

小年道：“因为你们空有演偶像剧的脸，没有演偶像剧的心。你以为张弛是笨蛋吗？以他的高智商，他会不知道你对他的心思？既然他知道，那他肯定也知道那些所谓的偶遇都是你设计的。”

菁菁托着下巴沉吟：“我觉得你要改个方法。”

徐曼曼病急乱投医：“那我怎么办？”

菁菁道：“敌不动，你也不动；敌一动，你观察后再动。”

我一脸无奈，这群孩子是真的傻了，一个敢说，一个敢听。许是徐曼曼也觉得菁菁的话不靠谱，转而来问我：“胡乐，你是怎么追求苏南的？”

我叹了一口气：“我真不想打击你，我真的没追求过他。”最多就是讨好他罢了。

“是啊。”徐曼曼一脸忧伤，“唉，我怎么这么惨呢？”

不过很快，徐曼曼便重整旗鼓。她重整旗鼓后的第一件事就是织围巾，不过看着三米长的围巾，我咽了咽唾沫，弱弱道：“徐同学，你可不能因爱生恨啊。”

徐曼曼头也不抬：“什么意思？”

“你这不是给他送温暖，而是给他送上吊用的工具吧？”说完，我准备转身就跑，免得被她辣手摧花。

结果她叹了一口气：“书上说，围巾织得越长，越有诚意，你说张弛会不会被我的诚意感动？”

我摇了摇头，恋爱中的女人都是傻瓜。

徐曼曼难得害羞，还托人将围巾送给张弛。当她憧憬着张弛的反应的时候，我们第二天在垃圾桶中看到了这条熟悉的围巾。

徐曼曼一声不吭，垂眸看着垃圾桶里和其他垃圾混在一起的围巾，上面还沾染了各种各样的污渍。

原本一条干净蓬松的围巾，现在却以这般姿态躺在里面，一股无名火涌上我的心头：“太过分了！”

说完，我伸手去捞围巾，徐曼曼却阻止我：“别弄了，里面脏得很。”

我从未见过徐曼曼这样，她是我们中最潇洒的一个，现在她的心意却被她喜欢的人如此糟蹋。这条围巾是她熬夜一针一线织出来的，他再不喜欢，再讨厌她，也不能如此做。

“我们走吧。”徐曼曼看也没看垃圾桶一眼。

“曼曼。”我追上去，“你没事吧？”

她露出一个十分夸张的笑容：“我有什么事，早点认清也好。唉，没想到我第一次喜欢一个人，居然是这样收场的。其实我知道他讨厌我，只是没想到他这么讨厌我。”她笑着笑着，突然眼泪落了下来，为了掩饰，她直接蹲下身，将脑袋埋在膝盖中，“唉，真是丢人，我徐曼曼什么时候哭过。”

“没事，你尽管哭，哭过之后，以后把张弛那家伙从脑子里剔除，剔除得干干净净。”

徐曼曼终于忍不住放声大哭。

在最美好的年纪，你喜欢上一个人，可那个人也许并不喜欢你，甚至不知道你的存在。在最美好、最恰到好处的光影下，眼见他修长的身影徐徐而来，你会明白，这一幅画面会永远定格在你心中。

而徐曼曼精心描绘的光影在这一刻分崩离析，她所憧憬的美好画面被泼了墨，变得不伦不类，食之无味，弃之可惜。

“你说我怎么会喜欢他呢？”徐曼曼带着哭腔的声音传来，“乐乐，你也知道我的个性，追我的男生并不是没有，但我素来以平常心对待，甚至用旁观者的目光看待这一切，直到遇到张弛。”

“你说我见色起意也好，是别的也罢，总之看到他站在那儿，我就走不动了，好像从我出生到现在，就是为了那一天遇到他。也许他命中注定的那个女孩不是我吧，我也不想伤春悲秋，缘分这种事真的太邪乎了。你说我是不是抢了别人未来的老公，所以上天才这么惩罚我，让我的自尊心彻底被人踩在脚下，让我的单相思变成一场自导自演的闹剧？”

“不是这样的。”平日里，我的嘴皮子溜得很，此时我却变得嘴笨无比，“曼曼，你很好，你值得这天底下最好的男人。”

“是吗？”徐曼曼打了个嗝，“走吧，我们去吃烧烤。啤酒配烧烤，人生一大乐事。”

“好。”此时此刻，即便她怒从心起，喊我跟她一起去找张弛的麻烦，我也义无反顾，绝不迟疑。

我们来到学校外的一个摊子，徐曼曼大手一挥，点了烤串和二十四瓶啤酒。

我看着整齐排列的啤酒，咽了咽唾沫：“这么多酒，我们喝得完吗？”即便喝得完，膀胱也要受得住呀。

徐曼曼竖起一根手指：“你要相信，人的潜力是无限的。”

苏南打电话过来的时候，徐曼曼已经喝醉了，我一边照看着她，一边分神回答苏南的问题。

显然苏南听到了徐曼曼醉醺醺的话，以及周围的吆喝声，他沉声问："你们在哪里？"

"我们在学校外面的萌萌烧烤摊吃东西，我不和你说了，徐曼曼要去隔壁桌抢人家的烤串吃了。"我忙放下手机，飞奔过去，夺过徐曼曼手里的烤串，对那桌的客人连连道歉，"对不起对不起，她不是故意的，她喝醉了。"

好在对方客气，我赶紧拉着徐曼曼，准备结了账回去，结果这小妮子开始发酒疯："我不回去，回去他们会笑我。"

"谁会笑你？"我问。

"所有人，所有人……"她吸了吸鼻子，"嗯，当然不包括你乐乐，我最喜欢的人就是你了。要不你抛弃苏南，我们相依为命好了。"

忽然，三个流里流气、打扮杀马特的男人走过来。

"喝酒呀，两个女孩喝酒多无聊，要不要我们陪你们？"其中一个说完就要去抓徐曼曼的手，我忙不着痕迹地挡开。

徐曼曼朝天翻了一个白眼："谁要和你们喝酒，长得跟未开化的原始人一样！快点走开，再不走，我要吐了，被你们活活恶心吐的。"

"你……"其中一个黄毛气急败坏，扬手要打徐曼曼。

她喝得醉醺醺的，行动迟缓，哪里躲得过这一巴掌，我想阻止，却被一个绿毛控制住。

眼见那一巴掌即将落下，一只手稳稳地抓住黄毛的手，然后这人开口，声音又沉又冷："有种你就打下去。"

是张弛，他怎么会出现在这里？最重要的是，他为什么要帮我们？

"你谁呀？"黄毛嚷嚷，"哪里来的狗小子……啊啊啊，痛！"黄毛的话还没说完，面容就扭曲了起来，惨叫着，"放开放开放开。"

这三个年轻人外强中干，遇到人高马大的张弛，立马偃旗息鼓，很快便溜得没影了。

徐曼曼正难受着，腿一软，险些跪在地上。张弛离她近，下意识伸手扶住她。

徐曼曼抬头，目不转睛地盯着他，片刻后傻乎乎一笑："乐乐，我看到张弛了耶。"

张弛眉头紧皱，面色阴沉，我看他的眼神，似乎随时要将徐曼曼就地正法一般。

为了徐曼曼的人身安全着想，我赶紧将徐曼曼扶到自己身边，不过这瓜娃子有异性没人性，硬是赖在张弛怀里："别碰我。"

我无语凝噎。

现在我对张弛的感受很复杂，我很想拿桌子上的啤酒瓶给他一脑瓜子，不过他刚刚替我们解了围，我又觉得自己不能恩将仇报。

当我纠结之时，徐曼曼突然抽搐了几下。我暗叫不好，还未将她拉过来，她已经拉住张弛的外套，旁若无人地吐了起来。

我惊愕地看向张弛，满脸写着抱歉，本以为他会大发雷霆，拂袖而去，甚至破口大骂，结果我想象中的这些画面都没有出现。

张弛一动不动地等着她吐完，除了紧皱的眉宇，面上并无一丝一毫的嫌弃。

我纳闷了，从他方才的所作所为来看，他完全不像会扔掉别人礼物的人，难道这其中有什么误会？而且，为什么他看着徐曼曼的眼神竟然带着温柔和怜惜？这实在太不可思议了。

徐曼曼吐完，整个人要往地上滑去，眼见她就要和那堆可怕的呕吐物躺在一起，我忙伸手去扶。

张弛的外套已经被徐曼曼糟蹋得差不多了，他利索地脱下，随意地扔在一旁，对我说道："我送你们回去。"

"这……"我犹豫。

"快点。"他催促。

我环顾四周，许多人都望向这里，为避免徐曼曼成为明天的新闻头条，我点头应下。

张弛背起徐曼曼的时候，苏南也到了，他二话不说先去结了账，见我要解释，他道："先回去再说。"

徐曼曼喝醉了，这样无法回去，张弛道："去我家吧。"

让我没想到的是，张弛还是开车来的。

我安顿好后座的徐曼曼后，特意和他讨要塑料袋："那啥……你有没有塑料袋之类的？我怕徐曼曼待会儿吐你车上。"

这车可不是一般的贵，要是徐曼曼吐在这里，等她第二天醒来，一定会自刎谢罪。

张弛顿了顿，道："没事。"

好吧，他这个车主人不心疼，那我一个外人还心疼个什么劲儿，不过我依旧全程密切关注徐曼曼，好在她吐过一次后便安静了许多。

张弛住的是花园式公寓，我们乘坐电梯到二十八层。当他打开门的时候，我和苏南对视一眼，他对我们道："进来吧。"

屋子空间很大，是跃层式的，装修简洁干净，整体以白灰黑为主色调，看上去有些冰冷，没多少烟火气息。

他让我们随意，接着他去了厨房，很快又拿了一杯蜂蜜水出来递给我："麻烦你喂她喝下。"

"嗯……谢谢，麻烦你了。"我道。

他轻轻"嗯"了一声，说："你们自便，我先去换身衣服。"

我表示理解，他方才被徐曼曼吐了一身，确实需要洗漱一下。

徐曼曼喝了蜂蜜水，已沉沉睡去。

客厅里很安静，只有徐曼曼轻浅的呼吸声，在这静谧中，苏南问我："发生什么事了？"

此事说来话长，可也能长话短说。鉴于主人公不知道什么时候出来，我言简意赅说了一番，苏南听懂了，他点点头："所以这是一出落花有意，流水无情的戏码？"

"我觉得不是。"我凑到苏南耳边，话还没说完，他突然往后仰了仰，躲开了。

我有些委屈。

他轻咳一声，又慢慢地靠近我："你继……继续。"他说话的同时，耳朵红得如同火烧云。

原来他是害羞了呀，我心中觉得好笑，不过还是说道："其实我觉得他们有戏，你不知道刚刚张弛看徐曼曼的眼神，多么缠绵呀，那可不是看仇人的眼神。"

"可能你看花眼了。"苏南拆台。

第九章
做个媒人如何

我正欲说话，张弛已经洗完澡出来了，他换了一身休闲家居服，长身玉立，很是清隽，也难怪徐曼曼为他神魂颠倒，他的确有这本钱。

许是我的目光太过灼热，苏南不满地轻咳一声，我立马收回目光："那什么，今晚麻烦你了。"

张弛看了一眼沙发上熟睡的徐曼曼，转而对我说道："今晚能不能麻烦你在这里照顾她？"

"我可以出去。"我还未说话，他又补充了一句。

我瞠目结舌，事情的发展已经超乎了我理解的范围。我记得徐曼曼每日在宿舍里叹息连连，控诉张弛的冷漠，所以到底是徐曼曼的记忆错乱了，还是张弛被外星人附身了？怎么张弛的人物设定突然从一个拒人于千里之外的冷漠少年变成了缠绵的情圣？

"不用这么麻烦，这样吧，我也待在这里，这样谁也不用出去。"苏南建议，"这样可以吗？"

张弛点点头："这样最好不过。这里有两间房，你和我睡一间，徐曼曼可以和胡乐一间。”

我的大脑还在理那些九曲十八弯的事情，听到张弛叫我的名字，忽然抬头，有种被老师点名的忐忑感和兴奋感：“你居然知道我的名字。”

一旁的苏南万分嫌弃地瞥了我一眼。

我也觉得自己大惊小怪了，忙正襟危坐，做矜持状：“我还以为你根本不知道我们是谁。”

“我知道。”张弛道。

“乐乐，我口渴。”徐曼曼的声音传来。

“我去给你……”我的话还没说完，张弛已经快步走到厨房，并很快去而复返，手中还端着一杯水。

我彻底凌乱了。

我好不容易将徐曼曼折腾到床上，已经累得满头大汗了，便打算去冲个澡。徐曼曼已经够臭了，再加上我的一身汗臭，明天张弛这个客房就变成生化实验室了。

我小心翼翼地带上门，一出来就见到苏南靠着墙，双手环胸，闲适地低着头。

他见我出来，抿了抿唇：“弄好了吗？我给你买了一次性洗漱用品，还有贴身衣物，你去浴室冲个澡吧。”

我一方面感叹苏南的细心和体贴，一方面又面红耳赤，他居然给我买贴身衣物。

许是苏南也觉得不好意思，留下一句话便落荒而逃。我进了浴室，看着干净的衣服，咧嘴一笑。

洗去一身酒味和汗臭味，我终于活了过来，擦着头发走出浴室，便看到苏南坐在沙发上，正低着头看书。

他的侧颜宁静温和，睫毛纤长，客厅暖色调的光芒落在他身上。在明明灭灭的光影中，他似一幅定格的画。

苏南听到脚步声，抬起头对我说道：“我已经将吹风机放在茶几上了，你吹完头发就去睡觉，我先上楼了。”

“嗯。”我点点头。

眼见他要上楼，我几步上前拉住他。他脚步一顿，回头：“怎么了？”

我嘿嘿一笑：“你帮我吹头发吧，我胳膊酸。”这不过是借口而已，其实我只是想和他多待一会儿，哪怕十分钟也好。

他捏了捏我的脸颊：“使唤我上瘾了是吗？算了，谁让我欠你呢。”他拿过吹风机，修长的手指穿梭在我的发间，而我坐在地上，眯着眼睛，微仰着头，别提多惬意了。

在嗡嗡声中，苏南的声音传来：“你知道你现在这样子像什么吗？”

“像什么？”我问。

“一只刚吃饱的小狗。”苏南笑道。

我一脸无语的表情，龇牙咧嘴地朝他扑去，他连连躲过：“你恼羞成怒的样子就更像了。”

我就纳闷了，张弛他家是不是有什么奇怪的磁场？否则他们一个两个怎么都变得这么不正常？

我见苏南笑得双眸眯成一条缝，加了一把劲，结果脚下一滑，整个人扑到他身上。

苏南被我压得闷哼一声：“胡乐，你想压死我吗？”

“是的。”我哼哼了两声，“谁让你嘲笑我，我就要用我的体重碾压你，让你尝尝嘲笑我的后果。”

“你这个傻瓜，哪有女孩说用体重碾压男朋友的。”

“就是本人我。”我嘿嘿傻乐过后，再看我们现在的姿势，突然觉得有些暧昧，随即若无其事地起身。

结果我刚动，苏南那双铁臂便一收，将我牢牢控制在他怀里。

“你干吗？”我稍稍挣扎了一下，“这可是在别人家。”

苏南愣了一下，然后眉宇之间都是笑意：“那你的意思是，如果是在自己家，我就可以为所欲为？”

“你……你曲解我的话。”我不明白苏南这么一个根正苗红的好少年，怎么就变成这副模样了，到底是谁教坏他的？

“放开啦。”我小声道。

“我要奖励。”他一副讨赏的模样，“刚刚帮你吹头发，手酸。”

“好好好，我回去给你买冰激凌，给你买大肘子行不行？”

他定定地看着我：“我不要那些。”

“那你要什么？”我有些窝火了。

“胡乐，你知道，你别装傻。”他目光灼灼地看着我。

我叹了一口气，要在他面前装傻充愣，我估计还要修炼一千年。在无计可施下，我只好观察了一番四周，确认没人后，才低下头，轻轻触碰了一下他的唇瓣，随后红着脸问道：“这样可以了吗？”

“不够有诚意。”他点评。

我无语望天，正想教育教育他，结果他蓦地起身，稳稳地堵住我的唇瓣。我毫无防备，惊愕地瞪大眼睛，他却轻声道：“闭上眼睛。”

“咯。”突然，一道不轻不重的轻咳声传来，我和苏南飞速弹开，一本正经地坐在沙发上，只是两人都脸红如血，尤其是我，恨不得挖一个地洞钻进去。

张弛的声音还是一如既往的平静：“我是说，我已经准备好东西了，苏南你可以去洗澡了。”

唯一的一次，苏南什么话都没说就走了。

我回到客房后，躺在床上，却怎么都睡不着了。

唇瓣上还残留着苏南的味道，我抚上自己的胸膛，测了测，觉得我现在的心跳没有两百也有一百八。

翌日一早，徐曼曼哀号着醒来，她先是迷茫地打量了一番四周，最后看到床上的我，惊愕了三秒后，淡定地走到窗边，拉开窗帘，一脸沧桑：“胡乐，我没想到你……”

“没想到你个头！你昨晚喝醉了，把我们折腾得够呛！你还吐了张弛一身，是他把你带到他家来，还收留我们住了一晚上。”我一口气说完，果然成功地欣赏到徐曼曼精彩的表情。

她指了指自己："我吐了张弛一身？"

我装作心情沉重地点了点头："而且以张弛的座驾和他这套位于繁华地段的房子来看，他那件被你吐得不成模样的外套也价值不菲。"

徐曼曼张了张唇："我们现在在张弛家？"

"是啊。"我继续点头。

徐曼曼点点头，接着冷静地拉开阳台门。

当她一脚跨出去的时候，我吓得冷汗直冒，一把擒住她："你一大早发什么疯？"

"乐乐，我没脸见人了，还是以死谢罪比较好。"

当然，徐曼曼不可能真的以死谢罪，最终她还是乖乖洗漱完，然后乖乖地坐在客厅的沙发上。张弛和苏南一早就出去买早饭了，我醒来的时候，看到苏南给我发了短信。

我看到徐曼曼如坐针毡的模样，感同身受。当年我做了坏事，就是这么忐忑不安地等着父母回家的。

门"嘎吱"一声开启，徐曼曼一个激灵弹起身，以迅雷不及掩耳之势冲进浴室。我目瞪口呆地看着她离去的背影，感叹人的爆发力果然是无限的。

门开了，苏南和张弛走了进来。我看了一眼他们手里的早餐，嘴角微抽，忍不住道："你们这是喂猪呢？"而且喂的还不是一头猪，是一栏猪。

苏南淡淡道："那些阿姨们硬塞过来的。"

我懂了，原来这个世界真的可以靠脸吃饭，我深深地嫉妒了。

张弛的注意力却不在这里，他将早餐放在餐桌上后，礼貌地问我："她还没醒吗？"

她不仅醒了，醒后还表演了"跳楼""歇斯底里""自我安慰"，现在正在浴室里思考人生呢。

"她……她在浴室。"我说。

张弛可能以为她在洗漱，便没去打扰。不过半小时过去了，张弛再蠢再笨也不会以为她是在洗漱。

他正要起身，我先他一步走过去，道："我去叫她。"

我在浴室门口拍门："喂，徐曼曼，徐大姐，徐大爷，你快出来吧。你继续在里面待着，张弛和苏南会以为你怎么了。"

徐曼曼继续装傻充愣："不听不听，王八念经。"

我点点头："很好，既然你无情，那就别怪我无义了。"

我回到餐桌前，对张弛微微一笑："我无能为力了，你去吧。"

三分钟后，徐曼曼垂头丧气地回到餐桌旁，乖乖地吃早饭，全程低着头，仿佛名门望族培养出来的大家闺秀。

我瞠目结舌。

吃完早饭，我和苏南收拾残局。徐曼曼几欲逃跑，不过在经过天人交战后，她还是选择面对事实。

"那个，衣服我会赔给你的。"徐曼曼轻声细语道，"还有昨晚麻烦你了，真的很不好意思。"

张弛淡淡道："那现在去吧。"

"啊？"徐曼曼一脸蒙。

张弛起身走到她身边，身高差带给她强烈的压迫感。我看她已经很努力地挺起胸脯踮起脚，奈何无论是气场还是身高，依旧输给他一大截。

"去买衣服。"他说。

我替徐曼曼掬了一把同情泪。

苏南有事，先行离开，而我也不好意思当电灯泡。徐曼曼几次三番暗示我和她一同前往，不过我觉得此时此刻我已经不能为朋友两肋插刀了，所以挥一挥衣袖，不带走一片云彩。

徐曼曼，我对不起你。

我一个人慢悠悠回到学校，想着无聊，便去跆拳道社逛逛，结果刚到跆拳道社，便见赵燃一副鬼鬼祟祟的模样。

他长得人高马大、剑眉星目，配上这副畏畏缩缩的样子，还真是违和感十足。

虽然上次我和他在食堂不欢而散，但是好歹我们有些交情，而且看在他小外甥的分上，我就大发慈悲，原谅他的口不择言吧。

“师父，你在这里干吗？”我问

赵燃吓了一跳，见是我，又松了一口气：“是你啊，我还以为是……”

“你在躲谁呢？”我十分好奇。

“别提了，一个狂热粉丝，天天像尾巴似的缠着我，防不胜防。”赵燃一脸怨念。

“什么狂热粉丝？”我继续问。

许是我的表情太过八卦，赵燃嫌弃地瞥了我一眼：“你问这么多干什么？”

“无聊一问而已，既然你不回答，我就走好了。”我打了个哈欠，准备回宿舍补眠。

我昨晚睡得并不是特别好，徐曼曼倒是睡得十分习惯，一觉到天亮。

“走什么走。”赵燃拉住我，“你多少天没来跆拳道社了，有没有把我这个师父放在眼里？陪我练练。”

“不是吧？”我真是追悔莫及，早知道直接回宿舍了，现在不是找虐吗？

练了一会儿，我已经汗流浃背，赵燃却还是一副精神百倍的模样。他递给我一瓶冰水，我摆了摆手：“放着放着，我待会儿喝，免得苏南又唠叨。”

他愣了一下，原本噙笑的嘴角微僵：“苏南可真是把你管得服服帖帖。”

我挑眉：“大哥，你这么说就没道理了，什么叫他把我管得服服帖帖？他说得有道理，我自然听，你这人的心咋这么阴暗呢？”

他打了一下我的脑袋：“怎么跟师父说话呢？”说罢，他用手焐着这瓶冰水。

瓶身冷，掌心热，冷热交替下，矿泉水瓶身上凝出一层薄薄的水珠。我又想到苏南给我科普的物理知识了，我觉得在他的影响下，我有可能成为业余物理大神。

“不冰了，喝吧。”过了一会儿，赵燃重新将水递给我。

“谢了。”我也不好辜负他的好意，喝了几口，又问道，“对了，你到底在躲谁啊？”

“你这人真是奇怪，不该好奇的好奇，该好奇的又装傻。”赵燃自嘲一笑，“是我们系的小学妹，叫温洛洛，我就偶然帮了她一次，结果她铁了心要加入跆拳道社。就她那小胳膊小腿，哪里是学跆拳道的苗子……你干吗这么看着我？”

我斜眼看他：“你是不是有一个武侠梦，怎么到处行侠仗义？我告诉你，你这么做就是现代版张无忌，再加上你这副皮囊，我怕到时候一堆现代版赵敏、周芷若、小昭、殷离围在你身边，让你头疼不已。”

我又问：“那你觉得你现在救的这个是谁？赵敏，周芷若，还是小昭？”

他顿了顿，定定地看着我：“我曾经救过赵敏，可惜人家根本不把心思放在我身上。当然，温洛洛是有那么一点像周芷若，不过仅限于外形像，性格一点都不像。”说到温洛洛，赵燃不自觉地打了个寒战。

我被他后半句话吸引了，全然没去关注前半句，后来我因为听话听一半付出了“沉重”的代价。

“胡乐，帮我个忙吧。”他说。

“不帮。”我很坚决，我可是经过苏南的专业训练，除非忍不住，否则一定会坚持原则。

“请你吃饭，你随便挑。”他下血本。

“师父，请吩咐吧。”我说过，我经过专业训练，一般不会轻易妥协，除非忍不住。

赵燃将温洛洛的资料给我过目了一遍，便让我随意制定计划，让我随便用什么办法，只要能赶走温洛洛就好。

这就好办了，我本来还束手束脚，既然他让我大展拳脚，那我就不客气了。

我找了一个时间，约了温洛洛出来。这孩子挺实诚，打扮得漂漂亮亮的和我碰面，开口的第一句话便是："胡乐，你能给我签个名吗？"

我顿时不知道该怎么出手了。

我惊疑不定地签完名后，一米七的小学妹温洛洛捧着签名，高兴地在原地转了一个圈，裙角飞扬，像极了一只翩翩起舞的蝴蝶。

我在想，赵燃可真是暴殄天物啊，这么漂亮的周芷若居然不喜欢。

她兴奋完，一把握住我的手："胡乐，你知道吗？你是我的偶像！我看了你向物理系学神苏南告白的现场直播了，我真的很佩服你的勇气。"

我欲哭无泪。

"是赵燃让你来的吧？"她兴奋归兴奋，却不傻，"他是不是叫你来拒绝我？"

我艰难地点了点头。

我本以为她会一脸挫败，结果我想多了，她面色不变，眼里还多了几分坚定："果然是我喜欢的人，很有原则。"

"啊？"我实在跟不上她的脑回路。

温洛洛不好意思地笑了笑："你看赵学长并不为我的外貌和身材所吸引，说明他不是只看外表，不看内在的庸俗之人。如果他以后喜欢上我，肯定是因为喜欢我这个人，而不是我的皮囊，那我人老珠黄之后，他对我肯定始终如一，不会多看其他娇花一眼。"

我现在明白赵燃为什么要躲着温洛洛了，这孩子就是一个走火入魔的周芷若，还是自恋版的。

"其实……"我开口。

"你说……"她虔诚地看着我。

我被这双眸子盯着，压下所有愧疚感才敢说出准备已久的台词：“洛洛，其实我并不想打击你，不过长痛不如短痛，有些事情你不知道，你要是知道了，你一定会介意。我想赵燃也是因为这件事才将你推得远远的，其实他也很心痛，不过他没办法。”

“胡乐，你到底想说什么？”她一脸疑惑。

我表情凝重：“其实他有儿子了。”

空气瞬间静止，温洛洛真诚的表情一寸寸龟裂，她张了张唇：“有……有……儿子？”

反正都已经说出口了，我也不在乎将赵燃的形象塑造得更加悲惨一些：“其实他有个深爱的女孩，可惜那女孩出车祸永远地离开他了，因此他颓废了许久。后来。他在孤儿院看到了一个小男孩，想起了他女友曾说过，以后要领养一个可爱的孩子……”

我还没说完，温洛洛已经开始抹泪了：“原来他还有这样的过去。”

“所以……”

“没事，以后有我陪着他，即便他现在忘不了他的前女友，在以后漫长的岁月中，我也会让他慢慢走出阴影的。”

我好像把事情越弄越糟糕了，赵燃，我对不起你。

这件事发生过后，赵燃声称自己的名誉受到前所未有的伤害，扬言要砍死我。我生怕他天天拿着四十米的大刀来追杀我，吓得寸步不离地跟在苏南身边。

苏南一脸无奈：“你说你去惹他干什么？”

我十分无辜：“我没惹他，我真的是好心好意帮他。”

怪只怪温洛洛的脑回路太清奇，想法异于常人，我才会好心帮倒忙。听说现在温洛洛对赵燃的热情更上一层楼，已经从爱心早餐发展到午餐、晚餐，还增加了夜宵。

“唉，忧伤。”我担忧道，“你说在温洛洛的投喂下，赵燃那八块腹肌会不会变成一块腹肌？”

我刚说完，一回头，就看到苏南眼神深邃地盯着我。我搓搓身上的鸡皮疙瘩：“你这是什么眼神？”

他面无表情地问：“你怎么知道他身上有八块腹肌？你看过？”

我深知苏南的吃醋绝技，赶紧表明立场和态度：“怎么可能，我只看过你一个人的腹肌，别人甭管是八块腹肌还是十六块腹肌，我都不会多看一眼。”

苏南握拳轻咳一声，耳根慢慢变红，他像小媳妇一样羞答答地低下头：“胡乐，你怎么……”

我怎么这么口无遮拦，这么诚实？紧接着，我就跟事前诸葛亮，事后猪一样，刚哄他开心，又说道：“唉，也不知道一直看你的腹肌会不会看腻，而且你能不能保持你的腹肌还是一个问题。”

好了，继我成功惹怒赵燃之后，苏南也彻底被我惹急了，口无遮拦的我突然想抱着徐曼曼哭。

说正事，虽然我很皮，但苏南并不会丧心病狂地抛弃我，他只是要陪教授去国外参加一个物理研讨会。想想苏南年纪轻轻便有此殊荣，我好生得意，也有些担忧。

毕竟，此次与苏南同去的还有林雪薇和另外一个学长。

林雪薇便是上次去医院探望苏南的女孩，也是他们实验室的一枝花。她对苏南的心思可谓是司马昭之心，路人皆知，好在苏南心志坚定。只是在舍友们的狂轰滥炸下，我也有些疑神疑鬼了。

于小年说：“男人都是下半身动物，尤其是在异国他乡，寂寞难耐，很容易管不住自己的。”

周菁菁说：“也许苏南对你始终如一，但万一那个林雪薇半夜偷偷潜入苏南的房间，然后把他放倒呢？”

徐曼曼自从被张弛拉去买了一次衣服以后便傻了，她的回答是：“苏南去干什么？林雪薇又是谁？你们干吗一脸苦大仇深？”

完了，我们宿舍的最强大脑傻了。

我们一脸忧伤地看着徐曼曼，她终于将魂魄从天外拉回来，疑惑地看着我们：“你们不是在讨论苏南吗，看着我干吗？”

我叹了一口气，问道：“你到底怎么了？”

“我很好啊。”徐曼曼神态自然。

“嗯，你的确很正常。”于小年煞有其事地点点头，“把鞋油当牙膏，把牙膏当鞋油，衣服洗了一次后重新扔进洗衣机，点餐只点了饭，上课连书都忘记带，甚至你连我们叫什么都忘记了。”

“哪有，菁菁你乱讲。”徐曼曼义正词严道。

众人无语望天。

我一脸严肃：“徐曼曼，张弛到底对你做了什么，你告诉我们，我们帮你讨回公道。”难道因为那件价值不菲的衣服，可怜的徐曼曼被迫……

一提起张弛，徐曼曼瞬间面若火烧，支支吾吾，呼吸急促，最后丢下一句“我啥也不知道”便落荒而逃。

这周末苏南去国外，我亲自帮他收拾行李。其实他的衣服不多，是我反反复复地叠，心中总有那么一些忐忑不安。

我们又一次要分开了。

他似乎注意到我心神不宁，走过来把我拉到一边，给我倒了一杯水：“你休息吧，看看电影也行，剩下的我自己来。”

“苏南。”我幽幽道，“你在外头可要守身如玉呀。”

他手里拿着一件衣服，转身看着我：“你突然胡说八道什么？”

我握着杯子，一脸忧伤：“其实我也不是不相信你，只是大千世界充满了诱惑，尤其是外国，那么多金发碧眼的美女，我怕你把持不住。”

“你怕我把持不住？”苏南放下衣服，慢吞吞地走到我面前，双手压在我的座椅扶手上，俯身看着我。

他的眼里闪着两簇小火苗：“这么担心的话，你和我一起去。”

“呵呵，开什么玩笑，我怎么可能和你一起去。”我讪笑，“跟你开玩笑的。”

他叹了一口气，伸手弹了弹我的额头：“也不知道你这小小的脑瓜子整天想些什么。”他话锋一转，语气变得正经且严肃，“胡乐，你这么怀疑我，让我有些伤心。虽然我不会说好听的话，但我可以告诉你，在我眼里，这个世界上只有两种女人，一种是你，一种就是别的女人，而别的女人在我眼中如同打了马赛克。”

“可是马赛克也分很多种呀。”我多嘴了一句。

“虽然我放心你，但是我不放心林雪薇。”我捧着他的脸，“你一定要随时保持警惕，你一个男孩子在外边，尤其要注意安全，千万不要给别人可乘之机。”

苏南扑哧一声笑出来：“你可真是一个活宝。”

“错，我是国宝。”我纠正。

“是，你是国宝。”他轻啄了一下我的唇瓣，“国宝放心，我会为你守身如玉的。”

我这才心满意足。

饶是如此，我送苏南去机场的时候，还是依依不舍，不过我十分矜持，并没有像八爪章鱼一样攀着他，更没说什么甜言蜜语，只是说：“你记得带特产哦。”

一旁的教授和学长都在憋笑，唯有林雪薇一脸高冷。

我投给她一个凌厉的眼神，警告她离我家男人远点，可眼神出了错，变成了抛媚眼。接收到莫名信号的林雪薇一直没敢再正视我。

“我不在的时候，你乖乖听话，知道吗？”说完，他俯身，也不顾旁边人来人往，给了我一个深吻。

我再抬头的时候，林雪薇眼里已经有了泪光。

他凑到我耳边低低一笑：“现在她应该会死心了。”

我突然觉得苏南好卑鄙，不过我喜欢。

苏南上飞机了，我看着飞机变成一小点，逐渐消失在云层中。

不久前他还在我身边，现在他已经慢慢离我远去。

以前我看《情深深雨濛濛》的时候，特不能理解何书桓回家探亲，依萍那一段“想他想他”的独白，当时，小小年纪的我已经敏锐地意识到依萍有凑数字的嫌疑。

老师让我们写游记，我写不出来，便在日记开头这么写道：“今天老师带我们去春游，我们很开心。在车上的时候，老师开始点名……”接着，我把全班同学的名字写了一遍，回家的时候，重复以上。

小时候我觉得自己分外机智，苏南便认为我在投机取巧，并且预言我这篇日记会换来一顿批评或者毒打。

苏南预言成功了，小小年纪的我在还没尝到社会的毒打时，已经尝到了老妈的毒打。

但是有时候，想念真的只能用最简单的词汇表达出来，我现在明白依萍的心思了。我也无比想念苏南，他走的第一天，我想他，他走的第……多少天来着？

我被苏南宠习惯了，没了他，我仿佛退化成三岁孩童，饭卡忘记充钱，交上去的课业作业也丢三落四，“姨妈”来之前乱吃冰激凌和火锅，导致来“姨妈”的时候痛不欲生。

苏南很忙，不过无论他怎么忙，每天都会想方设法和我视频。每当我看到他眼里的疲惫，我便将心疼他的情绪藏起来，在他面前插科打诨，想把自己的快乐传递给他。

苏南告诉我，再过一周他便回来了，我面上很淡定，心里的思念之情却如翻江倒海，好似到了一周后一样。

可能是能量守恒的问题，我变成魂不守舍的那个人之后，徐曼曼奇迹般地恢复了过来。不过她每天都十分忙碌，忙着巩固交际网，忙着学习，忙着化妆，就是不忙着追求张弛。

是的，自从那次的醉酒事件后，徐曼曼突然脱胎换骨，又坚定了“单身才是真理”的理念。

徐曼曼倒是自由了，我却被张弛缠上了。

张弛约我聊一聊，我答应下来，正好我也好奇他的态度因何才会一百八十度大转变，从讨厌徐曼曼到非她不可，还有那条围巾到底是怎么回事。

为了解开这个谜团，我特意和他约了一处安静的地方。

张弛来得比我早，很绅士地替我拉开椅子，打开菜单，和他之前冷若冰霜的模样判若两人。

我受宠若惊的同时也有些不自在：“那啥，我随便吃点就可以，你有话直说吧。”

“这样吧，我先和你说一个故事。”张弛说道。

我心内摩拳擦掌，面上却十分矜持：“你说你说。”

“从前……”

一听从前，我便想到我爸妈给我讲的故事。他们二老从小就会敷衍我，最常讲的故事就是：从前有座山，山里有座庙，庙里有个小和尚和老和尚……这导致我现在一听“从前”二字，心里便发怵。

好在张弛后面讲的故事弥补了这两个字的俗气和缺陷，我也是此时才明白，读法律的人并非一板一眼，只会满口专业术语，他们同样会用最简单的词汇说最干净、最美好的故事。

“很小的时候，我爸妈就离婚了，因此我不爱说话，身边人都以为我是哑巴，我也懒得解释，直到遇到她。”说到她的时候，他眼里多了几分温柔。

“因为我不合群，加上长得瘦小，所以经常受欺负。我并不是不会反击，虽然我确实打不过他们，但我多的是方法让他们不再靠近我。我不反击是因为唯有我被欺负后，爷爷奶奶才会打电话告诉我爸妈。”

“很可笑，很幼稚，是吗？”张弛笑笑，满不在乎，“小时候我太幼稚了，以为自己能用这办法让他们重归于好，但我忘记了，有时候裂开的东西再怎么样也拼凑不回来。”

“一次，我被他们欺负狠了，爆发了，和他们扭打在一起，徐曼曼便是在那时候出现的。虽然我当时并不知道她叫什么，但她一来便像小兽一样和他们扭打在一起。她被其中一个小胖子推了一把，额头撞到了花盆上。”

“那天我吓坏了，爷爷奶奶来找我，火速将我们送到医院。医生给她缝针的时候，她握着小拳头，一声不吭。后来，她理所当然成了我的朋友。其实与其说她是我朋友，不如说她在护着我，带着我一起玩游戏。每次她家人来找她的时候，都会唤她芬芬，我天真地以为她就叫芬芬。”

“那时候，我并不知道她家住在哪里，只知道她每天都会出现在我们第一次相遇的地方，然后冲我甜甜一笑，说一声‘我来了’。可是有一天她消失了，我在原来的地方等了她三天，可是她再也没有出现过，我用了各种方法也没能找到她。她的面容在我脑海中越来越模糊，我唯一记忆深刻的便是她额头上那条像小青虫一样的疤痕。”

我咽了咽口水，徐曼曼额头上的确有一块突兀的疤痕，她平常都用刘海遮着，并声称这是她小时候惩恶扬善留下来的勋章。

“所以你是……”

张弛顿了顿，从上衣口袋中掏出一张照片，照片上的人是徐曼曼。照片中的她露着额头，因此她额头上的那块疤痕也异常明显。

“我偶然看到了这张照片，认出了她额上的那块疤。”他说道。

“可是天底下额头上有疤痕的人那么多，你凭什么确定她是你小时候认识的小女孩呢？”不是我质疑，只是万一他认错了，到时候又变成一场乌龙闹剧怎么办？她已经伤心一次了，经不起第二次打击了。

张弛自嘲道：“我查过资料，确定就是她。”

“那围巾是怎么回事？”我问。

他像变戏法似的从身后掏出一条围巾，我惊愕地瞪大眼睛，便听到他解释：“上一次是一个误会，徐曼曼并没有直接将围巾交给我，而是交给了我舍友。另一个舍友好奇地打开看过，随后不小心将围巾和要丢弃的垃圾混在了一起。”

我无语，心道这条围巾可真是多灾多难。

“那你和徐曼曼解释过了吗？”我实话实说，“这可是她第一次织围巾，她熬了好几夜，眼睛都看花了，结果发现自己的心意被人如此糟蹋……说实话，当时我都想拿着菜刀去砍你了。”

张弛看着围巾，眼里有悔意。

不用他多言，我便知道他所思所想。在这段时间内，他用尽办法拒绝徐曼曼，对她冷嘲热讽，拒她于千里之外，却没想过，他频频拒绝的女孩就是他一直寻找的童年玩伴。这真是天意弄人不是吗？

我有些担忧："可是徐曼曼现在好像想开了。"我也不是想打击他，只是有些事错过就是错过，他没在最合适的时候珍惜，现在唯有追悔莫及。

"这也是我今天找你的原因。"张弛诚恳地看着我，"胡乐，你愿意帮我吗？"

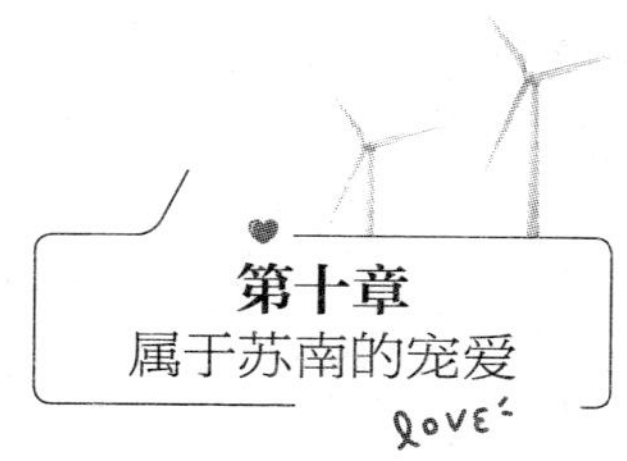

第十章
属于苏南的宠爱

一周后，苏南回来了。

我在机场翘首以盼，等他修长的身影出现在我面前的时候，我几乎以百米冲刺的速度飞了过去，猛地投入他怀里。饶是他，也被我强烈的冲击力撞得后退了好几步才稳下来。

他有些不满地责备：“冒冒失失。”

我抱着苏南劲瘦的腰肢，仰头看他：“你给我带好吃的回来了吗？”

他一只手揽着我，防止我乱动，腾出另一只手捏了捏我的鼻子，没好气道：“我们分开这么久，你开口对我说的第一句话就是这个？”

我重重点头。我瞧见他面上不悦的神情，暗自觉得好笑，决定不再逗他了。

我努力踮起脚，在他脸颊上亲了一下：“其实我想说我很想你。”虽然这话有些俗，但我真的很想他，想到心肝脾肺都在疼，想到晚上彻夜翻转也难眠，想到恨不得买了机票飞过去和他团聚。

原本要奓毛的苏南被我一句话顺了毛，他低低笑了笑，说道："冲着你这句话，我的特产没白带。"

苏南去国外的时候，只有一个小小的行李箱，回来的时候却多了一个，里头不仅有买给我的礼物，也有徐曼曼她们的。礼轻情意重，苏南这一份礼可不轻。

他道："值得，我不在的时候，拜托她们好好照顾你，而你也没辜负我。"

我问："你什么意思？"

他笑了，一只手抱起我。我惊呼一声，他已经将我放在一旁的栏杆上。这里人比较少，我们又在拐角处，我只是害羞一秒便淡定了，只嗔怪道："你干吗？"

"称体重。"他煞有其事道。

我无语凝噎，一只手称体重，恐怕也只有他想得到。我正想说话，他突然凑过来吻住我，这次我十分配合地闭上眼睛，不再煞风景地瞪大双眼。

一个吻结束，他退开，双手却牢牢地抓着我的胳膊，眼里带着几分春意："胡乐，我很想你。"

"嗯，我知道。"我点头。

"嗯？"他挑眉，"你怎么知道？"

"我做梦梦到你一直在说'我想你'，说了大概一百八十遍吧，我在梦里都听腻了。"

他自嘲一笑："何止一百八十遍。"

"啊，什么？"我没听清楚。

"没什么。"他将我放下来，与我十指相扣，"我饿了，吃饭去。"

一路上，我与他说了张弛和徐曼曼的故事，他听了后并没有多深的感触。他这人便是这样，对别人的事情永远淡淡的，既不会参与，也不会无视。

我说："张弛的父亲开了一家温泉馆，他希望我们这个周末过去。当然，他只是想和徐曼曼独处，你要不要去？”

“好。”他的心情很好，“去吧。”

既然是泡温泉，还是免费的温泉，当然人越多越好，于是我把全宿舍的姐妹都叫上，甚至叫上了温洛洛。这样，徐曼曼便不会过分怀疑我的动机。

张弛家开的温泉馆坐落在半山腰上，为此苏南租了一辆车，我们一行人浩浩荡荡前去。

到了温泉馆，徐曼曼看到站在温泉馆大门前的张弛，瞬间面色一变，扭头就要走，张弛二话不说追了上去。

我有些担心，想去看看，却被苏南捉住手：“你不是要给他们制造机会吗，那你还跑过去当电灯泡？”

我安下心了：“你说得对。”

在温泉馆旁边的酒店里，张弛给我们女生订了一个总统套房，里面应有尽有，我也是如今才知道——张弛家不是普通有钱，而是非常有钱。

等我们安顿好，徐曼曼也回来了，她垂头丧气地走向我：“胡乐同学，你出卖我。”

“对不起。”我真诚道歉，但坚决不改，“你打我骂我吧，我绝不会还手的。”

徐曼曼咬牙切齿了一会儿，接着叹了一口气：“我要是打你，苏南不得手撕了我？而且他从美国给我们带礼物了，我怎么能恩将仇报呢。算了，我直接无视张弛，把这当成一次免费旅游就行了。”

我欣慰不已，就喜欢徐曼曼这种自我安慰的性格。

来温泉馆的第一件事当然是泡温泉，我们姐妹四人加上温洛洛一起五人找了一个包间。

这是我第一次泡温泉，新奇之下有些紧张和忐忑，加上温洛洛吓我，我一个脚滑，咕咚咕咚喝了好几口温泉水。

她们四人欣赏着我的狼狈样儿，丧心病狂地笑着，那恐怖的笑声回荡在温泉馆上空，吓飞了一群鸟。

泡到一半，我想去方便，便裹着浴巾去洗手间。

山间气温低，虽然来泡温泉的人很多，但温泉馆实在太大了，包间散落在各处，我走的青石走廊上空无一人。

虽然这里有路灯，但木屐踏在青石板上发出的嗒嗒声，再加上不远处吹来的夜风，委实有些恐怖。

我缩了缩脖子，加快脚步，脑海中却控制不住闪过各种恐怖画面。此时，我发现身后有一道黑影蹿了上来。

他将手搭上我肩膀的那一刻，我不知道哪儿来的勇气，猛地转过身，用头撞了过去。

半小时后，我和赵燃一人头上顶着一个大包，坐在张弛专门安排的房间里大眼瞪小眼。

苏南一边给我冰敷，一边用带着谴责又心疼的目光看着我。我被他盯得委屈，只好将责任全部推到赵燃身上："是师父鬼鬼祟祟的，走路也不出声。你说在空无一人的路上，师父突然拍一下我的肩膀，我能不被吓得反击吗？"

等我控诉完，苏南果然换了瞪人的对象。

赵燃觉得好气又好笑："你这个不孝徒弟，撞了师父还有理了？我不出声是不想突然吓到你，结果你用脑袋撞我！你这脑袋是铁做的吧？"

"呸，你的头才是陨石做的！你看你把我撞出一个大包，我都觉得我脑震荡了。而且我吓得不轻，你得赔我精神损失费。"

"我赔你精神损失费？是你先撞我啊。"

"好了。"苏南打断我们幼稚的争吵，"现在别说这些了，胡乐你给我好好坐着，别给我动来动去。"

"哦。"我乖乖坐好。

赵燃白了我一眼，一旁的温洛洛不停地嘘寒问暖："学长，你没事吧？学长，你头上的包真的很大。学长，你的头晕不晕，想不想吐？"

赵燃生无可恋，捂住脸，对温洛洛道："只要你离我远点，我就头不疼，身体不痛，也不想吐了。”

我本以为温洛洛会为此受伤，结果她只是很识趣地闪远了，还真是一个知心、温柔、体贴且让人心疼的善良版周芷若。

我好歹和温洛洛成了朋友，在目睹了徐曼曼追爱未果而落得一身伤的全过程后，我对温洛洛也多了几分心疼。于是我对赵燃说道："如果你不喜欢温洛洛，就趁早和她说清楚，也好让她死了这条心。"

"我说了。"赵燃盯着我，"我甚至和她说我心中已经有喜欢的人了，可她还是不死心。"

"喀喀。"我心虚地干咳一声，"她估摸着以为你喜欢的人已经不在这个世界上了，所以才会坚定不移地待在你身边。"

赵燃沉默地举着冰袋覆在额上，不再说话了。

闹剧结束，苏南送我回房间。一路上，他十分沉默。我以为他在生气，讨好地拉了拉他的手："我下次一定注意，不会再让自己受伤了，你别生气了好不好？"

我知道他真的吓到了。在我撞向赵燃的那一刻，我真的觉得他的脑门是陨石做的，因为我疼得两眼发黑，晕了好一会儿，等我睁开眼睛的时候，便看到苏南满脸焦急地看着我。

苏南听我说完，突然停下步伐，定定地看着我。

我咽了咽唾沫："你干吗这么看我？"

他的喉结上下动了动，似有话想说，却还是咽了回去："没什么。"

我最不喜欢他说话说一半的样子："你明明有话想和我说，你明明满脸写了不高兴，你说出来呀，否则憋在心里多难受啊。"而且我敢保证，这件事肯定和我有关系。

苏南眸光颤动，最终叹了一口气："以后再说吧。你脑袋上顶着一个大包，今晚好好休息，有事叫我。"

我回房间没多久，徐曼曼一脸惊慌地回来了。她看我额头上顶着一个大包，倒抽一口凉气："你这是怎么回事？"

我挥挥手："别提了。对了，你怎么一脸惊恐的模样，做啥坏事了？小年和菁菁呢？”

徐曼曼心虚地左右乱瞟，最后在我的逼问下老老实实坦白：“我把一个过肩摔张弛扔温泉里头了。”

我：“啊？”

她皱眉：“我也不是故意的，谁让他想掀我的刘海！难道他不知道女人的刘海是不能乱掀的吗？”

“就因为这样，你给了他一个过肩摔？”我瞠目结舌的同时，万分同情张弛。

我猜他是想看看徐曼曼额头上的伤疤，最好能因此回忆过去。结果徐曼曼并不知情，只以为张弛想吃她的豆腐。

所以说，沟通是一件多么重要的事情。

“那他现在该不会还躺在温泉里头吧？”我随口问道，岂料徐曼曼面色唰地变白。

我张大嘴巴，难以置信地看着她：“你把他摔到温泉里不管不顾，就自己跑回来了？你不怕他淹死吗？”

徐曼曼尖叫一声，冲了出去，我依稀还能听到她的声音，她说：“我不想当杀人犯啊。”

我突然觉得张弛喜欢上她，也是一件痛并快乐的事情。

过了很久，徐曼曼还是没回来，我有些不放心她，打了一个电话过去。

接电话的是张弛，他的声音略有些嘶哑：“喂，你好。”

许是张弛的气场太过强大，我一对上他便不由自主正襟危坐：“请问一下，徐曼曼呢？”

“嗯。”他的声音带着几分鼻音，“她在厨房煮粥。”

我默默地同情张弛，他居然敢吃徐曼曼做的黑暗料理。

“那……”我想问，她今晚还回来吗？毕竟孤男寡女共处一室，万一他兽性大发怎么办？

果然学法律的人都会读心术，即便隔着电话也一样，他说道：“我知道你在担心什么，你放心。”

我干笑一声，麻溜儿地挂了电话。

翌日一早，我刚一开门，便见到靠在墙上的苏南。他抬头的一瞬间，碎金般的光芒落在他修长的睫毛上。

苏南轻轻一眨眼，仿佛掀起了北海的飓风，随后又扬唇一笑，对我道："我等你很久了，去吃早饭。"

我呆呆地看着他，他自然地一把牵住我。

我问："你不生气了吗？"昨晚他送我回去后便不理我了，我以为他还在气头上。至于他为什么在气头上，我想了一晚上，还是没想清楚。

他弹了弹我的额头："不生气。"

"男人的嘴，骗人的鬼，你昨晚的脸拉得比马脸还长。"我故意面无表情地指出来。

"你说谁的脸是马脸？"他作势要揍我。

我一边往前跑，一边回头冲他吐舌头："你追我呀，追到我就……"

"小心……"还未等苏南说完话，我已经一头撞上前面的一堵肉墙。鉴于肉墙的高度、硬度和强度，我被撞得一屁股蹲坐在地上。

赵燃伸手欲扶我，可惜已经来不及，为缓解尴尬，他嘴角一勾调侃道："你是不是觉得昨天给我一个头捶不过瘾，今天又给我一个肚捶？幸亏我没吃早饭，否则隔夜饭都被你撞出来了。"

苏南扶起我，一副被我打败的模样："你有没有摔到哪儿？"我发现自从我们在一起后，他问得最多的话就是这一句。

可怜的苏南同志，本着男朋友的身份，操着老父亲的心。

"你们也没吃早餐吧？一起吧。"赵燃道。

苏南没有回答，只是看着我，而赵燃也不走，他们两人把我夹在中间，目光像火一样盯着我。气氛突然凝滞起来，一边是男朋友，一边是我师父，而苏南一直不太喜欢赵燃。

"那个，我突然想起有东西落在房里了，我回去拿，你们先走。"说完，我脚底抹油，根本不给他们反应的机会。

等我磨磨蹭蹭准备去吃饭的时候，苏南发了一条短信给我：你不用出来了，我给你带了早餐。

知我者，苏南是也。

苏南很快到来，手里提着三人份的早餐。我扒着门左看右看，随后问道：“还有谁来吃早饭吗？”

苏南白了我一眼，侧身而入：“没别人，我给你多准备了一份，怕你的狼胃填不满。”

我心情好，所以不跟他计较，还顺便调戏了他一番：“不够吃没关系呀，这不还有你吗，你看你这细皮嫩肉的，多滋补啊。”

“你过来。”苏南放下早餐，朝我招招手。

我不明所以地走过去，他伸手一拽，径直将我拉到他的腿上。他的眼神染着几分邪魅，难得不正经地指了指自己的脖子：“来吧，我一点都不介意。”

今日，苏南穿着一件白色毛衣，露出精致的锁骨以及漂亮的脖子。他的皮肤白皙如玉，的确让人很想咬一口。

“怎么，不敢？”苏南呵呵一笑，“你也只敢嘴上逞强了。”

我说过，我这人最受不得激将法，于是露出牙齿，一口咬在他的脖子上。

苏南浑身一颤，难以置信地看着我。我被这双黑眸盯着，讪讪地松开嘴，一摊口水很不幸地流在了他的脖子上。

我心虚地伸手去擦，他却猛地抓住我的手，眸光如火：“胡乐，我……”

“那啥，我不是故意咬你的，是你激我的。如果你不服气的话，你咬回来吧，不过你轻点，你可是有虎牙的人。”万一我的大动脉不小心被他咬到，岂不是血溅三尺？

苏南一愣，旋即低低一笑，接着低笑变成放声大笑。他很少大笑，不过每次大笑都是因为我。

很好，我觉得自己很有潜力去扮演让人捧腹大笑的小丑，连素来不苟言笑的苏南都被我逗笑得形象全无，我这技能不能浪费呀，必须妥妥地利用起来，没准还能赚得盆满钵满。

我由着他笑，一边淡定地吃着我的早餐。

不久后，徐曼曼回来了，看到我和苏南在房间里你一口我一口地喂着早饭，她的牙酸倒了一片："啧啧，这恩爱秀得飞起，我还是别当电灯泡了。"

好在苏南很有眼力见，见她满脸疲惫，投喂完我后便自动消失了。

我拉着徐曼曼坐下："昨晚发生什么事情了？你没怎么样吧？"

"别提了，"徐曼曼打了一个哈欠，揩了揩眼里的眼泪，"那家伙翻来覆去地折腾了我一个晚上。"

徐曼曼瞥见我八卦的神色，白了我一眼："你这是什么眼神？我说的折腾是他昨晚发烧了，半夜又是口渴又是说梦话，莫名其妙说了一大堆'你别离开，我一定会找到你'之类的话。你说他是不是有前女友才一直拒绝我？那他现在对我死缠烂打是什么意思？难道我长得像他前女友？不对，如果像的话，那他一早不该拒绝我，到底是他疯了还是我的记忆出现了偏差和错乱？胡乐，你也看到那条被他扔在垃圾桶里头的围巾了，是吗？"

我怕她的脑子负荷不了这么多事情，越想越歪，最后走进死胡同，只好将事情的真相一五一十告诉她。

徐曼曼听完后很是镇定："你是说，我就是他的前女友……不对，初恋对象？"

我感叹于徐曼曼的总结能力，真是言简意赅，一针见血，于是表情深沉地点了点头："你是不是他前女友我不知道，毕竟你们那时候只有五六岁，除非你们玩了超真实的办家家酒，你做妈妈，他做爸爸，不过初恋应该是了。"

徐曼曼沉默了。

我撞了撞她的胳膊："听完故事后，你就不发表一番听后感？"

徐曼曼一本正经道："你说张弛喜欢我，那他喜欢的到底是小时候救了他、陪着他玩的小姑娘，还是现在美得不可方物的我？"

我木着一张脸道："不用加形容词，而且你并没有美得不可方物。"

徐曼曼无视我："那么问题来了，张弛之前明明很讨厌我，但自从他知道我是他要找的女生后，对我的态度便发生一百八十度大转弯，你说他喜欢的是我，还是小时候的回忆？如果他只是执着于小时候的回忆的话，那么谁替代我都可以。他要找的是过去那一份回忆的寄托，而不是我这个人。那个人叫徐曼曼也好，叫陈曼曼也罢，只要是小时候那个人，他都会喜欢。"

我哑口无言，再一次感叹徐曼曼不去学法律真是可惜了。

"你觉得他并不喜欢你，只是因为小时候的回忆想对你好？"

徐曼曼点点头，旋即叹了一口气："如果是这样的话，我宁愿不要这一份感情。这就好比小时候吃的美味无穷的蛋糕，长大后再去吃便觉得索然无味，腻得不行，而后发现小时候的回忆也不过如此，只是时间和记忆美化了这一切。如果后面他发现自己喜欢的只是回忆里的我，想彻底翻过这一页，或者他找到了真正喜欢的人，那我到时候该如何自处？"

我张了张唇，却悲哀地发现自己词穷了。张弛，对不起，我真的说不过她，辜负你对我的期待了。

"我问过服务台了，下午有个旅游团回市区，我就跟着他们一起回去了。你们过完周末再回来吧，祝你们玩得愉快开心。"徐曼曼揉了揉我的脸，安慰我，"傻瓜，你干吗苦着一张脸？又不是你失恋。你放心，我徐曼曼铜皮铁骨，还经得起这点打击。"

我拉住她的手："要不你再给张弛一次机会？或许他并不是这么想的。"

"不用了。"徐曼曼笑笑，"你知道我为什么羡慕你和苏南吗？我就是羡慕你们之间纯粹的感情，他眼里、心里只有你一个人，什么杂质都没有，而你亦然。你们两人是我认识的人里最干净的。"

我心想，徐曼曼真是高估我了。

虽然我很想撮合他们，做一次媒人，但我不希望徐曼曼为此纠结难过，我的天平倒向了徐曼曼这边。

张弛在知道徐曼曼偷偷离开后，表现得相当冷静。但他听了我的话，神情由冷静变成愤怒，又从愤怒变成自嘲，最后他苦笑一声："这一切都是我的错。"

我壮着胆子问他："那你真的喜欢徐曼曼吗？"

他看向我。

我斟酌一番后说道："并不是曼曼多想，是你的表现让她不自信、不确定。如果今天你要找的人不是徐曼曼，而是另一个人，你会怎么做？"

"是，开始的时候，我是不喜欢她。"张弛诚实道，"我从小就讨厌被人缠着，而她就像一团乌云，一直笼罩在我的头顶，时不时吓我一跳，扰乱我的生活和计划。但是渐渐地，我发现这团乌云中藏着霞光。不知道从什么时候开始，我从逃避她变成期待她出现，甚至想靠近她，因为她的赖皮劲和打不死的小强精神很像我小时候认识的一个女孩，她们两人的笑经常重合在一起，所以我才着了魔似的去查她的资料。现在你懂了吗？"

我当然懂了，可是徐曼曼不懂。

我抓住他的手，郑重其事地握了握："虽然我在你们这段感情中表现得像一个大钟摆，但我现在确定了，你是最适合她的那个人，去吧！"

"嗯。"张弛第一次发自内心地笑，"谢谢你，胡乐。"

"好说好说，以后你们要是结婚了，记得给我包一个大红包。"

"一定。"张弛点头。

张弛离开后，一道凉凉的声音传来："你这么握着别的男人的手，就不怕苏南吃醋嫉妒？"

"吃啥醋。"我神秘一笑，"我这是在做媒人。"

赵燃轻笑一声："你很喜欢做媒人，不仅帮张弛和徐曼曼，还想撮合我和温洛洛。"

我听懂了他话里的讽刺，虽然有些诧异，但还是道："你和温洛洛的事情我已经想通了，我并不想多管。徐曼曼和张弛互相喜欢，心里都有对方，他们只是一叶障目，只需要撕开那片叶子就能拨开云雾见月明。而你和温洛洛不同，你心里根本没有她，这样的后果只会是温洛洛遍体鳞伤，而你毫发无损。”

“你怎么知道我毫发无损？”他低低重复了一遍，“胡乐，你怎么这么确定我毫发无损？”

他一边说，一边慢慢逼近我：“你以为就徐曼曼爱而不得，温洛洛爱错人，张弛迷茫彷徨？不，他们三人的情绪加起来都抵不过我，我才是那个最可悲、最可笑的人。”

“你在说什么？”我越发听不懂了。

“我在说什么？你是真的听不懂还是装傻？”赵燃擒住我的肩膀，目光灼灼地看着我，“我不相信你一点感觉都没有。”

我闭了闭眼，徐曼曼的玩笑话近在耳边：“赵燃该不会也喜欢你吧？否则他为什么老针对苏南？一个男人针对另一个男人，除非是在争夺地盘或者女人。”

我还和温洛洛说过，赵燃有一个深爱的女人，可是她出车祸死了。

很好，我成功地诅咒了自己。

我睁开眼睛，想拉开与他的距离，却发现自己动弹不得，只得好声好气地道：“你先放开我。”

“放开你，你就跑了。”他苦笑，“我还不知道你心里的小九九吗？”

我吸了一口气：“赵燃，咱们先讲点道理，你不能因为我给你两头捶，就和我开这么大的玩笑。”

“不是玩笑。”赵燃说道，“他也知道。”

他？

“你不用费心思去猜测，就是苏南。”赵燃说道，“那天你晕倒的时候，或者更早之前，他就已经知道了，只是他相信你，或者他更相信自己，觉得我只是在单相思，在演一场独角戏，而你这个女主角根本就没入镜。我明知道这是一场无疾而终的追逐，也想过放弃，不过还是痴心妄想了。我一边良心受着煎熬，一边又想做一回坏人，想把你夺过来。”

“对不起。”我说。

他一听这话，像被人重击了一下胸口，面色惨白，随即松开对我的桎梏。我得了自由，松了一口气。

“为什么？”他突然问。

“什么为什么？”

他抬头看我：“你为什么会喜欢苏南？如果你先遇到的是我，你会不会喜欢我？”他近乎期待地看着我。

电视剧里这句“如果你先遇到的是我，你会不会喜欢我？”已经成为经典的台词，几乎每部剧的男二都要问一句，像是垂死挣扎，又像在做最后的反抗。

“赵燃，这世上没有如果，喜欢就是喜欢，不喜欢就是不喜欢，无论重来多少次也一样。你问我为什么会喜欢苏南，其实我也说不出个所以然来，我就是喜欢他这个人。我们从小一起长大，我知道他一抬手就想做什么，而他也知道我一低头想说什么。我们已经是不可分割的整体，无论刮风下雨还是电闪雷鸣，我们都不会放开彼此的手。”

“而我也确定，我这辈子非他不可，总之我逃不掉了。赵燃，我只能和你说一声对不起。我很感激你对我的帮助，却也仅限于感激。我喜欢你，这是徒弟对师父的敬重、朋友对朋友的信任与喜欢。你有困难，我也会毫不犹豫帮你，唯独这件事我爱莫能助。”

赵燃苦笑：“我知道了，谢谢你的坦白。”他转身离开，脚步却赫然定住，抬眼看着前方。我顺势望去，顿时冷汗淋漓。

苏南站在不远处的树丛中，也不知道他听到了多少。他的神情倒是十分平静，和赵燃擦肩而过的时候，他连头都没有回，更没有像电视剧中演的那样，冲动地一拳挥向赵燃。

现实就是现实，才没有偶像剧那么狗血。

赵燃走后，苏南才一步步走到我身边。我低垂着头，有种心虚感。虽然我刚刚义正词严地拒绝了别人，但不幸的是，以苏南吃醋的本领，他肯定不依不饶。

突然，一只大掌轻轻地落在我的头顶，我战战兢兢地想，他该不会想一巴掌拍死我吧？

“你做得很好。”他轻轻拍了拍我的脑袋，语气温柔，带着几分笑意，“很难得听到你这么煽情。”

我缩了缩脖子：“你是在夸我吗？”

他一挑眉：“这不是很明显的事情吗？”

很明显吗？我弱弱地想，总觉得他是正话反说，还是小心为上。

苏南瞥见我唯唯诺诺的样子，无奈地敲了敲我的脑袋：“你不是说我一抬手，你就知道我想做什么吗？我们不是不可分割的整体吗？那你怕什么？”

“我怕你吃醋。”我说。

“嗯，吃了。”苏南煞有其事道，“我已经吃饱了。”

我有些不悦：“你明知道他对我……你还什么都不说。”

“我说了又如何？”他叹了一口气，“增加你的烦恼吗？”

在这个世界上，真的只有苏南懂我。

“我不烦恼。”我拉着苏南的手臂，“他以后会找到更适合他的人。”

“嗯。”他点头。

温泉之行不了了之，赵燃本就不与我们同行，最后他也是一个人离去。

来的时候车里欢声笑语，回去的时候大家十分沉默，尤其是温洛洛，她看着我的眼神总有些奇怪。

果然，回校后没几天，温洛洛找上我了。

很不幸，那天我和赵燃的谈话她也听到了，见她虎视眈眈的样子，我以为她想杀我灭口。最终，她只是盯着我看了足足五分钟，然后道：“胡乐，我不会放弃他的。”

我松了一口气："你加油。"

她一挑眉："那当然。"

方晓静曾说过，青春时期的小疼小痛会因为矫情而被无限放大，其实过不了多久，伤口就会自动愈合。我以为赵燃会为此心神俱伤许久，或者第二天便把我赶出跆拳道社团，但是他没有。在我"旷职"一周之后，他暴跳如雷的声音差点儿通过话筒震破我的耳膜："胡乐你个狗东西，还不快来社团，你师父我快支撑不住了！"

当我灰溜溜地赶到社团时，赵燃兜头就给我的脑袋来了一掌："是你飘了还是你师父我提不动刀了？你家那位不来社团，你也学他，你们可真是一对模范情侣啊！"

我呆呆地看着他，心想到底是我闯入异次元了还是他失忆了，他怎么可以当作什么事情都没发生？难道他被一怒之下的温洛洛一棍子打到记忆全失？

许是我的眼神太炙热，赵燃握拳轻咳一声，别扭道："过去的事情就那么过去吧。你放心，告白就那么一次，不会有第二次，你也别整天跟躲瘟疫一样躲着我，我不是那种死缠烂打的人，而且……"

他伸手轻轻揉了揉我的脑袋，这个动作带着几分宠溺，却又不是男人对女人的宠溺，而是长辈对小辈的温和……呸，我在说什么！

"苏南找过我了。"他郑重其事道，"胡乐，虽然我很嫉妒羡慕他，但同时也很欣赏他，我祝福你们。"

"啊？"我还是一脸呆滞，"苏南找你，你们打架了吗？"

"怎么，你很希望看到我们打架？"赵燃拍了拍我的脑袋，"什么坏心眼。"

"嘿嘿，你们没打架就好，没打架就好。"

赵燃突然一脸正色："胡乐，那天是我冲动了，不过我并不后悔。喜欢一个人，若一直憋在心里，迟早压抑爆发，说开了反而好。唯一不好的是，我给你添了负担，不过我知道你不是那种伤春悲秋的人，我也不希望我的单相思给你造成困扰，所以忘了吧，我们只当师徒和好朋友，可以吗？”

我沉默地看着他。

赵燃神情忐忑：“怎么，你不愿意？”

我伸出手，咧嘴一笑：“当然愿意。从今天开始，我们重新认识，请你多多指教。”

“指教谈不上，就是我想拜托你一件事。”他笑。

我也微笑：“什么事？”

赵燃道：“你当温洛洛的指导教练。”

我面色一变，抽手就想跑，不料赵燃牢牢抓住我：“徒弟，答应为师的事情就要做到。”

我突然想和他断绝师徒关系。

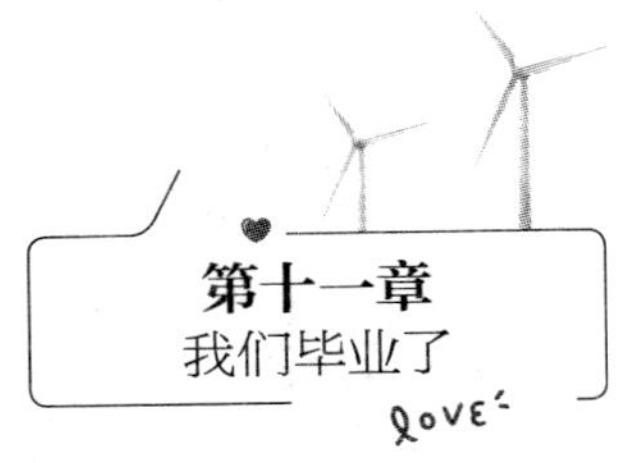

第十一章 我们毕业了

小时候，我特别喜欢用白驹过隙造句，总觉得用这词显得自己很有文化，直到长大才明白，有时候四字成语代表的是逝去的青春，蓦然回首才发现自己已经一脚踏入成人的门槛。

青春已经插着翅膀逐渐飞远，我们唯有向前看。

我们从大一的青涩走到如今的成熟，背后是我们的欢笑和眼泪、美好和苦涩。

前一秒，我们还是刚踏进校园的懵懂学生，但转眼就已经穿上了学士服，戴上了学士帽，肩并肩，仰望着头顶飞过的白鸽。

在这段说长不长、说短不短的时光里，有我、苏南、徐曼曼、张弛、赵燃、温洛洛……

记得刚上大一的时候，我曾和苏南说："我们的大学生活才刚刚开始，青春的翅膀才刚刚展开。"可是现在，我们羽翼已丰。

回想起来，我总觉得过往的一切都犹在昨日，仿佛我成为苏南女朋友这事也是不久前才发生的。

我与他虽没有海誓山盟，也没有山无陵、天地合，但我们获得了母的认可、朋友的祝福……现在，我们要毕业了。

我问一旁的徐曼曼她们："我们真的要毕业了吗？"

徐曼曼感叹："是啊，我以为自己还是刚进校的小'青葱'，结果现在已经变成老'番茄'了，岁月不饶人哪。"

我们正说着，苏南穿着学士服朝我走来，一旁的徐曼曼撞了撞我的胳膊："你家那位来了，哇，手里还捧着花，莫不是想向你求婚，想毕业照和结婚证一起领了？"

周菁菁和于小年跟着她起哄。

我白了她们一眼，快步走向苏南，期待又忐忑地看着他手中的花，结果我盯了半天，他也没有将花递给我的想法，更别提求婚了。

"拍完照了吗？"他问。

我看了一眼身后，徐曼曼她们挤在一起，挤眉弄眼地看着我，便回头心不在焉道："嗯，拍完了。"

"嗯，你今晚怎么安排，是和她们一起去玩吗？"他又问，似乎全然忘记自己手里抓着一束花了。

我的语气带着怨念："嗯，今晚我答应和她们一起去唱歌，你呢？"

他无奈一笑："我和你一样。晚上你别玩太晚，结束之后打电话给我，我去接你，记得别喝酒。"

"哦。"我点头。

直到最后，他也没将手里那束花送给我，说我不失望是不可能的。徐曼曼安慰我，他肯定是在憋大招，不过谁知道呢，今朝有酒今朝醉吧！

于是，我枉顾苏南的千叮咛、万嘱咐，喝了酒。

我们三人不仅仅喝酒，还醉后发酒疯，抱团哭泣。不知道的人还以为我们要生离死别了，隔壁包间的客人敲了好几次门，不过回回都被徐曼曼瞪了回去。

苏南打电话给我的时候，我差不多醉了。

他听到我的声音，声音微沉："你还是喝酒了？"

我又哭又笑："呜呜呜，我舍不得她们，我不要和她们分开……"徐曼曼神不知鬼不觉地凑了过来："宝贝别哭，咱们不分开不分开哦，你把苏南这个狗男人抛弃吧。你们在一起四年了，他连婚都不给你求一个，还真爱！你就和我在一起吧，我们浪迹天涯去。"

我傻乎乎地点头："好呀，我们去浪迹天涯，惩奸除恶。"

接着我们再次抱团哭泣。

一个小时后，苏南出现在包厢中，同时出现的还有阴沉着脸的张弛。

我看到苏南，迈着蛇形的步伐走过去，还未到他跟前，脚被落在地上的啤酒罐绊了一下，径直朝他栽去。他的双臂一展，稳稳扶住我，接受我的投怀送抱。

我抬起头，晕晕乎乎道："苏南，你有两个脑袋耶，不对，三个，咦，怎么又变成一个了？你是哪吒吗？"

苏南一脸无语："你喝了多少？"

我竖起三根指头："不……不多，也就八罐而已。"

他面色一沉："我回去再找你算账。"他又对旁边糊成一团的人影道，"我先送她回家了，待会儿于小年和周菁菁的男朋友也会过来，徐曼曼就交给你了。"

那团模糊的人影沉沉地"嗯"了一声。

一直到坐上出租车，我还在半梦半醒中。想起早上那件事，我正襟危坐，十分严肃地看着他："苏南同学，你是不是忘记一件事了？"

他被折腾出一身汗，此时被我没头没尾的一句话弄得眉头微蹙："什么事？"

我嘴巴一噘，肩膀一耸，一脸怨念："苏南，你是不是不爱我，不喜欢我，不要我了？"

苏南一脸无奈："你喝醉了。"

"你为什么不回答我？为什么要逃避我的问题？你是不是不要我了？你连一句'我爱你'都不说，你这个大骗子。"

苏南捏了捏眉头，看了一眼前面的司机。司机轻咳一声，眼观鼻、鼻观心地开着车，见此，他才小声道：“别闹了，我们回去再说。”

都说喝醉酒的人是疯子，既然是疯子，那么便将疯贯彻到底吧！

我突然捧着他的脸，义正词严道：“你不爱我没事，但是我爱你。苏南，我要向你求婚，你嫁给我好吗？我会给你吃最好的，你要嫁人，千万不要嫁给别人，要嫁就嫁给我……”接着，我不等苏南回答，头一歪便睡着了。

等我再次醒来的时候，听到浴室窸窸窣窣的声音。我撑着额头环顾四周，下一秒顿觉异样。我展开五指，愣愣地看着稳稳当当套在我无名指上的戒指，脊背上冷汗直流。

完了完了，我该不会在喝醉酒的时候抢了别人的钻石戒指吧？现在我是在逃命？

我抬眼望去，入目是暖黄温馨的床头灯，这是一个标准的酒店房间。我咽了咽口水，踮着脚悄悄下床，小心翼翼地走到浴室旁。

酒店浴室都是磨砂玻璃，加上灯光笼罩，里面一道修长劲瘦的身影若隐若现。水声潺潺，在我心底如瀑布一般飞溅。我猫着腰，蹲在地上，压住强烈的心跳，打算悄悄开一条缝隙，偷偷看一眼。

结果还没等我奸计得逞，苏南猛地拉开浴室的门，于是我像蘑菇一般蹲在地上，仰着头与他大眼瞪小眼。

气氛莫名有些焦灼和尴尬。

一分钟后，我若无其事地站起来，粉饰太平道：“嗯哼，口有点渴，我是来找水喝的，你自便。”说完，我转身就想跑。

结果我还没踏出一步，苏南猛地拉住我的手，一阵天旋地转后，我已经被他压在床上了。

怪酒店的大床太过柔软，也怪苏南系浴巾的方法太不专业，我垂眸看着他摇摇欲坠的浴巾，既想帮他扯掉，又想帮他盖起，心情着实复杂不已。

“你偷看我洗澡？”他开口，声音如砂砾磨过一般低沉沙哑。

“怎……怎么可能，我真的只是路过，干吗偷看你？我是那种人吗？哈哈……”我最后的笑声实在虚弱。

他的双手握着我的手腕，上半身没穿衣服，我终于如愿以偿地看到他的六块腹肌。他的手臂肌肉有力，线条流畅，精致凹陷的锁骨完全可以养几条小鱼。

我觉得我又要控制不住自己的鼻血了。

苏南轻笑一声：“你看够了吗？想看得再多一些吗？如果你有要求，我可以满足你。”说着，他欲伸手解开身上围着的浴巾。

我这人向来有贼心没贼胆，见此闭着眼睛道：“好汉请饶命，我还没准备好，我……”

一声轻笑溢出来，接着轻笑变成放肆大笑，苏南压在我身上，笑得眼睛不是眼睛，鼻子不是鼻子。

我羞恼不已：“你耍我。”我红着脸起身，他再次拉住我。我们在床边坐好，他关心道：“头还疼吗？”

我点点头：“还有点。”

“我……”

“我……”

我俩异口同声开口，又同时闭上嘴。四目相对，我脑袋一热，指着自己手上的戒指问他：“这枚戒指怎么回事？”

他的表情有几分怪异，又带着几分释然和好笑：“你忘了吗？”

我的心猛地一窒：“我真的抢了路人的戒指？我是不是犯罪了？”

苏南面色一变，一副恨得咬牙切齿的模样：“胡乐，你的确是抢了别人的戒指，不过你抢的是我的戒指，明白吗？”

我松了一口气：“那还好那还好，抢你的东西不算抢，我还是一个根正苗红的良好市民。”

他一只手撑着床，缓缓俯身靠近我，当他的脸离我只有寸余时，他蓦地停下，长睫微垂，眸光如水：“胡乐，有些东西抢了就是抢了，你不能再还回去了，明白吗？”

“等等，我捋一捋思路，我现在有点乱。你身上为什么会有戒指？而我又为什么要抢你的戒指？抢了我为什么又要戴上？”我问。

苏南目光灼灼地盯着我：“你真不记得了？”

我摇头：“真不记得了。”

他轻笑一声：“还好我有证据。”他说着拿出手机，递给我看。

我点开录像，发现一个大脑袋杵在屏幕上，是我对着镜头傻兮兮地笑，问：“你在干吗？”

虽然苏南没出现在影像里，但他的声音录了进去：“我在拍你。”

“哦，那记得帮我拍美一点，我要做小仙女。”我继续傻兮兮道。

“好。”这是苏南忍笑的声音。

看到这里，我已经有种想将苏南的手机毁尸灭迹的冲动了，但我深知这么做的后果，于是按住了蠢蠢欲动的手，红着脸继续看。

接下来，画面一阵摇晃，一分钟后恢复正常。此时，我手里拿着一个深蓝色的绒盒，得意扬扬地看着对方。

我问：“这是什么？”

那端是苏南温柔得快滴出水的声音：“你打开看看不就知道了。”

我顺势打开绒盒，低头看了一会儿，抬头傻乎乎一笑：“咦，是钻戒耶。苏南，你怎么有钱买钻戒？你要和谁求婚吗？”

他的声音轻柔舒缓，像夜间的一阵清风：“你说呢？”

“我不知道。”我迟钝地摇摇头，低头看着钻石戒指，“很漂亮，我好想戴戴看。”

“那你戴上。”他循循善诱，“我不介意。”

“好呀。”我毫不犹豫地将戒指套上自己的手指，画面一转，苏南已牢牢握住我的手：“胡乐，有没有人告诉你，不能随便拿别人的东西，更别乱戴，否则会付出相应代价？”

“什……什么代价？”我大着舌头问。

他低头看着我无名指上的戒指，俯身轻轻吻了吻我的手：“你戴上了，就是我的人了。”

“好好，你的人，你的人。”我眯着眼睛，“我好困哦。”

画面就此定格，我一动不动地握着手机，心跳如雷，面色如火。我这是在不经意间把自己卖了吗？现在反悔还来不来得及？

“我……”我的话才刚出口，苏南便打断我的话：“胡乐，你可要说话算数。”

“可是我……”

“你戴上我的戒指，就是我的人。”

“可是……”

他拿过我手里的手机晃了晃：“这可是证据。”

我败下阵来，有些怨念：“哪有人像你这样求婚的，我根本什么都不记得，而且我们刚刚毕业，未来都还没确定，我……”

他倏然握住我的手，我一颤，抬头看他，他的眼神专注且郑重：“胡乐，你相信我吗？”

我点点头。

他说道：“我想和你在一起，这念头不是一朝一夕形成的。自我懂事开始，我便把你当成我生命中不可或缺的人。小时候，我仅能用自己微薄的能力帮你，甚至更多的时候力不从心。我恨自己为什么不能快些长大，这样的话便可以挡在你面前，为你遮风避雨。庆幸的是，老天爷听到了我的请求，你不曾离开我半步。我从记事开始，便已将你纳入我未来的计划中。在我未来几十年的人生蓝图中，你扮演着重要的角色，如果你缺席了，那么这张蓝图便作废了。胡乐，别让我苦心营造的未来分崩离析好吗？”

我吸了吸鼻子：“可是我不是学建筑的，我怕将你的蓝图打乱。”

“我会收拾好。”他笑。

“苏南，你真的确定了吗？”我指了指自己，“你真的确定要和我结婚吗？娶这个头脑简单，四肢发达，冲动的时候总会做错事，做错事了还总让你收拾烂摊子的胡乐？小时候我妈总说我，以后谁娶我就要当一辈子老妈子。”

“我确定。”他一字一句道，“胡乐，你很好。”

“好到值得你用一辈子去赌？”我笑中带泪。

“胡乐，这不是赌。”他捧着我的脸，怜惜地吻了吻我的额头，“胡乐，因为有你，未来可期。”

我这辈子最大的幸运不是跑过其他兄弟姐妹，成功来到这个世界上，而是认识苏南。在他刚出生，睁开眼睛的那一刻，我便知道这个人我要定了。

毕业之前，学校开展校招，我本着试一试的心态投了不少简历，没想到刚领到毕业证，几家公司便通知我去面试。

我挑选了其中一家生物制药公司，经过层层面试，过五关、斩六将，终于顺利通过。公司在市区，我查了查附近的租房价格，顿时冷汗淋漓，萌生了些许退意。

晚上吃饭的时候，苏南问我：“你的工作找得怎么样了？”

“找到了。”我说。

他停下筷子，双手环胸，定定地看着我：“继续。”

“继续什么？”我一脸不解。

苏南淡淡道：“以你的性格，找到工作，你应该乐得跟一只傻狍子似的，可你现在忧郁得就像草原上的羊驼。说说，你遇到什么难题了？”

我垂头丧气：“公司在市区附近。”

苏南一点即通：“我知道了。”

我什么都还没说，他咋就知道了？在我疑惑的眼神中，苏南夹了一块排骨放进我碗里：“你安心吃饭。”

以这座城市的交通状况，公司九点开始上班，我必须五点就去坐车。因此，权衡利弊之后，我咬咬牙决定在市区租房。

只是我看了好几天房子也没找到满意的，就这样纠结了几天后，在我去公司报到的前一天，房屋中介主动告知我：“有人想合租，你愿不愿意去看看？”

在大城市里，合租是降低个人财政风险最好的方法之一，不过有利也有弊。弊端是我要和一个完全陌生的人合租，这前途未卜啊。但在租金一人一半的诱惑下，我还是决意前去一看。

房子所在的地段很好，距离我的公司也不远，小区干净卫生整洁，整体管理得井井有条。

我和中介一起乘坐电梯的时候，心里忐忑不安："这里房租不便宜吧？"

年过四十、笑容和蔼的中介蔡姐说道："你先看看。"

看看就看看，反正我不一定住在这里。

可我很快打脸了，蔡姐给我看的这套房三面朝阳，位于十六层，不高不低，视野极好，屋主已经简单装修过，沙发、床一应俱全，如果再添一些小物件，这俨然是一个很温馨的小家。

我看了那么多房子，这套不是最大的，却是最符合我心意的。

中介蔡姐见我流连忘返，笑道："你觉得怎么样？"

"好是好，就是太贵了。"我说。

"那我们等另一个客户过来吧，到时候一并看看。"十分钟后，蔡姐接了一个电话，笑着说道，"他马上就到了。"

苏南出现在我面前的那一刻，我惊讶不已，这才想起之前我没问蔡姐，想合租的是男是女。

蔡姐笑笑："你们两人先看看，商量好了再联系我。"

蔡姐一走，我拉着苏南在沙发上坐下，双手撑在沙发扶手上："说，你是不是预谋已久？"

苏南一脸淡然闲适："你说是就是，不是就不是。我考察过了，这里离你公司最近，你每天可以比别的上班族多睡两至三个小时，而且这里离市中心很近，附近商场、超市一应俱全。"

我皮笑肉不笑："苏南同学，你考虑过这里的租金吗？"

他点点头："算过了。"

"啊？"

"完全在我的承受范围内，你不必为此忧心。"他摸摸我的脑袋，"你都看过了吗？还满意吗？满意的话，我待会儿就去签合同了，这里可是十分抢手。”

我又环顾一圈，心里蠢蠢欲动。

苏南轻笑一声：“你不说话，我当你答应了。”说完，他便开始打电话。蔡姐上来得很快，当我还没反应过来的时候，他已经雷厉风行地交完定金，签完合同。

蔡姐将钥匙分别交给我和苏南，好奇道：“你们是朋友吗？”

“不是。”苏南毫不犹豫回答。

“那……”蔡姐有些犹疑，她估计担心我一个未婚单身女性被苏南这人高马大、年轻力壮的男人欺负。

苏南突然揽过我的肩膀，说道：“她是我女朋友。”

蔡姐心满意足地离开了。

我仰头看他：“我们真要住在一起吗？如果我爸知道了，我怕他会砍死你。”

“我不怕。”他一本正经道。

“你为什么不怕？”

他低头，一脸严肃：“为了你，我受点皮肉之苦算什么。”

我无语凝噎，这是皮肉之苦吗？这可是挫骨扬灰的事情。结果我还在犹豫着要不要将这件事告诉我妈的时候，她老人家已经打电话过来了。

她开口第一句便是：“行啊，我的铁板棉袄，看你平时做事瞻前顾后，跟你爸似的，就这件事做得还像一个爷们，像我。”

我干笑：“您都知道了？”

我妈乐呵不已：“苏南一早告诉我了。你一个人在外头，我和你爸也不放心，亏得有苏南照顾你。我们家真是祖上烧高香，你这辈子才能这么幸运。你好好把握，争取把苏南拿下。”

我多嘴问了一句：“怎么拿下？”

“你看，这还要我教你吗？趁他不备的时候啊……”

我面无表情地挂了电话。

就这样，我和苏南兵荒马乱的合租生活开始了。

第十二章 合租趣事

虽说我们是合租，但在我们合租的第一个月中，苏南在家不超过五天，他更多的时间是待在研究所的宿舍。

一开始，我并没有怀疑，久而久之，我便有些疑惑了。

我打电话给徐曼曼，徐曼曼听我说了前因后果后，说道："这孤男寡女共处一室，稍有点火星子，干柴烈火还不得烧起来？男人哪，一半脑子放着理智，一半脑子压着兽性，虽然大部分的时间理智占据了上风，但一旦兽性大发，理智这玩意儿就不管用了。其实苏南已经很好了，他那么喜欢你，天天和你抬头不见低头见，还能保持理智，此等自制力，尔等望尘莫及。"

什么跟什么呀？

不过徐曼曼的话倒是提醒我了，虽然说我们是合租，但是苏南压根没在家里住过几天，与其说是工作忙，不如说故意躲着我。那么问题来了，他躲我干什么？

徐曼曼撂下一句话："傻瓜，他这不是怕自己把持不住嘛。"

我无语凝噎。

我刚放下电话，苏南就回来了。此时，我穿着清凉的吊带，以一种豪放不羁的姿势窝在沙发上。

他与我大眼瞪小眼了片刻，最终我发出一声尖叫，捂着胸口进了房间。等我出来的时候，他正在收拾茶几。

我轻咳一声："你怎么突然回来了？"

苏南俊脸微红，声音也轻了许多："我回来拿东西。"

"哦。"我点点头，"那你拿，我先回房间了。"

他拉住我的手，抿了抿唇，说道："你不是还要看电影？"

"我突然想起我还有一些工作没做完，我去房间。"说完，我挣脱他的手，灰溜溜地进了房间。

没多久，房门被轻轻敲响，苏南的声音透过门板传来："我回研究所了，你出来吧，我把蛋糕放在冰箱里了，你饿了就去吃。"

等我开门后，苏南已经离开了。我打开冰箱，里面果然有我最喜欢吃的草莓蛋糕。我突然觉得自己有些大惊小怪了。

周五，苏南打电话给我："周末你想去哪儿？"

我知道他想说的是约会，最近我俩都忙于工作，鲜少心平气和地坐下来说说话、谈谈心，于是我提议："要不在家吧？"

"在家？"

"你看，我们现在吃住都要钱，能省一点是一点。你快点回来，我给你准备丰盛的晚餐。"

两个小时后……

"所以你口中丰盛的晚餐就是煮泡面？"回到家后，苏南看着碗里的泡面，一脸难以置信的表情。

我轻咳一声："这不还放了一个荷包蛋吗？"

苏南一副被我打败的模样，任命地低头吃面。

我见他吃面，问出心中疑惑已久的问题："苏南，我问你一件事。"

他估摸着饿极了，头也没抬就道："你问吧。"

"你租了房子又不住，整天待在研究所的宿舍，是不是怕自己把持不住，对我霸王硬上弓？”

“喀喀……”苏南一口泡面差点儿喷出来，好不容易咽下去，他涨红着脸怒视我，“你说什么？”

我忙拍着他的背替他顺气：“不是你让我问的吗？”

苏南终于顺了气，他皱眉看着我：“你是怎么得出这么一个乱七八糟的结论的？”

我低着头一声不吭，用脚尖磨着地板：“苏南，我不想占你便宜。既然我们一起合租，你就住在这里，没必要委曲求全，而且我相信你。”

苏南低低一笑：“你相信我，可是我不相信自己。”

“啊？”我怀疑自己听错了。

“喀。”苏南握拳轻咳，旋即正视我，“既然你良心不安，那我就搬回来住，不过你真的可以吗？”

我点头如捣蒜：“我可以，我真的可以。”

可两个人真正同住一个屋檐底下后，我才知道很多事是不可以的。

他搬回来住的第一天，我不知道吃了什么不干净的东西，火急火燎想上厕所，结果他正在里头。

我连连拍门：“苏南，开门，我快憋不住了。”

“马上就好。”里头传来苏南的声音。

“马上是多久？”我不依不饶。

“再等我一分钟。”他说。

一分钟？我半分钟都憋不住了！在我夹着腿想去楼下公共卫生间之际，苏南打开门，面色有些奇怪：“你到底怎么了？”

我被他的开门动作吓了一跳，欲哭无泪：“我拉裤子上了。”

从医院回来的路上，我一直低着头，苏南憋着笑：“别低头了，地上没钱捡。”

我涨红着脸：“苏南，你要是再嘲笑我，我们就友尽，不，分手。”

他敲了一下我的头：“分手这个词可以乱说吗？我没有嘲笑你。”

“你有，你在心里嘲笑我了。”我这老脸都快丢尽了。

小孩子才憋不住屎尿，而我一个成年人居然让苏南看了最大的笑话！

苏南为了安慰我，说道：“小时候，我都看过你多少次尿床啊，我已经习惯了。”

我龇牙咧嘴地怒视他。

回到家后，苏南替我分好药，又给我倒了水：“你把药吃了。”

我看了眼这一把五颜六色的药，嘴角抽了抽，可怜兮兮地道：“我不吃，苦。”

“之前的事还想来一次？”他挑眉。

我忙一把抓过他手心里的药，就着水一仰而尽。结果我吃得急，半块药片卡在喉咙中不上不下，苦得我五官都皱成了一团。

苏南紧张道：“怎么了？”

“药卡喉咙里了。”

苏南一副被我打败的神情，伸手扶着我的后颈，一只手抚着我的咽喉。

我觉得痒，直缩脖子：“痒，你干吗？”

“别动。”他命令道，我只好乖乖不动，片刻后，他松开手，问我，“现在感觉如何？”

我咽了口口水，说：“好了，真是神奇！可是我嘴里很苦，你有没有糖给我甜甜嘴巴？”

“没有。”他摇头。

我失望不已，正打算再喝口水漱漱口，结果苏南俯身靠近我，一只手撑在沙发椅上：“但我有一个办法。”

“你装什么神秘，有糖快点拿出来，别藏着掖着。”我去他的口袋抢，他却一把钳住我的手，快准狠地堵住我的唇瓣。在我讶异之际，他已经放开了我。

我结巴道："你你你……"

结果苏南不等我骂出声，已经潇洒地转身逃了。我一个枕头丢过去，却落空了。

晚上，我看完电影就关了电视，准备回房间睡觉，结果路过洗手间的时候，听到苏南别扭的声音："喂，我的睡衣、睡裤忘记拿进来了，你去我房间帮我拿一下。"

我满口应下："好啊。"

等拿出睡衣裤，我突然心生一计，对着洗手间的门说道："我给你拿衣服来了。"

"谢谢，你将衣服放在外面的小矮凳上就好。"

我瞄了一眼凳子："我拿是拿了，不过你这衣服有问题啊。"

"什么问题？"他问。

"这衣服好像发霉了，我帮你拿去洗洗，你就将就着出来吧，我不看就是了。"

"胡乐。"里面传来苏南咬牙切齿的声音，"别闹了。"

"我没闹啊，你的衣服真的发霉了，不信你自己出来看看。哦，我忘记了，你没穿衣服，哈哈……哎哟，我的妈呀！你怎么跑出来了？苏南，你你你……"我抓着衣服要跑，他已眼疾手快抓住我，嘴角噙着一抹坏笑："跑啊，你怎么不继续跑？"

我也要跑得了啊！

早知如此，何必当初，我就不该摸老虎胡须，现在求饶还来得及吗？

"我错了，大爷我真的错了，请恕小女子口不择言，衣服给你，小胡子我先行告退。"

苏南索性两只手抓着我的手，慌乱之下睡衣掉在地上，他也毫不在意，径直踩了过去。

我见他步步逼近，只能步步后退，最后退无可退，我一屁股坐在沙发上，用枕头挡着自己："苏南，我真的错了。"

"你错哪儿了？"他问。

我瞄了瞄他精瘦的身材，道：“我不该挑衅你。”

苏南轻笑：“你那不叫挑衅，你那叫调戏。”

“呵呵，我怎么敢呢。”我讪笑。

“我看你敢得很。”他逼近我，温热的呼吸喷洒在我的脸上。

他一头湿发还未擦干，水珠顺着他的肩头滑落至腹部，最后没入白色浴巾包裹的地方。我使劲儿咽了咽口水，觉得自己的鼻血似乎要冲破阻碍，来个喷泉似的飞溅。

为了防止这种惨案发生，我脚底抹油要跑。苏南一把拉住我，哑声道：“胡乐，你不要一而再、再而三地考验我。”

我大着舌头，有些耳鸣：“啊？”

他突然将头靠在我的脖颈上，气息不稳：“你要是再这样，我真的会……”

说完，苏南一把扛起我，把我扔进房间，最后帮我锁上门，在门口说道：“今晚你好好在里面反省。”

“可是……”

“没什么可是。”他的声音越发不稳了。

我听门口没了动静，赶紧上前查看，见房门果然反锁了，不由得嘴角抽搐。

你把门给我锁了，我今晚该怎么上厕所？

浴室隐隐传来水声，我更纳闷了，这家伙不是刚刚洗的澡吗，难道这么快就出汗了？我看他可能真有洁癖。

结婚之后，我才知道他那天洗的不是洁癖澡，而是冷水澡。

总之，我们在磕磕碰碰的合租日子中磨合着。

刚开始，我会将内衣裤忘在浴室，而每次比我晚去洗澡的苏南总是红着脸让我进浴室把衣服拿出来。久而久之，他已经习惯不叫我了，而且非常顺手地将我的贴身衣物收在小篮子里。

工作一年后，我总算适应忙碌的生活，将公事和私事安排好。

临近过年，我突发奇想，拉着苏南一脸亢奋道：“苏南苏南，我们要不要去领证？九块九，我请你。”

在经历吃火锅领证、吃牛排领证、吃烤肉领证等各种奇葩领证建议且次次被放鸽子后，苏南已经对此事见怪不怪了，只是挑眉道："这次你又想吃什么？"

我知道我在他心中已经没什么诚信可言了，唉，这孩子被我忽悠太多次，已经自暴自弃了。

我一脸诚恳道："这次咱们啥都不吃，就去领证，我连钱都准备好了。"

他沉默了片刻，握紧我的手："好，这可是你说的，不准反悔。"

"谁反悔谁是小狗。"我信誓旦旦。

到了民政局，我看着前面排着的长龙，嘿嘿一笑："没想到今天领证的人这么多，要不……"我其实想说的是"要不我们找一个阴凉的地方买瓶奶茶等着"，结果苏南被害妄想症发作，紧紧钳住我的手，语气是前所未有的严肃："马上就到我们了，你再忍忍，待会儿我带你去吃小龙虾。"

苏南从来不准我吃小龙虾，他这次可是下了血本，于是我得寸进尺道："我要吃你做的。"

他"嗯"了一声："好。"

结果排队排到一半，天公不作美，突然下起雨来，一群来领证的情侣被雨冲散，抱怨着离开了。

我和苏南站在雨中对视，我问："下雨了，怎么办？"

他目光灼灼："你刚才说了，谁反悔谁是小狗。"

我笑道："你看这雨一下，队伍自动散开了，这不是老天爷都让我们快些领证吗？快点快点，待会儿还要吃小龙虾。"

苏南如释重负一笑。

接下来，我和苏南两只"落汤鸡"进了民政局，在工作人员诧异的目光下微微一笑："我们要结婚。"

直到坐上车，我还没回过神来，只是拍张照，签几个名，盖个章，发一个小本本，我就结婚了，就从少女变成已婚妇女了？

我盯着手里的红本本，似乎想将它盯出一个洞来。

苏南笑道："回去慢慢欣赏，我们现在去超市买小龙虾，好吗，苏太太？"

苏太太什么的，听着就让人心跳加速，脸红不已。

可惜最终小龙虾没吃成。

乐极生悲，我和苏南感冒了，两人像裹粽子一般将自己包得严严实实的。

我看着眼前的一坨纸团，讪笑："苏南，鼻涕一直流怎么办？"

苏南一本正经道："听说运动一下就会好很多。"

"好啊好啊，什么运……"我还没说完，便瞥到他似笑非笑的目光，顿时如临大敌，掀开被子转身要跑，结果他伸手一拉，将我牢牢桎梏在他怀里。

我躺在他的膝盖上，仰头看他："苏南同学，请你冷静一点。"

"我很冷静，"他一寸寸拉开被子，俯身靠近我，"再冷静不过了。"

事实证明，再一本正经的人也会睁着眼睛说瞎话，苏南的确很冷静，不过他是相当有计划且冷静地将我拆而吞食。那一天，我总算领会了什么叫痛苦又快乐的折磨。

运动过后，我的感冒终于好了，但取而代之的是酸痛的腰肢。

我恨恨地瞪着神清气爽的苏南，他微微一笑："怎么，你还想来一次？"

"来你个头。"我恨得牙痒痒。

结果苏南一挑眉："这可是你说的。"因为这句话，我又被他翻来覆去地折腾了一遍。

最后我奄奄一息地躺在他身边，连一根手指都不想动："你这人心机忒深沉了。"

"哦，怎么说？"他一脸满足。

"你拐着弯骗我合法……那啥。"我红着脸道。

他撑在我身上，嘴角噙着一抹笑："你现在反悔已经晚了。"

我哼了一声："你就是一只大尾巴狼，专门欺骗我这种小白兔。"

“嗯。”他放开我，煞有其事道，“不过你是一只能吃能睡、能颠倒黑白的小灰兔。”

小灰兔就小灰兔，我当他在夸我静若处子、动若脱兔，我骄傲。

虽然领证只是一时冲动，但我们并不后悔，我们后悔的是，我们没和双方父母知会一声。虽然我已经答应苏南的求婚，但求婚是一回事，成为他的妻子是另一回事。

其实，自苏南求婚后，我妈隔三岔五便打电话提醒我：“铁板棉袄，虽然苏南向你求婚了，但天有不测风云，人有旦夕祸福，你们快点合法地同居吧。”

回回我都一脸无奈的表情：“妈，我们是合租。”

我妈在那端不屑地“喊”了一声，我甚至能想象她朝天翻白眼的模样。她一针见血道：“什么合租，你当你妈三岁小孩呢？不过铁板棉袄，你每天看着那么一个人形荷尔蒙在你面前晃荡来晃荡去，就没有什么冲动吗？”

我嘴角微抽：“妈，你又逛什么乱七八糟的网站了？”

“好了好了，我说正事。虽然我很开明，但你知道你爸这个人，老古董一个，你和苏南同居……”

“是合租。”我纠正。

“合租的事情让你爸知道了，我怕他会提着四十米大刀赶过去砍死苏南，我可舍不得我未来女婿受到半点委屈和伤害。”

“妈，我真的是你从垃圾桶里捡来的对吗？”我问。

“对啊，你回来一趟，我带你去我捡到你的垃圾桶认认亲，你的家族都还在附近呢，一字形排开，特别有范儿。”

我愤怒地挂了电话。

综合上述情况，我和苏南考虑过后，决定回家开诚布公。

一回家，我爸妈热情地欢迎我们，但当我掏出红本本的时候，我爸的脸色变得五彩缤纷。

他的面部肌肉抖动，瞳孔好似地震，我生怕他一言不合将桌上的菜倒扣在苏南头上，赶紧不着痕迹地挡在苏南面前。

苏南拉开我，郑重其事地对我爸道：“爸，请你相信我，放心地把胡乐交给我，我用生命保证，这辈子好好爱她护她，不让她受到半点委屈。”

我爸瞳孔里的地震终于平息了，他的嘴唇嚅动了一下，叹息一声，而后虎目圆瞪：“你说的，你要是敢欺负她，我分分钟灭了你。”

我看向我妈，我妈嘿嘿一笑：“你爸跟着我学了一些网络词语。”

这叫一些吗？

我爸终归不放心，像小孩一般要苏南立下誓言，又是对天发誓，又是签字盖手印。

我在一旁看得嘴角抽搐：“爸，你适可而止。”

我爸瞪着我：“你都还没嫁出去就胳膊肘朝外拐了。”

我妈在一旁补刀：“老胡同志，按法律来说，现在咱们的女儿已经是苏南名正言顺的妻子了哦。”

这句话倒是提醒了我爸，他转换目标，瞪着苏南：“你别想就这么把我家乐乐拐走，至少给她一场婚礼。”

苏南握紧我的手：“爸，这正是我想告诉你们的第二件事。”

晚上，我和苏南去江边散步的时候问他：“你怎么什么都不告诉我？而且下个月结婚太急了，我什么都没准备。”

他拉着我的手，将之举起，道：“新郎、新娘都在，还需要准备什么？”

我瞪了他一眼。

实际上，苏南从来不打无准备的战，一早便准备妥当了。翌日，他将我从床上拉起，我睡眼迷蒙地看着他：“干吗？”

“你陪我去一个地方。”他的眉眼似染着春风。

我“哦”了一声，倒头继续睡。几秒后，苏南凉凉的声音传来：“你是自己穿衣服，还是让为夫代替？”

我腾地起身，欲哭无泪：“醒了醒了。”

在车上的时候，我一直孜孜不倦地问他：“你到底要带我去哪里？”

他的回答永远是一句话："到了你就知道了。"

我裹紧衣服，做警惕状："你……你该不会想卖了我吧？小女子身上没有二两肉，不值钱，请官人放过。"

苏南居然配合我这戏精演戏："是没多少肉，太瘦了，这段时间你多补补，不然抱起来硌手。"

我甩了一个大大的白眼给他，顺便附赠一句话："你这个臭流氓。"

他似笑非笑地看了我一眼。

山路十八弯过后，苏南将车停在一栋别墅前。此处清幽怡人，住在此处的人非富即贵，我好奇地撞了撞他的胳膊："你朋友？"

他牵着我的手，推开篱笆门："你进去就知道了。"

万万没想到，这栋别墅的主人不是别人，正是苏南初中至高中的好朋友徐旭，也是一直被我念成"嘘嘘"的同学。

一别几年，他什么时候变成这副模样了？

我惊疑不定地看着他比我还可爱的丸子头、闪闪发亮的一排耳钉、朋克风的衣服，十分艰难地合起下巴："嘘嘘，你这是被外星人换脑了吗？"当初那个喜欢打篮球，一笑一排大白牙，青春无敌的少年哪儿去了？

徐旭上前要拍我的脑袋，却被苏南拦住了。徐旭不在意地收回手，呵呵一笑："果然还是和以前一样，你这个护妻狂魔。"

现在我才明白，原来不仅我有吸引有钱人的体质，苏南也有，徐旭居然是神秘富二代。

毕业之后，徐旭没有进家族公司，而是自己创办了工作室，把整栋别墅改造成工作室，而他的工作就是设计婚纱。

当然，现在徐旭还处于创业阶段，但我看着他给我展示的那一排婚纱，明白他出名只是时间问题罢了。

"我让你准备的东西呢？"苏南问。

徐旭一挑眉："我答应你的事情还会忘了吗？"

徐旭带着我们进了一个房间，拉开一扇门，待我看到正中间那件婚纱时，咽了咽口水。

每个女孩都有一个婚纱情结，大大咧咧如我，也在懵懂的年纪幻想过穿着纯白蓬松的婚纱，拖着长长的裙摆，戴着飘逸的头纱，像化身成公主的灰姑娘一般，沐浴在璀璨的灯光下，带着微笑看着朝自己走来的王子。

现在，一件专门为我量身定做的婚纱就在我眼前。

一旁的徐旭得意扬扬地介绍："这件婚纱的灵感来源于你们，我将古典与现代创意融合，制成了这件完美的婚纱。"

"来源于我们？"我不懂，"怎么说？"

徐旭指了指上面若隐若现的花纹："你看这像什么？"

"好像一种花。"我回答。徐旭一笑："这种花鲜少有人知道，不过如果你们吃过青梅就知道了。这是青梅花，李白在《长干行》中写的'郎骑竹马来，绕床弄青梅。同居长干里，两小无嫌猜'，说的不正是你们两人吗？"

苏南一本正经地道："你可以出去了，把工作人员请进来帮胡乐换衣服吧。"

徐旭说话被打断，有些不甘心，不过碍于苏南的冷面，还是乖乖出去了。

我穿上婚纱，一旁的工作人员笑盈盈道："苏太太，这件婚纱是为你量身定做的，你觉得如何？"

我看着镜子中的自己，点了点头。

我一步一步地走出房间，门开启，苏南笑盈盈地站在我面前，他已换上一身白西装，面容俊雅，笑容清浅，眸光似月，不过站在那儿，我便觉得全世界的光都聚集在他身上。

苏南眼里闪过一瞬间的惊艳，旋即化为浅笑。

"来，新娘、新郎看我看我。"徐旭举着相机，待我们同时转过头，咔嚓一声，画面定格在最美好的时刻。

一个月后，我们举办了婚礼。

在我的要求下，婚礼低调且简单，方晓静、徐曼曼、周菁菁、于小年、温洛洛是我的伴娘，而伴郎团则是张弛、赵燃、方子聪、徐旭、苏南的室友组成的。

化妆室内，赵燃走了进来，我笑："今天你很帅。"

赵燃耸耸肩："我哪一天不帅？还有，你这新娘子夸我帅，小心你家醋缸子翻了。"他笑嘻嘻道，言语中早已释然，"胡乐，祝你新婚快乐，一定要幸福哦。"

"谢谢。"我说道。

"这可是我费了好大一番功夫准备的礼物，你好好收着。"他将礼盒递给我，展开手臂，"来，徒弟要不要拥抱一个？"

"去你的。"我白了他一眼，随后在他不以为意之际，轻轻抱了抱他，旋即放开，"谢谢你，师父，我也祝你幸福。"

"会的，一定会的。"他笑道。

在所有亲朋好友的见证下，我与苏南交换了戒指，许下了一生一世不离不弃的承诺。

扔捧花的时候，我看着身后摩拳擦掌的徐曼曼等人，凑过去问苏南："我该把捧花丢给谁？"

苏南很淡定："随缘。"

那就随缘吧。我随手一抛，即便不回头，也知道后面一群人激烈争夺捧花的惨状。我有些忧伤，早知道多准备几束捧花，一人一束，那就没必要抢了。

只是让我意外的是，她们谁都没抢到那束捧花，捧花落在了其他人手里，那人正是周承光。

周承光穿着一套正式的白西装，站在人群中，手里抓着捧花，笑盈盈地看着我。

我一惊，旋即望向苏南，苏南笑道："是他不让我告诉你，想给你一个惊喜。"

周承光一步步走到我面前，对着我们一笑。

他已成熟许多，褪去了青涩，笑容中多了几分恬淡："胡乐，苏南，祝你们新婚快乐。"

我又哭又笑：“你不是说你来不了吗？”

他低低一笑：“你结婚，我就是在天涯海角也要赶来，是我让苏南不要说的，为的就是给你一个惊喜。怎么样，你有没有被吓到？”

“吓到了。”我哽咽着伸手抱住他，“周承光，好久不见。”

他回抱我：“学姐，好久不见。”

我很高兴再次见到你，很高兴你健康快乐，很高兴你能再次出现在我面前。

高中三年的回忆接踵而来，我想起和他的第一次见面：他从天而降，书包砸在了我脸上，从那时候开始，我们便已注定要成为一辈子的朋友。

周承光，你来了，我和苏南也就没有任何遗憾了。

因为捧花被周承光拿了，所以温洛洛等人颇有怨念，将他团团包围。

徐曼曼上下打量了一番周承光，笑容如老母亲一般和蔼可亲：“弟弟，有女朋友了吗？”

我一听这话，看向站在一旁的张弛，他的脸色果然变得精彩纷呈。

周承光这娃儿十分诚实地摇摇头：“我还没有女朋友。”

徐曼曼一听，喜上眉梢：“是这样的，这个地球上的任何资源都要合理分配。你看你还没有女朋友，手里拿着的捧花也不知道送给谁，要不给我吧？”

周承光觉得她说得十分在理，便决定赠人玫瑰，做一个手有余香之人，结果中途闯入一个程咬金。

温洛洛道：“弟弟，要不你把捧花给我吧，我今年一定要嫁出去，否则我老爸老妈会与我断绝关系，我好惨。”

我不由自主地给温洛洛竖起大拇指，论胡说八道和脸皮厚，她当第一人是也。

果然，周承光犹豫了。

面前都是需要帮助的人，一时之间他不知道该如何是好，便将求助的目光投向我。

身负重任的我轻咳一声：“要不这样吧，你们一人一半。”

徐曼曼和温洛洛同时白了我一眼。

最终，他们是如何分配捧花的我不得而知。婚礼结束后，我与苏南开始了长达半月的蜜月旅行。

第十三章 最浪漫的事情

我们出发那一天，我和苏南的爸妈送我们离开。

我妈将我拉到一旁，挤眉弄眼：“那啥，你们争取在蜜月时期怀一个宝宝。听说蜜月时期怀的宝宝最漂亮、最聪明。”

我知道她不按常理出牌，也就不客气了，于是道：“妈，你现在还年轻，你想年纪轻轻被人叫外婆吗？一下子老了一个辈分哦。”

我妈立马倒戈相向：“你记得让苏南做好避孕措施。”

我心满意足地跟着苏南上了飞机。

飞机上，苏南问我：“刚刚妈和你说了什么？”

我故意逗他：“我妈叫我们争取三年抱俩，你觉得如何？”

我本以为苏南会被我调戏得面红耳赤，但我忘记了，现在我面前的他已经不是当年的苏南了，他早已放飞自我。

他夺了主动权，似笑非笑道：“既然是妈的要求，那我们可不能辜负她的期待。”

好吧，比脸皮厚，苏南已经青出于蓝而胜于蓝了。

我在飞机上睡了一觉，下飞机的时候整个人晕晕乎乎，分不清东南西北。苏南握紧我的手："别跟丢了，贵重物品。"

我打了一个哈欠："饿。"

"先去吃饭。"他替我理了理睡乱的头发。

我们吃完饭，眼见天色已晚，便沿着沙滩散步。

苏南订的是海景酒店，酒店外便是一望无际的蓝色海洋。我赤着脚踩在沙滩上，感受着柔软沙子从脚上滑过的感觉。苏南微笑地看着我蹦蹦跳跳，时不时提醒几句。

异国他乡的夜晚，深蓝色的夜空，湛蓝的海水，远处的灯塔，游轮上的灯光，天边的星子，全部融汇在一起，组成一幅浑然天成的画面。

我深吸一口气，展开手臂，任由风拂过我的脸庞，从我指间穿梭而过。我闭着眼睛，倾听海浪的声音。

当我睁开眼睛的时候，看到苏南站在海天相接处，完美地融入了这幅画中。

他转过身，一半侧脸隐藏在夜色中，一半在清浅的月光下，像是大海中刚蜕变出双腿的人鱼王子，诱惑着行人向前。

我想起他曾经说过的一句话。他说："如果我是人鱼，你会被我的歌喉吸引吗？"我的答案是"会"，即便他不唱歌，我也会一步步朝他走去。无论前方是什么，我都将义无反顾。

"你怎么了，一直看着我发呆？"苏南在我面前挥了挥手。

我眨眨眼睛，笑道："苏南，你知不知道你很像人鱼王子啊？"

"人鱼王子？"他笑，"我只听说过人鱼公主的故事。"

"既然有人鱼公主，那肯定也有人鱼王子。你看，人鱼公主为了真爱，宁愿拿美妙的歌喉换取双腿，就为了和心爱的人见一面，即便他不爱自己也一样，是不是海里的生物都这么深情专一呢……"

苏南一路听着我碎碎念。

"苏南，你背我好不好？"走了一会儿，我看到一个男生背着自己的女朋友，顺势提道。

"怎么，你走不动了？"他笑，"让你晚上吃那么多。"

"你背不背？"我看着他。

他蹲下去，拍拍膝盖："你还不快上来，过时不候。"

我欢呼一声，蹦到他背上。他没设防，险些和我一起跌倒，稳住后轻斥道："你再冒冒失失，回去我找你算账。"

我深知他算账的本事，立马偃旗息鼓，像小绵羊一般道："好吧，我错了。"

他背了我一会儿，我心疼他，便拍拍他的背："你放我下来吧。"

"嗯，怎么了？"他问。

我说过，我这人向来口不择言，更没有说话的艺术。我和徐曼曼这鬼精待了四年，也没学到她说话的艺术。对待外人，我还能斟酌再三开口，而对自己人，我通常有话直说，于是我道："我怕你吃不消。"末了，我还补充一句，"我怕你的体力不够。"

苏南沉默地放下我，沉默地牵着我的手，沉默须臾后，他望了望天："天色不早了，我们回去休息吧，明天早上还有安排。"

我不知道他挖了一个大坑在等我，十分信任地跟着他回到酒店。

刚进门，苏南便开始脱衣服，我以为他背着我出了一身汗，还一脸体贴道："你赶紧去洗一洗，我去给你拿睡衣。"

他没出声，一把拉住我的手。

他的手又大又烫，握着我的手的力道恰好不过，他说："不急。"

"不急你要干吗？"我一脸蒙。

他一步步将我逼到床边，等我退无可退，一屁股坐在床上后，才后知后觉他眼里潜藏的意思，顿时嘴角抽搐："喂喂喂，大哥，都说饱暖思淫欲，你现在吃饱了吗？"

他凑到我耳边，轻轻吹了一口气："刚才在沙滩上的时候，是谁说我体力不够？"

我干笑："我不是怕你累了吗？"

他微微一笑："我累不累，待会儿你就知道了。"

此时不逃，更待何时？我立马从他胳膊下逃走，结果他反应迅速，拦腰抱起我，轻轻扔在床上。

我被床垫上弹了弹，而后迅速爬走，但没爬几步，苏南就又抓住我的脚，欺身而来。

我被他压得嗷嗷叫：“你重死了，起开。”

“好，我起来。”苏南嘴角扬起一抹笑，但这笑看在我眼里分外瘆人，我觉得我此刻像一只误入狼窝的小白兔。

许是太过疲累，不知不觉，我已沉沉睡去，等醒来的时候，只看到床头的一盏暖灯。

我怕黑，睡觉都会开着一盏夜灯，而他一直记得这件事。

我抓了抓头发，只闻到淡淡的柠檬香气，身上也换了一套干净的睡衣。我想象他一边拖着睡得如同死狗一样的我，一边艰难地给我穿衣服，觉得又好笑又害羞。

我准备起身喝口水，不承想床头柜上已经放了一杯水。我心头一暖，不知为何热泪盈眶。

苏南已经睡着了，他的睡姿向来乖巧，双手平整地放在胸前，随着轻浅的呼吸，胸膛微微起伏。我的目光从他饱满的额头上移向他纤长的睫毛，然后是高挺的鼻梁，最后是微微上翘的薄唇。

我小心翼翼地伸出手，轻轻触碰他的嘴唇。

都说唇薄的男人薄情，但他不是。他的深情藏在身体的每一滴血液里，以至于他为我做的每一件事情，都值得我这辈子细心珍藏。

很难想象，这么优秀的一个男人如今已经是我的丈夫，是要和我相携走过春夏秋冬，经历沧海桑田的人。未来的二十年、三十年乃至五十年，我们都将形影不离，成为彼此生命中最重要的部分。

许是我的动静惊醒了苏南，他长长的睫毛颤了颤，而后缓缓睁开眼睛。我收回手已来不及，只好若无其事道：“我渴了。”

他的眼神慢慢从迷蒙转为清明，声音还带着将醒未醒的沙哑，不过动作已经十分利索，掀被起身，道：“我去给你倒水。”

“笨蛋，你已经给我倒过水了。”我笑道。

他停下动作，转身看向我，最终拍了拍脑袋：“我睡迷糊了，你喝过水了吗？”

“喝过了。”我主动揽住他的腰肢，整个人如树袋熊一样趴在他身上，“苏南，如果我以后也像现在这么任性，你会一直包容我吗？”

他笑道：“我哪一天不包容你？快睡吧。”他扶着我在床上躺下。

我把他当成人形抱枕，双腿跨在他身上，嘻嘻笑道：“以前我就想买一个大抱枕，这样枕着睡觉多舒服，现在我的愿望终于实现了，你这人形抱枕还能兼当暖宝宝。”

“是不是很划算？”苏南挑眉，“这可是全世界限量版，独一无二的。”

“苏南，我们就这样在一起了，我觉得有点不可思议，又觉得理所当然。我实话告诉你，到现在我还觉得自己在做梦，会不会一觉醒来，我们还在高中？”

苏南捏了捏我的鼻子：“你这么想回到高中？”

“是啊，因为那时候最无忧无虑；因为你随时都在我身后；因为你那时候对我那么好，可我一直没发现你的心意；因为那时候我明明喜欢你，却被很多事情蒙蔽了双眼，看不清自己的心；因为那时我的任性妄为让你受了很多苦，所以我想重来一遍，弥补这些遗憾。”

苏南捧住我的脸，与我鼻尖对鼻尖：“这个世界上没有绝对的完美和平衡，我很庆幸你有这些遗憾，这些遗憾中的点点滴滴组成的是最美好的记忆，不是吗？”

我笑道：“你什么时候变得这么煽情文艺了？”

他佯怒敲了敲我的脑袋。

在接下来的日子里，苏南带着我体验了潜水、高空滑翔以及坐私人飞机看原始森林。我跟着他体验从未体验过的世界，感受各种新奇。我知道，这些回忆将刻在我的脑海中，此生必不会忘。

半月的蜜月期结束，我们坐上飞机返程的时候，我的心还有几分兴奋。

苏南告诉我，因为家里有些事情没处理，所以要赶回去。等下了飞机，到了出租房，苏南让我洗漱洗漱，准备带我去一处地方。

然而我万万没想到，苏南居然带着我到了一处新房。

我看着巨大的落地窗，望着下方渺小的一切事物，望着照进来的阳光铺洒在地上，惊疑不定又难以置信：“这是？”

他从身后揽住我的腰，头靠在我的肩膀上，呼吸温热：“你喜欢这里吗？”

“喜欢，可是这是……”

“这是我们以后的家。”他扳过我的肩膀，“以后你就是这个家的女主人。老婆，你愿意为我做一次装修大师吗？”

我又哭又笑：“我又不是学设计的，你不怕我把你辛辛苦苦买的房子弄得乱七八糟吗？”

他笑道：“没事，反正房子也是你的，你爱怎么折腾就怎么折腾，只要给我们留一张干净的大床就好。

我们忙活了几个月，经过与设计师的反复沟通，新家终于装修好了。

完工的那一天，我和苏南躺在干净的大床上，双双看着天花板。经过几个月的努力，空无一物的毛坯房已经变成了精致的小窝。

我撞了撞苏南的胳膊：“以后谁煮饭谁洗碗？”

他侧头看我：“石头剪子布。”

“好啊。”我飞快出招，结果还是苏南胜了，我不甘心地道，“三局两胜。”

我再一次输了之后，厚着脸皮继续道：“要不我们五局三胜？”

苏南一脸“你说呢”的表情。我讪讪地收回手：“做就做呗，洗就洗呗，反正你以后别嫌我是一个黄脸婆。”

苏南轻笑：“你敢做，我就敢吃。”

我一愣，明白他是在耍我后，抡起枕头就砸他，当然，我用的力道很小。

苏南被我抽了几下，反手抓住枕头。我见抢不过他，忙识趣逃走，结果还没跑，他已钳住我：“嗯，欺负老公？”

“没没，我怎么敢欺负你，刚和你开玩笑的。”识时务者为俊杰。

“胡乐，你知道你的弱点是什么吗？”他说道。

我的弱点我怎么会不知道，我天生怕痒，尤其胳肢窝和腰部那儿，谁挠我痒痒，我会笑上半天。而苏南此人锱铢必较，我必须想办法躲开这等惨绝人寰的惩罚，为今之计只有卖萌装可怜。

对于这招，他屡试不爽，于是我一撇嘴，努力眨眼睛，试图眨出眼泪，接着捏细了嗓子，像小媳妇一般说道：“老公我错了，请你原谅我，我下次再也不敢了。”

苏南愣了一下，心满意足地点点头：“这次我就饶了你。”

“谢主隆恩。”我喜极而泣。

之后我们选了一个黄道吉日，搬进了新家。

我和苏南商量好，搬新家低调为好，便只请了几个熟悉的朋友吃顿饭。苏南订好饭店后，打电话给我：“晚上我来接你。”

彼时，我正一边敲键盘，一边小声回答他：“好的。”

等我答应完，见苏南还没挂电话的迹象，我一脸疑惑：“还有事情吗？”

他停顿了几秒，说道：“你早上是不是忘记了什么事？”

我的心思全在工作上，并不在意：“什么事啊？”

那端的人又顿了一下，接着说道：“没事，你把电话挂了吧，好好工作。”

我的眉梢微一挑，心里觉得奇怪，他说的好好工作这四个字怎么带着深深的怨念呢？仿佛是咬着牙说出来的。

等我挂了电话，一旁的同事凑过来，挤眉弄眼地问我：“老公打电话过来哦。”

毕业后，我所在的这家制药公司的同事什么都好，唯一的缺点就是八卦，尤其是我身边的陈姐。

她比我虚长几岁，已结婚三年有余。她可是八卦中心体，只要是她知道的消息，不出五分钟，全公司的人就都知道了。

陈姐知道我结婚了，却不知道我的丈夫是谁。这次她好不容易追踪到一些蛛丝马迹，赶紧顺藤摸瓜，想摸出一些有用的消息出来。

我含笑点头："是啊。"

"你什么时候把你老公带来给我们瞧一瞧？咱们小胡长得这么娇美可人，又落落大方、聪明伶俐，你家那位肯定也是人中龙凤。"陈姐说道。

我微笑："会有机会的。"

下班后，苏南来接我。上了车后，我鬼鬼祟祟地左看右看，确认没同事发现后才松了一口气。一转头，我发现苏南一脸怨念地看着我。

我问："你怎么了？"

他盯着我片刻，接着熟练地打起方向盘："没什么。"他的语气生硬，甚至还有点委屈。

我戳了戳他的脸，他偏头躲过，瞪了我一眼："开车，别闹。"

"你怎么了？实验不顺利，还是和同事闹矛盾了？"我关心道。

"没什么。"

"你的脸都拉得和马脸一样长了，还说没什么。说吧，你老婆我会为你讨回公道的。"我拍着自己的胸脯保证。

他看了我一眼："你真的不记得了？"

我真的一头雾水："我到底忘记什么事情了？求提醒。"我双手合十，"请大佬给我一次机会让我改过自新，弥补过失。"

他抿了抿唇，几乎是用气音吐出来的："早安吻。"

我张了张唇，恍然大悟。

事情是这样的，不久前，我看了一部有关维护夫妻关系之道的纪录片，顿觉两人要生活一辈子，靠爱发电是万万不能的，生活必须要有仪式感，这样才能保持夫妻长久的新鲜关系，为此我提议，每日晨起时，我会给他一个早安吻。

刚开始，我还能坚持，但过了新鲜期后，我已经将其抛到九霄云外。让我没想到的是，苏南竟记得一清二楚。

“明天补上，明天补上还不行吗？”我安慰他。

苏南一声不吭地继续开车，到了饭店门口，他停好车，我正要下车，咔嗒一声，车门锁上了。

我一脸莫名其妙地看着他：“你干吗锁门？”

他定定地看着我。

不是吧，这人幼稚到这个地步？不就一个早安吻，他一定要如此上纲上线吗？

我无奈道：“我不是说明天补上早安吻吗？”

他回答：“明日复明日，明日何其多。”顿了顿，他又补充，“我不介意早安吻变成晚安吻。”

可现在我们不是睡前晚安的状态呀。我见他一副没有商量余地的模样，只好往左右看看，见无熟人，这才鬼鬼祟祟地凑过去，在他脸颊上轻轻一吻便退开。

苏南一脸诧异：“就这样？”

我白了他一眼：“否则你想怎样？”

“敷衍。”他说完，长臂一伸，径直将我捞到他身边，俯身给我一个长吻，等我快窒息之际才放开。他见我又嗔又怒，像恶作剧得逞一般，笑道：“这才是正确的方式。”

嗯,要比耍流氓,婚后苏南的等级可是直线上升,我等望尘莫及。

工作之后都是难得一聚，大家忙于工作，无法和大学时期一般三天两头碰面。不过友情并不会因为距离远而疏远，只要彼此心中牵挂对方，一句话，对方便会不远万里而来。

苏南订的是一家古色古香的饭店，处处亭台楼阁。丝竹之声穿门而入时，我们仿佛穿越到了古代。

苏南整日泡在研究所，也就面对张弛、徐曼曼等人时才会话多一些，但大多时候还是我和徐曼曼他们说话，苏南捧哏。

趁着上洗手间的空当，我问徐曼曼：“你和张弛现在怎么样？”

“就那样呗。”她有些无所谓。

“什么叫就那样呗？你俩到底怎么回事？”

她沉默不语，我也沉默了。

我知道她的性格，平时叽叽喳喳，可遇上不想讨论的话题，装哑巴比谁都在行。我在心里叹息一声，看来张弛未来任重而道远啊。

许是因为我总欺负苏南，所以老天爷降下惩罚，让苏南出差了。

我掰了掰手指头，我和苏南结婚半年有余，苏南高冷的形象一去不复返了。他面对我的时候，几乎是一个重度话痨患者。

他从回家开始收拾衣服便喋喋不休到现在，我沉浸于他出差的失落和自由的喜悦这种极度复杂的情绪中，压根没听清楚他的话，只是敷衍地“嗯嗯啊啊”和点头。

苏南停下，坐在床沿上，双手环胸看着我：“你都听进去了吗？”

“听进去了听进去了。”我点头。

“好。”他点头，“那你复述一遍我的话。”

我艰难地咽了咽口水，转移话题：“哎呀，苏南，你的内裤要不要多带几条？你不是要去雾都吗？那里天天下雨，到时候你没得换洗咋办？”

他拉着我的手坐下，一副被我打败的模样：“我还真不放心把你一个人留在家里。”

“你有什么不放心的，我都一个成年人了，你放心出差去吧。”

他摇摇头，拉着我来到厨房，打开冰箱门，道：“我都给你准备好食物了，你别整天喝冰啤酒。下面是你最喜欢吃的烧卖和饺子，你如果懒得做饭，蒸一蒸就可以吃。我出去的时候，你记得在阳台上晾几件我的衣服。如果你要上网买东西，记得收件人写我的名字。晚上无论是谁按门铃，你都不准开门。”

我插嘴：“要是徐曼曼他们呢？”

他一脸被我打断话的不悦表情，我轻咳一声：“您老继续，继续。”

“晚上你下班早点回去，一个人不要在外面逗留太久。如果有同学聚会，你一定不要喝酒，随时打电话给我……”说着，他突然摇摇头，“不行，我还是不放心你。”说着，他便开始打电话。

整理完一切，苏南把我从书房拖了出来，不由分说把我抱进房间。我挣扎："你干吗呢？我还要工作。"

他抱着我躺在床上："明天我就要出差，十天半月见不到你，你就没话和我说？"

"哦，我祝你一路顺风，记得带特产。"

他眉眼带笑："就这些？"

我盘腿坐好，一本正经道："好吧，我说心里话，我十分舍不得你离开，恨不得把自己打包成行李，跟着你一起去。你不在的每一天，我会像依萍思念何书桓一样思念你。如果您老天天打喷嚏，那么不用怀疑，肯定是我在想你。"

苏南听完我一长串的话，觉得又好笑又好气："是吗？"

"天地可证，日月可鉴。"我保证。

"好。"他展开手臂，呈大字形躺在床上，"你展现诚意的时候到了。"

我傻了："怎么展现？"

苏南一副"你懂"的样子，我呵呵一笑，趴在他身上，下巴垫在他的胸膛上："亲爱的，你明天一早还要赶飞机，不能太累哟。"

"谢谢你的关心。"苏南反手把我压在身下，眉眼如画，目光灼灼，"我不会累。"

是的，他不累，可是我累得连手指头都不想动了。虽说第二天是周末，但我已经答应送他去机场，见他起床洗漱，我挣扎着从床上起来。

他穿好衣服出来，把我按在床上："你睡你的，我走了。"

"我送你。"我哑着嗓子道，"你等我一会儿。"

他轻轻吻了吻我的额头："睡吧，今天是周末，好好补觉。中午徐曼曼会过来，我已经给你们订了午饭和晚饭。"

此时此刻，我才真正有种他要出差的感觉了，并且要离开我半个月之久。我用双手环住他的脖子，像小狗一样耍赖地蹭着。

"乖。"他摸摸我的头发，"半个月很快就过去了，等我。"

“好。”我乖巧地点点头，拉着他的领带，主动给了他一个吻，“我等你回来。”

苏南走了，我却没了睡意，一个人在家里百无聊赖地踱了一圈。没了他，我突然觉得屋里空旷得可怕。

下午，徐曼曼姗姗来迟，我指着已经凉透的外卖，道：“你再晚一点，我们就可以吃晚饭了。”

吃完饭后，我俩百无聊赖地以葛优瘫的姿势坐在地毯上玩游戏。

没多久，徐曼曼放下手柄，叹息一声：“无聊，实在无聊。”她提议，“要不我们去逛商场吧，逛完了一起吃饭，再看一场电影。”

一逛街，徐曼曼瞬间放飞自我，腰也不疼了，腿也不酸了，走起路来红光满面。我看着她大包小包，万分后悔出门的提议。

开心过后，徐曼曼看着手上的大包小包，突然叹了一口气：“还是好无聊。”

最后，我们决定去看电影。

平日里看电影，苏南都会在电影播放之前给我科普各种相关知识，看完再给我补充细节。可现在只有我和徐曼曼，我们这个包场二人组糊里糊涂地看完了一部电影。

在观影过程中，我和徐曼曼鸡同鸭讲的对话如下：

“哎，这个全程穿红衣的是反派吗？你看她眼里那份狠戾，你看她嘴角那抹似有似无的诡异笑容。”

“我们看的不是爱情片吗？穿红衣服的不是一个老奶奶吗？”徐曼曼道。

我叹息：“你不要因为别人留长发，长得着急点，就怀疑人家的性别和年龄。”

我们的对话毫无营养及牛头不对马嘴，最关键的是，我们还能接着聊下去。亏得整个影厅只有我们两人，否则非得被人轰出去。

逛了一天，我乏累得不行，一回家洗过澡，就一头栽在床上了。

不久后，苏南发了视频过来：“我已到酒店，今天你怎么样，吃饭了没有？”

我将今天的事情一五一十地告诉他，他耐心地听着，末了轻笑："回来后，我陪你再看一次电影。"

他的话说完，四周突然安静下来。

我听着苏南轻浅的呼吸，突然心里发酸，莫名哽咽："你今天坐了一天飞机也累了，赶紧去休息吧，晚安。"

"胡乐。"他突然道。

"嗯？"

他顿了顿，轻声道："你乖乖听话，注意饮食，等我回家。"

"好。"

半夜睡醒，我习惯性地拍了拍身边的人，嘟囔："苏南，我口渴，想喝水。"

"去去去，喝水管你家苏南要去。"徐曼曼不耐烦地挥挥手，"别打扰我睡觉。"

我睁开眼睛，看着睡得四仰八叉的徐曼曼，失笑摇摇头，替她将睡衣拉好，为她盖上被子后，蹑手蹑脚地下床，准备去厨房倒水喝。

我一到厨房，打开冰箱，便看到苏南贴的便利贴。他的字苍劲有力，一笔一画都简洁有力，却又透着一股温柔。字条上是他细致妥帖的嘱咐：你的月事快到了，少喝冰水，冰箱里有牛奶，热了喝，有助睡眠。

我依言打开一袋牛奶，拧开燃气后用小火温着。我闻着清甜的奶香味，有种苏南站在流理台旁边，正垂眸温柔看着我的错觉。

"苏南……"我下意识叫道。

"啊，苏南回来了吗？"徐曼曼揉着眼睛走过来，"大晚上的，你做什么呢？"

我笑笑："我睡不着，喝点牛奶助助眠。"

徐曼曼拉开椅子坐在我对面："苏南教你的吧？他真的很细心，把你当成公主一样宠着。你和苏南从小一起长大，骨子里都刻上了对方的印记。我打赌，苏南了解你胜于你了解自己。他清楚地知道你想做什么，你要什么，又不会过分干预你，恰到好处地让你感到舒服，最大限度地给你自由的同时，还能将你护在他的羽翼下。胡乐，我一直很羡慕你，羡慕你这辈子拥有一个如此了解你的人。”

徐曼曼临时接到公司通知，需要出差，她一走，我又变成一个人了。

我遵循苏南的嘱咐，每天按时上班，准时回家，鲜少应酬，即便难以推脱，也以酒精过敏为理由只浅尝一二。留在冷冻柜中的烧卖和饺子逐渐减少，一个人吃饭总是寂寞了点。

每天苏南都会抽出时间和我说说话，夜深人静之时，透过电流，我听着他的声音，心里的想念快要冲破牢笼了。

寒流来袭的时候，我不幸中招了，本以为只是感冒，结果发展成高烧不退。

夜半时分，我看着温度计上显眼的三十九度，在心里默默道，我已经吃了退烧药了，马上就好了，应该会好的。

梦中光怪陆离，我一会儿梦到自己跌落万丈深渊，一会儿又梦到海啸侵袭，淹没到我头顶，让我不能呼吸。最终，在我绝望之际，一只手稳稳地托起我，将我带离了那可怕的景象。

我听到苏南的声音，他的声音有些嘶哑，因为大声还破了音：“护士，她醒了。”

在强烈的灯光下，我不得不睁开眼睛。灯光移开，我才模模糊糊看到苏南的脸。

我眨了眨眼睛，虚弱地问道：“苏南，你怎么在这里，我又在哪里？”

等我彻底清醒，才知道自己因患肺炎昏迷不醒，而救我的人便是从大洋彼岸赶回来的苏南。

现下，我一边喝着粥，一边接受他谴责的眼神，心虚不已：“我真的吃了药，可是……”

“好了。”他抽了一张纸巾擦了擦我的嘴角，“现在我怪你也没用，好好喝粥。”

我“嗯”了一声，看着他青黑的眼圈以及胡子拉碴的模样，顿时心疼不已：“你不是后天才回来吗？”

他看着我，眼里有后怕之意：“我的工作提前结束了。如果我真的后天回来，是不是年纪轻轻就要做……”

我为了活跃气氛，哈哈一笑：“没事，如果真那样，我在天上也……”

“你再敢说一句话，信不信我揍你？”

这话被刚进来例行检查的护士听到了，她一脸惊疑不定而又失望透顶的表情看着苏南，大概在想苏南一表人才、人模狗样，没想到竟然会打老婆。

我当然不能让他伟岸的形象就此崩塌，赶紧解释：“他开玩笑的，他从来没有揍过我，他很疼老婆，真的。”

结果，我越是解释，护士越觉得此地无银三百两。她看了一眼苏南黑如锅底的脸，检查完就跑了。

我叹息一声：“苏南，我尽力了，无论你以后听到什么风言风语，都要保持淡定。”

苏南觉得好笑又好气：“我和你在一起后，早已练就了金刚不坏之身，你没必要多担这份心。”

病床很小，我见苏南一直坐着，于心不忍，于是让出一半位置：“你上来睡吧。”

“我没事。”他摸了摸我的头发，“你先睡。”

我拉住他的手臂，眨着眼，试图眨出小鹿斑比的效果，结果他会错意了：“眼睛怎么了？”

我嘴角微抽，只好随便找了一个借口：“我好像被什么眯了眼睛。”

他二话不说靠近我，眼见他的唇瓣离我不过寸余，我忐忑不安又期待地闭上眼睛。来了来了，回国后的第一个吻即将在病房达成。

结果，苏南的声音传来，打破我的旖想：“你的眼睛闭这么紧做什么？睁开，否则怎么给你吹。”

会错意的我好生尴尬。

苏南轻轻用手掰开我的眼皮，趁我不备猛地一吹。

我轻颤了一下，赶紧说道：“好了好了，我没事了。”

我本以为此事告一段落，结果苏南一脸好笑地看着我：“前面你闭眼睛是想让我亲你吗？”

第十四章

正确的撒娇方式

俗话说，一鼓作气，再而衰，三而竭。我期待他的吻是一回事，但他明目张胆说出来又是一回事。

生场病，我的脸皮薄了几分，忙用被子掩住脸，闷声道：“你想多了。”

苏南拉下被子，一脸揶揄：“是吗？那我会错意了。”

我轻咳一声：“你当然会错意了，我跟你说……”我的话还没说完，唇瓣便被堵住，我惊讶了一瞬便接受了。

等他退开后，我下意识舔了舔唇瓣，难得一副小女人模样：“你干吗呢？”

他一本正经道：“我不能让你的期待落空。”

我这脸皮是一天比一天薄，而因为能量守恒定律，他的脸皮相对应地越来越厚了。

我住院期间，苏南几乎住在了医院，堪称二十四孝好老公。刚开始听到那句“信不信我揍你”的小护士被苏南的反差弄得怀疑人生，最终屈从于苏南的美貌，认为颜值高的帅哥一定不会打老婆。

我对这个看脸的世界感到绝望。

面对苏南天天把医院当家回的状态，我也担心："你不用去研究所吗？"

"我请假了。"他淡淡道。

"你请假这么多天，你们上司不把你绑在火箭上发射到外太空去吗？"我听说苏南可是深得领导的喜爱，失去他这么一个左膀右臂，领导们还不急得团团转。

"缺了我，地球照样运转。"他不以为意。

"我缺了你，照样好手好脚，也能吃吃喝喝，你就……"我接收到他不满的眼神，立马转变口风，"虽然好吃好喝，但我的心却缺了一个大洞，需要你填补。"刚说完，我就感到肉麻。

苏南也不习惯我说这些腻味且并不真心的话，伸手敲了敲我的脑袋："你给我好好说话。"不过他一侧身，眼里又满是笑意。

我摇头感叹，在心内默默道：这心口不一的人哪。

刚开始，病房里就住了我一个人，后来我添了两个病友，其中一个还是螺蛳粉爱好者。这个小妹妹因感冒连续发烧几日，父母怕她烧成傻瓜，忙将她送来医院。

通过友好的沟通了解，我知道小姑娘还在读高三，正是最青春也是最紧张的阶段，于是问她："芽芽，你有理想的大学吗？"

她点头："有，我想考清华大学……旁边的新东方烹饪学校。我从小就不爱学习，每次考试都是全校倒数第十名，我的毕生之愿就是做菜，你觉得我这个愿望伟大吗？"

这丫头是方子聪失散多年的妹妹吗？

还未等我反应过来，小姑娘哈哈大笑："你居然被我骗了，真是太可爱了。"

这世界太险恶了，连十七八岁的小姑娘都开始玩这种游戏，想我们上学那会儿多单纯，多天真……

我做失落状，小姑娘估计知道自己的玩笑开得过火了，忙凑过来道歉："对不起啊，姐姐，我只是觉得病房气氛太闷了，想说一个笑话调节调节气氛，要不这样，我请你吃螺蛳粉。”

关于螺蛳粉，我还是听过一二的，听说那东西吃起来香，但闻起来的味儿如厕所爆炸一般。我曾经听徐曼曼说过，以前有人在家里吃螺蛳粉，结果家人以为他在厕所吃屎。

好奇害死猫，我也想尝尝这种让人欲罢不能的味道，于是点点头：“好呀好呀。”

不过如果我们在病房吃螺蛳粉的话，估计第二天就会被全医院的医护人员、病人及其家属追杀，于是我和芽芽一合计，打算逃出医院吃一顿。

芽芽知道一家螺蛳粉店，带着我熟门熟路地穿过大街小巷来到店前。芽芽闻着里面的味儿，闭起眼睛，一副享受不已的模样，而我已经在一旁不停干呕。

事实证明，不吃螺蛳粉的人，永远会觉得它是恶魔，可一旦吃下肚，会认为它是全天下最好吃的食物，没有之一。

我一边吸溜着粉条，一边说道：“芽芽，我真是三生有幸遇到你。”

“以后咱们就是螺友了，好说好说。”芽芽像小大人一样。

吃完饭，我们偷偷摸摸回去，可刚到医院门口，我便看到宛若死神一般杵在门口的苏南。我咽了咽口水，脑子快速转动以寻找借口。

苏南几步走到我面前，眉头皱得可以夹死苍蝇：“你去哪儿了？”

我一本正经地说瞎话：“嗯，刚刚我觉得病房太闷了，所以和芽芽一起去花园散散步。”

“散步？”苏南轻笑，“你们是散步到厕所去了吗？”

我和芽芽下意识闻了闻身上的味道，一抬头，看到苏南灼灼的目光。

我还在死鸭子嘴硬：“嗯，我刚刚上了趟厕所。”

“我也上了。”一旁的芽芽附和。

“都给我进来。”苏南命令道。

我和芽芽对视一眼，大气都不敢出，像犯错的小学生一般乖巧地低着头立在他面前。

“晚饭想吃什么，螺蛳粉？”他不经意来了一句。

我脑子一抽，直接回答：“不吃了不吃了，我刚吃了，晚上吃点清淡的……吧。”说完，我恨不得咬断自己的舌头，愧疚地看向一旁的芽芽，她正用看猪队友的眼神看着我。

事后，我问苏南：“你该不会真的有未卜先知的能力吧？你怎么知道我去吃螺蛳粉了？”

苏南白了我一眼：“那时候你俩衣服上、头发上的味道一言难尽……”

我深深地佩服苏南的观察力。这娃儿不愧是学物理的，这观察入微的习惯已经刻到骨血里头了吧！

芽芽还在读高三，课程相当紧张，虽然生病住院，但她的同学十分友好，每天都给她送来厚厚的一沓试卷。每每此时，我总是感动得涕泪交加，来一句：“芽芽，能拥有这么好的同学，你真幸运。”

芽芽对于我这种幸灾乐祸的表现感到不耻，为了报复我，每天想方设法缠着苏南给她讲题。

我给芽芽打预防针：“你真的要让苏南给你讲题呀？我可告诉你，你别看他像谪仙一般，一副不食人间烟火的模样，一旦辅导人做题，那简直就是罗刹一个。想当初，我可是受尽他百般折磨、千般为难，我那个苦啊……”

“哦，是吗？当初让你这么受委屈了，还真是我的不对。”苏南提着保温杯进来，笑盈盈地看着我。

我赶紧倒在床上装死。

他拉了拉我的被子：“今晚做了你最爱吃的小鸡炖蘑菇，你不吃，我给芽芽了。”

我一个鲤鱼打挺坐起来，立马恢复神采奕奕的模样。

可苏南已经不理我了，拉了一张椅子坐下，捧着书给芽芽讲题。

我一脸怨念地咬着碗沿，看着他垂眸耐心地给芽芽讲题，心想，他给我讲题的时候咋没这么温柔？我要是做错题，他一个栗暴就下来了，还不带预警，回回中招的我抬头看向他时，他总是一副“你找打”的模样。

人比人，气死人，我对芽芽表示深深的嫉妒。

吃过药后，我有些犯困，连什么时候睡过去的都不清楚，直到翌日醒来才发现苏南早已离开。

芽芽自我醒来后便眼神诡异地盯着我，直盯得我毛骨悚然之际才开口：“乐乐姐，我真的很羡慕你。”

我点点头，知道她接下来肯定要说“我很羡慕你这猪一般能吃能睡、无忧无虑的体质”，结果她突然一脸羡慕，道：“你知道吗？昨晚你睡着后，苏南哥哥给你掖被角，帮你擦手擦嘴，动作细致妥帖。你知道吗？我爸是那种大大咧咧的人，虽然他也疼我妈，但从不会细致到知冷暖的地步，而我看你们的模样，总感觉你们一起生活了一辈子。”

我也觉得我和苏南好像一起生活了一辈子，也许我们上辈子就已经相遇了，这辈子只是再续前缘罢了。

在苏南的精心照顾下，我终于出院了，回到家中的时候恍如隔世。

我坐在沙发上，看着纤尘不染的地面，问苏南：“你都收拾过了？”

“嗯。”他帮我放好东西，倒了一杯水给我，“你累不累，要不要回房间躺一会儿？”

“不累不累，我现在精神得很。”我捏了捏身上的肉，“我怎么觉得自己住了几天医院还胖了几斤？”

“胖点好。”他说，“说明我的养猪计划成功了。”

我一听，追着揍他。

许是太久没运动，我不过跑了几圈便气喘吁吁，脚下一个趔趄，直接倒在他身上。好在身后就是床，否则他被我这么一撞，还不被撞成傻瓜了？

苏南静默片刻，诚实道：“你的确有点重了。”

我说：“要不我运动减肥？”

他揉了揉我的脑袋：“如果你坚持得下去的话。”

我这人向来说到做到，说运动便开始运动，一股脑网购了许多健身器材。

苏南看着一堆器材，预言：“五天后，这些东西便要去杂物间吃灰尘。”

结果不到三天，我就缴械投降，瘫在沙发上，左手捧着薯片，右手拿着牛肉干，看着电视捧腹大笑。苏南进来的时候，看到的就是我这么一副不修边幅的模样。

他将包挂好，脱去外套，坐在沙发上，好整以暇地看着我：“你不是说你今天要做仰卧起坐吗？”

我一脸正经：“我做了。”

苏南不客气地拆穿我：“我看你只做了仰卧起坐中的卧吧。”

知我者，苏南是也。我叹了一口气，放下薯片：“我错了，我有罪，我不该吃零食，我不该堕落。苏南，你骂我吧，你骂醒我吧，我不能再这么下去了。”

苏南微微一笑：“你真知道错了？”

“知道了。”我点头。

“你想运动？”他又问。

我捏了捏腰间的赘肉，心情沉重地点点头：“要。”

他突然起身走到我面前，居高临下地看着我：“这可是你说的，待会儿不准反悔。”说完，他轻轻松松地一把扛起我，径直往卧室走去，我就是用脚指头想都知道他口中的运动是什么，顿觉自己误入狼窝，可惜为时已晚。

我被翻来覆去折腾了一阵，累到手指头都不想动的时候，完全可以确定今晚摄入的卡路里都消耗光了。

苏南一副功臣的模样：“怎么样，这运动还行吧？”

我软绵绵地白了他一眼。

苏南说道：“明天同事生日，可以带家属，去吗？”

“不去。”我哼了一声，还在生气，“谁让你欺负我，我让你明天一个人去，受人嘲笑。”

他挠我胳肢窝：“去不去？”

我宁死不屈：“不去。”

苏南突然松开手，一脸淡定：“那就不去，你在家乖乖待着，我给你打包天聚祥的剩菜。”

天聚祥，那可是餐饮界的翘楚。我咽了咽口水，忙一脸谄媚：“我觉得作为一个老婆，我必须以老公的需求为先，个人利益算什么，明天我便陪你去。别说天聚祥了，就是上刀山、下火海，我都不带眨眼的，我就是这么一个重情重义的人。”

“嗯，你说得很好，”苏南点评，“尤其第一句。”

第一句是什么？我想了想，道：“以老公的需求为……你做什么？”

苏南的双手撑在我的耳边，似笑非笑地看着我：“你不是说以老公的需求为先吗？”

我就不该说这话。

翌日下午，我得了小半天假，直接去了苏南所在的研究所。

我第一次来到他工作的地方，只感觉到神圣感和科技感扑面而来。想到自己的丈夫是研究天体物理、宇宙恒星的，我便不由自主感到骄傲。

记得小时候，我和苏南一起在外婆家看星星。乡下的夜空干净澄澈，像一块巨大的蓝布悬挂于上空，而那些点缀的星星如镶嵌在上面的颗颗宝石。我那时候和苏南说：“我好想摘一颗星星下来，用来做枕头。”

想到这里，我扑哧一笑。

其实按照规定，闲杂人等是不能进入研究所的，我因为签了保密协议，以及苏南的担保，所以还是顺利进来了，为此我还要穿上专门的防护服，并且上交所有电子设备。

我见到苏南的时候，感叹不已：“来这里见你一面可真难。”

苏南笑着摸了摸我的脑袋：“我带你去看星星。”

我一本正经道：“其实我并不想看星星，我想看狒狒。”接收到他淡定的目光，我干笑一声，“这冷笑话不好笑吗？”

苏南回了一个“你觉得呢”的眼神。

这是我第一次近距离观察星星，苏南环抱着我，一边教我调整仪器，一边科普：“每个人的眼睛的视物精度有差异，看到的星星数目不同，但如果凭借仪器，我们能看到……”

我双眸认真地看着星星，耳朵则仔细倾听着苏南的科普。我眼前所见是广袤的宇宙、未知的世界，而我身后则是我的宇宙、我的全世界。

“苏南，还记得我小时候说过的话吗？”我笑问。

他低低一笑：“我当然记得，你说你想摘一颗星星下来，枕着星星入睡。”

“唉。”我叹了一口气，“可后来我才知道这是不可能实现的愿望。一颗星星何止一个房子那么大，也许它比地球还要大好几万倍，甚至它们在遥远的几万亿光年之外，而我们肉眼看到的不过是它在几万亿光年之外发出的光芒罢了。”

苏南一动不动地看着我：“没想到你了解得挺多的。”

“那是，谁让我是物理天才、科学家的老婆呢。我要是文盲，走出去都不好意思介绍自己。”

他看着我：“我会送一颗星星给你。”

我一脸“你开玩笑”的表情：“你打算去动物园偷吗？”

他没好气地捏了捏我的鼻子：“谁跟你开玩笑，是真的星星。”

很久很久以后我才知道，苏南并没有食言，他真的送了我一颗星星，不过现在我还不知道。我们看完星星，没多久就去了附近的酒店吃饭，坐在饭桌旁享用美酒佳肴。

今天过生日的苏南同事端了一杯酒走到我面前，满脸春风得意：“我一直听苏南提起你，百闻不如一见，嫂子你就是老苏心中最亮的天狼星。”

我赶紧回敬他，结果苏南压住我的手，起身笑道：“她不会喝酒，一喝就起疹子，这杯我替了吧。”说完，他一饮而尽。

苏南的同事们也是文化人，知道苏南护妻，便纷纷转移目标，一个劲地灌他。他是沾酒就脸红，一喝酒，白皙的面庞便像染上一层胭脂。

关于喝酒这件事，还有一个小插曲。

自我和苏南交往之后，我爸一逮到机会便训练苏南喝酒，美其名曰以后出门吃饭聚会，苏南可以做一台人形挡酒机器。可这人形挡酒机器是我丈夫啊，他们不心疼我心疼。于是我总是假装肚子疼，将苏南带离现场。

这次也一样，我也这样操作了。苏南的同事听说我不舒服，统统让我们早点回去。

出来后，我松了一口气，扶着苏南走到车旁。将他扶进车里坐好后，我问他：“你想不想吐，难不难受？”

他红着脸摇摇头：“我不想吐，也不难受。”

“你乖乖在车里坐着，旁边有家便利店，我去给你买醒酒药。”我说着转身欲走，不料他一把拉住我，委屈巴巴地看着我：“老婆，早去早回。”

他这声老婆叫得软糯可爱，直击我心底，我被他萌得心肝颤抖，定下心神，道：“知道了，我马上回来。”

结果我早去早回，他却一溜烟跑得没影了，好不容易在旁边的公园里看到他，他正坐在公园的长椅上，一旁有个小男孩正好奇地盯着他看。

“叔叔，你是不是迷路了？”小男孩问。

“没有。”苏南一本正经地回答，“我在等我老婆。”

小男孩嫌弃地撇嘴：“我妈说了，醉鬼是没有老婆的，你骗人。”

苏南沉默了一下：“我真的有老婆，而且我老婆善良大方，贤惠美丽，她是这个世界上最美的仙女。”

小男孩哼了一声："我妈还说，像你这样的醉鬼最会臆想了。叔叔醒醒吧，起来搬砖了。"

我在一旁听得又好气又好笑。现在的孩子都人小鬼大，我憋着笑走到他们面前，朝苏南挥了挥手："这位先生，你是不是迷路了，要不要去我家？"

苏南乖巧地点点头："好呀。"

一旁的小男孩震惊不已："阿姨，你怎么可以拐卖喝醉酒的男人呢，这是犯法的。你不要因为他长得好看就起了邪念，这是不对的。"

我朝小男孩眨了眨眼睛："可是他愿意和我回家。"

"那是因为他喝醉了，没有自主抉择的能力。"小男孩一本正经道，"我觉得咱们还是打 110 比较好。"

我差点儿憋不住笑，一旁的苏南已经缠了上来，抱着我的腰撒娇："我们回去。"

"好。"我扶着苏南一步三回头地离开，身后站着的小男孩的三观已经被震碎。

我冲他笑笑："我骗你的，我就是他那善良大方、贤惠美丽、长得像仙女的老婆。"

小男孩长叹一声："果然情人眼里出西施。"

苏南已经不是第一次喝醉，我从第一次的手忙脚乱已经锻炼成现在的习以为常。平日里沉稳内敛，泰山崩于前而面不改色的男人，一旦喝醉酒，智商直降到三岁，甚至和孩童一般黏人、爱撒娇、喜卖萌。

是的，正常情况下的苏南经常视卖萌为耻，可在喝醉后，他俨然成了卖萌达人，各种卖萌姿势层出不穷，比我这靠卖萌求原谅的人还要厉害三分。

我把他丢在床上，去浴室拧了一条热毛巾，刚出来便见他用棉被将自己裹成一个球，只露出一个脑袋，一双因喝醉而水雾迷蒙的黑眸无辜地盯着我，歪着头，道："老婆，口渴。"

我叹了一口气，反身去给他倒水。

结果我前脚刚走，他后脚屁颠屁颠跟上来，像小尾巴一样跟在我身后。

我转身，看到他连鞋都没穿，无奈至极：“你怎么不在房间里待着呢？”

“我想看着你。”他眼巴巴地看着我，“刚刚那个小屁孩说醉鬼不配拥有老婆，老婆，你不要嫌弃我。”

我真想把他的脑袋按在胸前一阵揉搓，声音放柔了几分：“我不嫌弃不嫌弃，一点都不嫌弃。”

“那你亲我。”

“好好好。”我敷衍地吻了吻他的脸颊。

他不满意：“嘴。”

我将水递给他：“喝吧喝吧，喝完睡觉。”

可他不依不饶，紧紧地盯着我，我无奈地轻啄了一下他的唇瓣，他这才心满意足地回房间。

一晚上，苏南就跟复读机一样问我：“胡乐，你是谁的老婆？”

“苏南的。”我回答。

“苏南是谁的老公？”他又问。

“胡乐的老公。”我耐着性子回答。

“苏南和胡乐是什么关系？”他孜孜不倦。

我叹气：“夫妻关系。”

接着，某人开始新一轮的提问：“胡乐，你是谁的老婆？”

我已经生无可恋，恨恨地踢了他一脚：“你给我消停点，再吵我用胶布把你嘴巴贴上，你看看现在都几点了。”

苏南委屈巴巴地看着我：“你凶我。”

他那可怜兮兮的表情，仿佛下一秒便要哭出来，我只好耐着性子哄他：“好好，不凶不凶，你继续问。

他终于心满意足地勾勾嘴角：“苏南是谁的老公？”

……

次日一早，我从睡梦中醒来，一睁眼便看到苏南用手撑着脑袋，一动不动地看着我，我镇定道：“你醒了？怎么不多睡一会儿？”

“我睡不着了。”他眼里盈满笑意。

我“哦”了一声：“那你还头疼吗？”

“不疼了。”他摇头。

“哦，不疼就好。”我打了个哈欠，眯着眼睛继续睡，“你去买早餐吧，买好了叫我。”

苏南轻轻一笑：“是，老婆大人。”

我睁开眼睛：“你一大早抽什么风呢？给我正常叫名字。”

苏南一脸揶揄地看着我：“不是你一直在睡梦中叫我老公吗？”

我如临大敌：“我在梦里说什么了？”

他嘴角的笑容逐渐扩大：“你说胡乐是苏南的老婆，苏南是胡乐的老公，说了一早上。”

我欲哭无泪。

吃完早餐，我顺手将垃圾扔了，一回头，苏南拿着领带出来。阳光从窗外洒落，暖黄的光影恰到好处地落在他身上，他的白衬衫染着清浅的曦光，眸光带笑，一步步朝我走来。

我愣愣地看着他，直到他走到我面前，扬了扬手：“你帮我系领带。”

闻言，我回过神，压下小鹿乱撞的心，镇定道：“你为什么要我帮你系领带？”

他一脸理所当然：“是你自己说的，以后我穿打领带的衣服，都让你来系领带。”

我是这么说过，但是我不会啊。

我心虚地轻咳一声：“那啥，你先坐一下，我去浴室洗个手。”

苏南拆穿我：“你该不会是不会打领带，打算去浴室现场百度吧？”

“怎么可能！”我这人最受不得刺激，一把夺过他手里的领带，鼻孔朝天，“你别小看我。”

三分钟后，我盯着打成死结的领带，打肿脸充胖子：“我记得我妈说过，打领带和系红领巾差不多，怎么会变成死结呢？”

苏南一脸无奈：“上小学时，你的红领巾也没系对几次，每次不都是我帮你重系吗？”

“我帮你解开。”我伸手去解领带，苏南抓住我的手：“算了，我自己来。”

他的手指修长，骨节分明，打领带的动作行云流水。我呆呆地看着他，只得感叹：“苏南，你不去做手模真是可惜了。”

他瞪了我一眼，我忙改口：“当然，你这双手可是要探索宇宙、探索未知世界的，是小女子目光短浅了。”

晚上吃饭前，我眼巴巴地看着苏南身上的领带，他叹了一口气：“你还没死心，真不知道你这不服输的性格到底随了谁。”

我脱口而出：“随你啊。”

他被我这句话取悦了，解下领带：“快点，不然我待会儿要迟到了。”

我点点头，脑海中闪过系领带的步骤，小心翼翼地严格按照要求系。苏南的声音徐徐传来，温热的呼吸喷洒在我的头顶上：“你知道吗？很久以前我就想过这一幕了。”

我抬眸。

他微微弯腰，双手插在口袋中，配合我的身高，眸中光华流转：“我已经期待这一刻很久了。”

“胡乐。”他微微一笑，“谢谢你帮我实现愿望。”

这小嘴甜的，不是说结婚后的男人都是“大猪蹄子”吗？他怎么反着来，动不动就满口情话？他的说情话技能简直上天了。

可惜下一秒，美好的气氛被我破坏得一干二净。我一感动，手一抖，猛地拉了一下领带，苏南面色瞬变：“你是想谋杀亲夫吗？”

“我觉得上天是公平的，既然赐予我美貌和智慧，那必定会剥夺我的动手能力。”我一脸严肃。

苏南也严肃地拍拍我的头：“乖，做人要有自知之明。”

我“嘁”了一声：“也不知道是谁喝醉的时候夸我是善良大方、温柔漂亮的小仙女呢。”

“酒后胡言不可信。”他道。

“你那是酒后吐真言。”我哼了一声。

结婚第二年过年，我们回了老家。

坐飞机的时候，我给苏南说了一个故事：“从前有一对夫妻，一个家住南方，一个家住北方，每回过年，两夫妻都为去哪儿过年而头疼，你猜他们最后怎么解决的？”

苏南十分配合地问我：“怎么解决？”

我哈哈一笑：“当然是各回各家，各找各妈了。”

苏南板着脸：“你这说冷笑话的毛病能不能改改？”

我回击：“你这无趣的性格能不能改改？要是赵燃……”

“赵燃什么？”他眯起眼睛。

我的求生欲特别强：“要是赵燃，他连听都听不出这是一个冷笑话，他这里不行。”我指了指脑子。

苏南这才满意地点点头。

我在心底道歉：赵燃，对不起啊，为了朋友，你暂时忍受一下笨蛋儿童的称号吧。

虽然这是一个笑话，但夫妻过年该去哪儿的确是一个现实的问题。我很庆幸我们的父母住在一起，这免去了很多麻烦。

因为嫁给了苏南，所以我理所当然住在苏南家里。结婚的时候，苏爸、苏妈将房子翻新了一遍，但苏南特意嘱咐他们不要动他的房间。

所以一开门，房间还是和从前一样：木床，格子床单，飘逸的白色窗帘，连墙上挂着的海报都没撕下来。唯一不同的是，床头上方挂了我们的结婚照。

我指着结婚照，笑道：“感觉这房间里就它格格不入。”

苏南二话不说就将它取了下来，我以为他生气了，忙阻止：“我只是开一个玩笑而已。”

“放一边，也不知道我爸妈钉得牢不牢固，要是晚上睡觉时砸下来，会很危险。”他解释，“虽然它显得格格不入，但是我觉得特立独行也挺好的，等我们回去后再把它挂上去。”

“好。”我点头。

他拍拍我的脑袋：“累了一天，你先去洗澡。”

“那你呢？”我说，“你该不会还要研究那什么报告吧？我可警告你哦，现在是休假时间，请让你高负荷运转的大脑休息一下，工作做不完，命却只有一条，OK（好吗）？”

他笑：“我知道了，你真是一个小老太婆。”

“你说谁是小老太婆？”

“你再不去，我和你一起洗。”他威胁道，我忙一溜烟跑远。

等苏南去洗澡的时候，我趴在床上看书，没多久，苏南脖子上挂着一条毛巾走了出来。他穿着简单的白T恤、纯色沙滩裤，两条腿修长而有肌肉，十分结实，典型的穿衣显瘦，脱衣有肉的好身材。

我就好奇了：“你天天泡在研究所，怎么身材保持得这么好？”

而苏南的关注点永远很清奇：“你说我身材好。”

我为了不让他太过骄傲，适当打压他：“那肯定没有专业的模特好，不过比上不足，比下有余。”

他白了我一眼：“研究所里有专门的运动室，里面运动器材一应俱全。倒是你，家里买了一大堆的运动器材，就没见你运动过几次。”

“胡说，我明明运动了。”我反驳。

“哦，什么运动？”

“有氧运动。”我回答。

苏南呵呵一笑：“你该不会想说你每天呼吸就是有氧运动吧？”

知我者，苏南是也。

我见他的头发还在滴水，爬起来，接过他手里的毛巾，边嘀嘀咕咕边给他擦头发：“你这洗完头发不吹干的毛病到底什么时候能改？等你老了头疼，有你哭的时候。”

苏南低低一笑："这话怎么听着这么耳熟呢？"

"那当然，我已经给你擦过多少次头发了。"我邀功。

他抓住我的手，拉着我在他腿上坐好，俯身轻轻啄了啄我的唇瓣："所以说，你注定是我的老婆。"

我已经对他时不时的调戏习以为常，继续淡定地给他擦头发。

许是舟车劳顿一天，我有些犯困，见他还在伏案工作，我打了个哈欠，道："你快点过来睡觉。"

"马上。"他说，却没停下的迹象。

我哼哼一声，打算拿出撒手锏："我冷。"

苏南无奈地摇摇头，拉开被子躺在床上，自然而然地抓过我的脚放在他的大腿上。

我舒服地叹了一声，笑嘻嘻道："好暖，你冷不冷？我的脚是不是很冰？"

他笑笑："我还能忍受。"

我用脚踹了一下他的大腿，不过力道很小。他闷哼一声，抓住我作乱的脚，用警告的眼神看着我。我立马偃旗息鼓，乖乖地闭上眼睛。

"苏南。"我抱着他，声音越来越柔和，"晚安，还有谢谢。"

谢谢你在我身边，谢谢你自始至终陪伴我，谢谢你知我冷，知我热，知我欢，知我哀，知我的一切一切。

我的那个人呀，现在就在我身边，暖着我冰冷的手脚，抱着我，轻拍着我的后背。我明白，我将一生无忧。

翌日一早，苏南去见几个老师，我怕冷，便没和他一同前行。公公婆婆都不在家，我一合计，跑回自己家里了。

我妈一看到我，"哟"了一声，道："这泼出去的水怎么回来了？吃饭没有？锅里有剩饭剩菜。"

所以嫁出去的女儿只配吃剩饭剩菜吗？

我一脸怨念地看着我妈，我爸卷着报纸从楼上下来，心疼道：

“吃什么剩菜，爸爸给你做，你想吃什么？”

“还是老爸最好。”我攀着他的胳膊撒娇。

我妈在一旁狂翻白眼。

我爸在厨房做饭，我妈一边打毛衣一边问我：“铁板棉袄啊，我问你一件事，你和苏南结婚几年了？”

我咬了一口薯片：“妈，要是您还没失忆的话，应该记得我和苏南刚好结婚两年。”

“哦，两年了啊。”我妈状似无意道，突然冲着厨房的方向叫道，“老胡啊，我记得兰姐的女儿前几天刚办满月酒，对吗？你不是去吃了满月酒？”

我爸拿着铲子出来：“对啊，你怎么突然问这些？”

“没事儿，你继续。”我妈挥挥手，见我要跑，呵呵一笑道，“是薯片不好吃还是和妈聊天不好玩？想跑啊？”

“没呢，您想多了。”我咔嚓咔嚓咬薯片。

“铁板棉袄，你都和苏南结婚两年了，你们……”

“打住。”我制止她，“妈，我知道你想说什么，可是我和苏南现在都比较忙，暂时还没那计划。”

每一个妈妈都有一颗当外婆的心：“你就忽悠我吧。刚结婚的时候，你说你们忙事业，让我别年纪轻轻就当外婆。现在一晃两年过去了，你们又叫我别操之过急。你们要是再晚点当爹妈，我这外婆就要输在起跑线上了，我不干。”

我头疼不已：“可这孩子也不是气球，说出来就能出来，他也是需要时间的。”

我妈突然直勾勾地盯着我，我被她盯得发毛，无奈道：“妈，您有话就说，别用这么瘆人的目光盯着我，我害怕。”

我妈憋了又憋，最后还是憋不住，凑到我耳边小声道：“别是苏南那方面有问题吧？我这里有偏方……”

天知道我多后悔今天回家。

晚上苏南回来的时候，见我盘腿坐在床上做冥思苦想状，便戳了戳我："怎么了，不倒翁？"

我摇晃了一下，摆正身体："苏南，我有一件十分严肃的事情要告诉你。"

我难得严肃，弄得他也十分紧张："什么事？你说。"

"明天无论我妈、你岳母如何邀请你、逼迫你、威胁你，即使是糖衣炮弹齐上阵，你也不要答应过去，明白吗？了解吗？知道吗？因为你一旦去了，必将追悔莫及。"

"怎么了？"苏南一头雾水，"你说人话。"

我闭紧嘴巴，但我忘记了，苏南可是"严刑拷打"的好手，人家和铁齿铜牙的张弛可是好朋友，三言两语便套出我的话。

我看他面色青红交接，有些担心："这是我妈乱想而已，我都和她澄清了，我说你完全没问题，你是一个正常的男人。"

苏南坐在沙发上一声不吭。

我小心翼翼地下了床，坐在他身边。我知道男性有些东西不可挑战触碰，比如尊严，我本来不想说，结果还是被他逼出来，你说他这是何苦呢？

何况，我明明知道事情的真相。

以前我偷偷跑去洗手间吃避孕药，被苏南发现了，他面色铁青地告诉我，以后不准吃药，他会做好保护措施。他永远都是为我着想的那一个。

"你别生气了。"我戳了戳他的手臂，"明天我和妈解释，其实……"

"胡乐，你想要孩子吗？"他突然问。

我张了张唇："其实……其实我也是喜欢小孩的，只是我们两人现在都比较忙，还有你之前不是说过，你不想这么早要孩子吗？"

他叹了一口气，抓着我的手："胡乐，我怎么会不喜欢孩子，我只是……"

"只是什么？"我问。

"生孩子很痛。"他的头靠着我的肩膀，深深叹气，"我不知道自己能不能面对这件事。”

我摸了摸他的头发：“你是傻瓜吗？生孩子的是我，痛的也是我，你要面对什么？”

“胡乐，你知道，你知道的。”他目光灼灼地看着我。

我微愣，旋即捧住他的脸，一字一句道：“苏南，从我记事开始，你就一直护着我，连我妈都说我是全世界最幸福的公主。也许我没法拥有古堡，没能坐私人飞机，也穿不起水晶鞋，但你对我的好、对我的爱，已足够让我成为这个世界上最富有的女人。苏南，你为我做了这么多，我也想为你做一件事，而我已经做好准备了。”

苏南眼里有泪光。

我亲了亲他的眼角，尝到了咸湿的味道，那一刻，心中酸涩和温暖并存。我沿着他的鼻梁一寸寸往下，低声道：“苏南，可以吗？”

他猛地抱住我，将我的腰肢勒得生疼，可我却心甘情愿。

最后，在我和我爸的帮助下，我妈终于打消了给苏南吃乱七八糟的偏方的念头。不过过完年回去的时候，她依然不死心，往我们的行李里头塞了各种奇奇怪怪的补药。

许是过了一个年，我变得懒散许多，成天浑浑噩噩的，只想睡觉。一次上班的时候，偶然看到陈姐点的红烧猪蹄，我突然一阵反胃，捂着嘴到洗手间吐了个昏天黑地。

陈姐毕竟生过孩子，见我吐得狼狈不堪，一边帮我拍背一边问：“胡乐，你该不会有了吧？”

我瞪大眼睛看着她。

陈姐做事雷厉风行：“走，姐带你去医院。”

从医院出来，我摸着肚子，依旧难以置信：“我以为我是吃胖了呢。”

陈姐在一旁笑得花枝乱颤。

下班后，苏南回到家，看着一桌美食，讶异道：“这些都是你做的？”

我摇头：“不是，一半是陈姐做的，一半是外卖。”

他脱去外套，洗了手，坐下开始吃饭。

我给他舀了一碗汤，笑盈盈道："苏南，我要告诉你一件事。"

"嗯，你说。"他埋头苦吃。

"你听说了吗？今年我们母校翻新了一遍，而且你还成了母校的骄傲，名字刻在学校大门口的石头上，超级拉风。"

苏南不以为意："哦。"

"我告诉你，徐曼曼自己开了工作室，她以前不就喜欢设计那些小玩意儿吗？"

"嗯。"他敷衍地点头。

"还有，妈妈不是养了一只橘猫吗？听说橘猫生了三只小猫，非常可爱哦。"

苏南终于抬起头，咽下一口饭后，定定地看着我："老婆，有话直说。"

"我怀孕了。"我快速说道。

苏南保持着端碗拿筷子的动作，足足三分钟过去，他还是一动不动。

我伸手在他面前挥了挥："喂，你傻了吗？我说我怀孕了。"

他眨了眨眼睛，盯着我的肚子，像鹦鹉学舌一般道："怀孕了？"

"是的。"我点头，"快两个月了，我还以为自己吃胖了，没想到是有了小宝宝，这下我妈终于可以打消对你的误会了，不过我真的……"话还没说完，苏南已经轻轻抱住我。

我靠在他的胸膛上，声音轻了几分："苏南，你高兴吗？"

他没有回答，只是抱紧我。

我一脸讶异，正要抬头，他却用一只手盖住我的眼睛，声音带着几分哽咽："不准看。"

我忙拉下他的手，看着他湿润的眼眶、微红的鼻头，道："你不至于这么感动吧？都感动到哭鼻子了。"

在我的印象中，苏南可是男儿有泪不轻弹的典范，即便小时候因为身材瘦小被小胖子欺负，也从来不掉一滴泪，而现在却为了我哭得一把鼻涕一把泪。

“苏南，要不要我给你一张纸巾擦擦眼泪？”我小心翼翼建议。

“不用。”他说。

“呃，其实我是怕你的鼻涕、眼泪滴到我头上，我刚洗的头。”

头顶似有一群乌鸦嘎嘎飞过，我想我真的是一个破坏气氛的高手。

苏南果然放开我，改为牵着我的手坐在沙发上：“你把检查报告给我看看。”

我像一只傻狍子一样将报告单翻出来给他看。

很快我就知道自己搬起石头砸自己的脚了，苏南对待一切都十分认真，包括我怀孕这件事。

半夜我口渴醒来，发现身边没人，找了一圈才发现他在书房上网。我看他那样也不像网瘾少年，那他大半夜看什么呢？难道……

听到脚步声，苏南蓦地回头，虽然他关页面的动作很快，但我还是看到孕妇之类的字眼，心中了然。

这傻瓜啊，我都不知道该怎么说他了。

“你怎么出来了？”他问。

“我出来喝水。你怎么大晚上还不睡觉，明天不用上班吗？”

他打横抱起我，径直走到房间，把我放在床上才说道：“我睡不着，你躺着，我去给你倒水。”

我拉住苏南的手：“苏南，是不是这孩子的到来让你措手不及？可是……”

“笨蛋，你想什么呢，”他敲了敲我的头，“我只是太高兴了而已。胡乐，我从未想过自己要做爸爸，我觉得我肩上的责任只有你。现在我多了一份责任，但我发现我并不害怕，而是前所未有地期待，期待我们的孩子。”

“我也是。”我环住他的脖颈，“苏南，我是真的很开心。”以后，我们就要从二人世界变成三口之家了。

很快，我就将怀孕的消息告诉家中四个老人。我妈听了后，到处奔走相告，累得我爸打电话告诉我：“乐乐啊，你妈疯了，现在逢人就说你怀孕了，跟人家菜市场的人都能一聊一上午。”

我和苏南在电话这端憋笑憋得辛苦。

他们找了一个时间来看我，我妈和婆婆一边回忆当年的怀孕经历，一边给我传授经验。

我妈说：“当年我怀铁板棉袄的时候……”

“铁板棉袄是谁？”婆婆一脸疑惑。

“就你儿媳妇。”我妈不以为然道，“当年我怀她的时候，这丫头可皮了，让我吐得那个昏天黑地，吃啥吐啥。她爸那个心疼啊，也是那时候他变着法给我做好吃的，才有现在这做饭的好手艺。”

没想到老爸做饭的好手艺是因为我，我真是哭笑不得。

婆婆有些担心：“我听说女儿随母亲，如果亲家母您孕吐厉害的话，乐乐也会孕吐吧。乐乐，你孕吐厉害吗？”

我老老实实回答：“有点，我也是吃啥吐啥。”

为此，苏南也变着法给我吃东西，不过现下我好了许多。而且因为我怀孕，他现在俨然成了妇科圣手，比我这个孕妇知道的还要多。

“我怀苏南的时候还挺顺利。”婆婆笑道，“他很乖，甚至都不怎么踢我，害我提心吊胆，等后来他出生了也就哭了一嗓子。”

“是啊，我就没见过像苏南这么乖巧的孩子，从出生到现在都没让人操过心，反而我家这铁板棉袄，从怀她开始就没让我省过心，还好有苏南照顾她。”

“乐乐很好，是我见过最乐观、最开朗的孩子。苏南这孩子性子太稳，一点都不像同龄人那样活泼，也就乐乐能让他有点生气，所以我还要感谢乐乐。”

听我婆婆夸我，我妈眉开眼笑。

我听着她们两人商业互吹，偷偷给苏南发短信：是我让你有生气的吗？

苏南发了一个问号过来。

我换了一个说法：是我让你变得活泼的吗？

苏南回复得很快：没办法，近朱者赤，近墨者黑。

我愤恨地收了手机。怀孕初期，我的胃口和脾气变得十分奇怪，今天沾不得半点荤腥，第二天却想吃红烧猪蹄。

一次，我大半夜从梦中醒来，哭着将苏南摇醒。他见我满脸都是泪，眉头拧得死紧："你怎么了，哪里不舒服吗？"

我哭得上气不接下气："我……我想吃螺蛳粉。"

苏南一脸被我打败的无力感。在我强烈的要求下，他只好起身给我煮螺蛳粉，煮完后，我说："我要在房间吃。"

苏南的嘴角抽搐得厉害："你别得寸进尺。"

我泪眼汪汪地看着他，最终他还是败下阵来："好好好，在房间吃。"我这才破涕为笑。

翌日，苏南去上班，徐曼曼过来看我。她一到我房间便捏着鼻子道："哎哟，我的妈呀，你家厕所是炸了吗，怎么这么臭？"

陈姐说女人怀孕的时候，体内的雌激素会混乱，有时候会无缘无故伤春悲秋。我告诉苏南："如果我无理取闹，那一定不是我的本意，是我的雌激素在捣鬼，所以你千万不要和我一般见识。"

晚上看电影的时候，我泪眼汪汪："他为什么会死？"

苏南回答："因为剧情需要。"

"为什么剧情偏要他牺牲？他只是一个孩子。"我不依不饶。

苏南捏了捏眉心："你管机器人叫孩子？"

"你看他这么萌，萌就是孩子，我不管，他为什么会死？"

有一次半夜醒来，我哭得惨兮兮的，道："我梦到《海贼王》完结了。"

苏南一脸疑惑："《海贼王》是什么？"

第二天，苏南下班回家，见我又哭得上气不接下气，吓得不行："怎么了怎么了？"

我泪奔："海绵宝宝好可爱啊。"我发誓，我在苏南的眼里看到了一闪而过的杀意。

后来，苏南已经见怪不怪了，见我哭成泪人儿也能十分淡定地处理了："今天你又是为什么哭，是想吃螺蛳粉了还是想闻汽油味？"

第十五章 大手拉小手

怀胎十月，我生下了一对龙凤胎。

我生产那日，苏南还在大洋彼岸开会，他一听消息，马不停蹄地赶回来了。等我醒来的时候，他胡子拉碴，眼圈青黑地坐在我身边。

我舔了舔唇瓣：“你怎么回来了？”

“对不起。”苏南眼里布满血丝，他握着我的手，我能感受到他的手在颤抖。

我知道他的意思，我十月怀胎，他则陪了我十个月，却在最关键的时候不在我身边，可我一点都不觉得遗憾，也不觉得难过。要是他在，我也不会让他看我生产。

我笑笑：“我们不是都平安了吗？你说什么对不起。你去看过宝宝了吗？”

他愣了一下：“我忘了。”

我哭笑不得。

他吻了吻我的头发，一滴泪落在我的唇瓣上，带着咸湿的味道，然后他说："老婆，辛苦你了。"

后来我妈和婆婆各自抱着一个孩子让我看。我看着皱巴巴、红彤彤的孩子，皱眉道："好丑啊。"

我爸看了两个孩子，一脸兴奋："你看孩子这眉毛长得多像我们家乐乐。"

爸，你别骗我啊，刚出生的孩子哪里来的眉毛？这睁着眼睛说瞎话的本事也是没谁了。

宝宝还太小，没多久就被护士抱走了。我拉着苏南，忧心忡忡道："苏南，对不起，我辜负你这么优秀的基因了。"

苏南一脸无奈："刚出生的孩子都这样，等慢慢长开就好看了，你别瞎操心。"

我说过，苏南的嘴开过光，果然孩子满月后越来越好看，越长越像苏南。

我嫉妒地看着两个孩子，好歹一儿一女，也要有一个长得像我吧。虽然我的长相略逊苏南一筹，但这也太不给面子了吧！

我爸安慰我："没事，乐乐，孩子的眉毛长得像你。"

我更想哭了，老爸，你这安慰还不如不安慰呢。

孩子一个月了，名字还没起，于是我说："咱们孩子的名字一定要特立独行，要不就叫狗蛋儿吧？"

苏南一脸想捶我的表情："你要是叫他们狗蛋儿、猫蛋儿，等他们长大后，看认不认你这个妈。"

我想想自己的名字，顿时感同身受，心想，坚决不能让孩子步我后尘，一定要给他们起两个特别的名字。

于是，我开始列名单："要不男孩叫苏傲天，女孩叫苏最美？"

苏南生怕我起的名字给未来的孩子造成不可磨灭的心理阴影，忙道："起名的事情先不着急，我们先想想小名，总不能一直宝宝、宝宝地叫。"

我拍板定案："那妹妹就叫喜宝，哥哥就叫乐宝吧。"

苏南点头评价："这还算是正常的名字。"

关于起名这事，我发现自己还真是没什么天赋，起的名字要么太过特别，要么太过庸俗。

我爸、我妈看了之后，委婉地劝我："起名这种事还是看缘分，我觉得还是苏南起比较好。"

最后，苏南身负重任，终于给孩子定下了名字：哥哥叫苏简安，妹妹叫苏简宁。

我见我爸我妈、婆婆公公看着新名字一脸满意，就在一旁泛酸水，可怜了我日思夜想起名字，结果全部都没派上用场。

苏南见我失落，安慰我："要不孩子记事前，你把名单上的名字一个个叫过去？"

我眸光一亮，这个可以有，但在三天后，我放弃了。

苏南问我："你名单上的名字不是才叫了几个，怎么不继续了？"

我尴尬一笑："我爸妈说得对，我真的没有起名字的天赋，这三天叫得我身上的鸡皮疙瘩都集体离家出走了。"

苏南忍俊不禁，最后放声大笑。

作为新晋妈妈，我经历的第一件让我手忙脚乱、不得章法的事就是给宝宝换尿布。

乐宝通常很乖，换尿布的时候只睁着一双葡萄般的大眼睛看着我，萌得我心肝儿乱颤。换好后，他还会甜甜地冲我笑笑，咿咿呀呀几声，仿佛在谢谢我的辛苦劳动。

可喜宝就不一样了，这小家伙从小就憋着坏，喝初乳的时候就将我咬得嗷嗷叫，看她是小棉袄的分上，我饶她一次，没想到她变本加厉，每次换尿布的时候，总要干一番"大事业"。

当我第 N 次替喜宝换尿布，而她故意拉在床上的时候，我撂挑子不干了，打电话给苏南："你快管一管你那不省心的女儿。"

苏南下班回家，见喜宝一副可怜兮兮的模样，十分心疼："以后喜宝的尿布我来换吧。"

我一挑眉："这可是你说的，你可别后悔。"

三分钟后，我看着喜宝拉在他手掌心的黄色粑粑，幸灾乐祸道：“你还觉得她是你的贴心小棉袄吗？”

苏南哭笑不得。

以前我妈说带孩子的时候，时间过得很快，我不以为然，后来看着乐宝、喜宝一天天长大，一天天变得越发可爱，我才明白，时间的确过得飞快。

一眨眼，乐宝、喜宝已经从咿咿呀呀的小婴儿变成了会叫爸爸妈妈，会和我争宠的小家伙。都说女儿是父亲上辈子的情人，喜宝很完美地诠释了这一点。

她喜欢苏南胜过喜欢我，作为十月怀胎生她的妈妈，我很忧伤且嫉妒。

每天苏南下班的时候，我和喜宝一听到开门声，同时放下手中的东西。

门一开，我甜甜一笑：“老公，你回来了。”

喜宝口齿不伶俐，慢了一拍，但还是利用自己的卖萌天赋，奶声奶气道：“爸爸，抱。”

说完，我俩一动不动地盯着苏南。

苏南淡定地将公文包放好，穿好拖鞋，一只手揽住我的腰。我得意地看向喜宝，她委屈地撇嘴，大眼睛里蓄满了泪水。

我十分嘚瑟：“哈哈，喜宝你输了。”

苏南无奈地放开我，敲了敲我的头：“你都多大的人了，还和孩子一样。”说着，他展开手臂抱住喜宝。

喜宝破涕为笑，得意地冲我吐了吐舌头。

我忍了，看向一旁正专心玩玩具的乐宝，讨好地走上前：“乐宝，玩玩具呢，要不要妈妈陪你玩？”

乐宝严肃地摇摇头：“我自己可以。”

我的心拔凉拔凉的。

我帮喜宝、乐宝洗完澡，自己也弄了一身水。

等我洗完澡后，苏南正好从儿童房出来，我问他：“孩子们都睡着了？”

“睡了。”

“今晚你说了什么睡前故事？”

“《关于地球的进化历史》……《白雪公主与七个小矮人》。”苏南老老实实回答。

我拍拍他的肩膀：“辛苦你了。”

乐宝和妹妹喜宝完全不同，从婴儿时期便表现出异于常人的冷静淡然，连公公婆婆都再三感叹乐宝简直就是缩小版的苏南。

乐宝与欢脱爱捣蛋的喜宝不同，他沉稳内敛，十分文静，也不爱说话，甚至不黏人。

比如，我问乐宝：“乐宝乐宝，你更喜欢爸爸还是妈妈？”

如果是喜宝的话，这鬼精灵肯定会回答：“都喜欢，喜宝都爱你们。”

可乐宝的回答则相当诚实：“白天我喜欢妈妈，晚上我喜欢爸爸。”

我不解：“为什么呀？”

乐宝一本正经地回答：“因为白天妈妈会给我饭吃，晚上爸爸会给我讲我喜欢听的故事。”

这小不点，可真是人小鬼大。

虽然喜宝调皮捣蛋的时间多一些，乐宝安静看书不黏我的时间也多一些，但他们还是很疼我。

我切菜不小心割伤了手指，流血了，喜宝跑过来，抓着我的手指头呼呼：“外婆说，呼呼就不疼了。”

我顿时觉得自己怀胎十月的辛苦是值得的。

我以为乐宝不关心我，结果发现他难得不玩玩具，在一旁冥思苦想。

我问他：“乐宝，你在做什么呢？”

结果我低头一看，乐宝居然在哭。我顿时慌了：“怎么了？”

“妈妈，我不要你离开我。”他抱着我号啕大哭，最后哭得累了，睡着了。

晚上，我和苏南提起这件事，苏南顿了顿，道：“其实乐宝很在乎你，他只是不善于表达。”

我“嗯”了一声：“我生的儿子我当然知道。苏南，现在有你保护我，还有喜宝、乐宝保护我，你说我是不是全天下最幸福的公主？”

“是，公主大人，已经很晚了，要不要睡觉？”

“本公主腰酸背痛，你替我捏一捏。”

苏南微微一笑：“你可别后悔。”

有了乐宝和喜宝之后，我和苏南的独处时间明显减少，偶尔想拉拉小手、亲亲小嘴，却总碍于家里两个小孩而作罢。

苏南眼神深邃地看着我：“老婆，我觉得我们已经很久没约会了。”

我点头：“我也觉得，要不我们明天约会？”

苏南很干脆道：“我明天就把喜宝和乐宝送到爸妈那儿去。”

为了方便双方爸妈偶尔过来探亲，我和苏南一拍案，在家附近专门买了一套小居室。如果我和苏南实在忙得不可开交，无暇分神照顾宝宝们，他们便会从老家过来搭把手。

陈姐告诉我，女人生了孩子后切勿把自己整成黄脸婆，否则人老珠黄了，老公也就变心了。

我曾问过苏南：“要是我的身材变形了，你还喜欢我吗？”

苏南打量了一下我，很正经道：“我不是肤浅的人。”

刚开始，我对他的回答十分满意，回味过来后恨不得将他大卸八块，这厮变着法说我不漂亮呢！

为了赴约，我开始精心打扮。看着镜子中焕然一新的自己，我自拍了一张给苏南：看，你家美丽知性的老婆。

苏南：图片已裂，无法查收。

我冷笑：今晚你还想不想约会了？

他回复：嗯，如果你非要放我鸽子也可以，不过我订的海景房、旋转餐厅、你最爱吃的帝王蟹都归我，你独自度过漫漫长夜吧。

我恨恨打字：等着！

我先到达餐厅，入座没多久，苏南也到了。他推门而入的一瞬间，我以为我眼花了。

他穿着笔挺修身的黑色西装，长身玉立，手里捧着一束娇艳欲滴的玫瑰花，似从画中走出来的王子一般。请恕我言语匮乏，只能如此描述。

我兴奋地搓搓手："这花是送给我的吗？"

"不是。"他说，在我磨牙之际，他笑道，"这是送给我老婆的。"

"苏南。"我一脸严肃地接过玫瑰花，淡定道，"你真的不适合说冷笑话，太干了。以后你跟我多学学，放心，我不收学费。"

吃饭的时候，我问苏南："你说我们把喜宝、乐宝扔下，是不是一对很不负责的父母？"

苏南微笑："爸妈带一晚上没事的。"

"可是喜宝、乐宝会找我啊，我不在他们身边，他们会不会哭？"

苏南拿出手机，点开视频给我看。画面里是喜宝和乐宝，一个笑嘻嘻地看着镜头，一个一脸平静地低头看书。

苏南的声音传出来："今天我和妈妈要去约会，你们要乖乖听话。"

喜宝好奇地问："爸爸，约会是什么？"

苏南耐心地解释："约会就是爸爸、妈妈要在一起商讨一件非常非常重要的大事。"

喜宝又问："非常非常重要的大事是什么事情？爸爸和妈妈要去打怪兽吗？还是要去拯救被恶毒王后囚禁的公主？"

苏南面不改色地点点头。

我正纳闷一旁的乐宝怎么一声不吭，结果人小鬼大的他抬起头，表情深沉道："爸爸，你和妈妈安心约会吧。"接着，他扭头看着喜宝，一脸严肃道，"这个世界上没有怪兽，也没有恶毒王后。"

视频在此中断，我表情深沉地叹了一口气：“怎么办？我觉得喜宝好不容易建立的人生观要塌了。”

苏南也表情深沉：“早点认清现实也好。”

可怜的喜宝，拥有一颗公主心，但奈何和她一起出生的哥哥是一个严谨的科学苗子。以后她听的故事，估计是公主带着七个小矮人攻打外星人的故事了。

“你放心了吗？”苏南收起手机。

我讪笑：“你准备得还挺充分。”

苏南突然正色道：“胡乐，我不希望你有了喜宝和乐宝之后就失去自我。你还是你，还是我心里头永远长不大，要我收拾烂摊子，只知道傻乐的胡乐。你不需要佯装坚强，不需要扛起肩上的重担，因为有我在。你需要做的就是和喜宝、乐宝开开心心，这才是我最大的幸福，你懂吗？”

“苏南。”

“嗯？”

“我突然记起一件事。”

“什么？”

“我忘记关家里的燃气了。”

等我们赶回去的时候，物业经理语重心长地教育我们：“以后你们出门前一定要注意，要是出了事该怎么办？”

我们严肃认错，物业经理终于满意走人。我和苏南对视一眼，我无奈道：“看来我们还是无法过二人世界。”

“怎么不可以？”苏南挑眉，“今天家里就我们两人。”

“那又怎样？”我无聊地打了个哈欠，“忙活了一天，又被物业经理训了半天，吓出一身冷汗了，我去洗洗。”

等我拿着睡衣准备去浴室的时候，苏南已经双手插兜，闲适地靠在浴室门上。

“让让，我要洗澡。”

苏南一本正经道：“刚刚你听物业经理说了吗？”

我回忆了一下："他说了很多，你具体指的是什么？"

"水费增加了。"他说。

"增加就增加呗，这是我们无法逆转的事情，以后我们节约用水就可以了。"我说，"现在你可以让开了吧？"

"嗯，你说得很有道理。"苏南煞有其事地点点头，"我们应该节约用水。"说着，他打开浴室的门，我前脚进，他后脚跟了上来。

"你干吗？我要洗澡。"我挥挥手，"你快出去。"

他一把抓住我的手，不怀好意道："老婆，你刚刚不是说要节约用水吗？"

"喂，你干吗？别脱我衣服啊！你拿我浴巾干什么？那是我的浴球……"浴室里传出我生无可恋的声音。

一个小时后，我躺在床上，一脸怨念地瞪着苏南。

他戳了戳我圆鼓鼓的脸："好了，你别气了。"

"节约用水，嗯，我们刚刚起码浪费了一吨水。"我抓过他的胳膊，本想狠狠地咬他一口，但还是没舍得下口。

"下次一定节约用水。"苏南眼里是得逞的笑意。

翌日一早，我和苏南去接喜宝和乐宝。

还没五点，我就开始起床收拾。苏南被我闹醒，哑着嗓音问我："怎么了？"

"快五点了，起来了，我们要收拾收拾去接喜宝和乐宝。"我一边穿衣服一边说。

苏南看了一眼闹钟，气笑了："夫人，现在还不到五点。"

"白驹过隙，时光如流水，你知不知道？起来。"我去掀他的被子，他却反手一拽，径直把我拉到他怀里紧紧抱住。

他的下颚抵在我的头顶上，哑声道："别闹了，再睡一会儿。"

五分钟过后。

"苏南，起来了。"

六分钟后。

"苏南，起来了。"我在他耳边吹气，"起来了起来了。"

苏南猛地睁开眼睛："一大早，你非要挑战我是不是？"

趁着这空隙，我猛地挣脱他的束缚起身，顺便帮他拿了衣服，笑眯眯道："老公，我们去接孩子们吧。"

苏南定定地看了我几眼，最终无可奈何地接过衣服。

我妈见我们一大早过来，眼神十分奇怪："你们起得也太早了吧。"

"我想孩子们了。"我说。

"这会儿他们还在睡觉呢。"我妈一脸无奈，"昨天喜宝哭得太累了。"

我心疼又疑惑："怎么回事？"

我妈叹息一声："乐宝非说这个世界上没有怪兽，没有公主，喜宝不乐意。"

喜宝从小是听着童话故事成长的，她的世界中是有善良的王子和公主的，当然也有邪恶的巫婆和恶毒的王后。等她醒来，我准备给她重塑一下她碎裂的三观。

喜宝醒来时还是一脸委屈，胖嘟嘟的小脸贴在我的脸颊上，用糯糯的声音委屈道："哥哥说这个世界上没有公主和王子。"

"喜宝，你也是公主，所以这个世界上存在公主。"

"为什么呀？"

"因为所有善良、可爱、温柔的宝贝都是小公主，而小公主迟早会等到属于自己的王子。"

"那妈妈你也是公主，你已经等到了王子，就是爸爸。"

我亲了亲她嫩嫩的小脸蛋，笑着道："对，你爸爸就是我的王子。他披荆斩棘，冲破一切阻碍，最终来到我身边，拯救了我这个落难的公主。"

喜宝终于满意了。

我和苏南在对待孩子的教育方面还是采取求同存异的原则，苏南是典型的"穷养儿，富养女"的典范。他说儿子必须严格教育，不能过分宠爱，否则未来会不知道责任为何物。

我就笑："那女儿就不需要扛责任吗？"

苏南一本正经道："不用，她只需要享受。"

好吧，你赢了。

如果喜宝和乐宝跌倒了，苏南的反应截然不同。乐宝跌倒了，苏南只是皱了皱眉头，表示一下心疼，旋即铁石心肠地站在一旁："自己站起来，不准哭，男儿有泪不轻弹。"

一开始，乐宝还可怜兮兮地憋着眼泪，到了后来，他已经习以为常，跌倒都不带吭声，总是自己默默爬起来。

如果是喜宝跌倒，苏南立马奔上前，又是嘘寒问暖又是心疼不已。

我笑他："你这样区别对待，小心乐宝心里不平衡，以后不喜欢你这个爸爸。"

苏南胸有成竹："在教育过程中，总要牺牲点什么。"

当然，我的顾虑并不存在，乐宝很喜欢爸爸，喜欢到写日记的时候，写的都是他最爱的爸爸，而不是妈妈。我看了乐宝的日记后，承认自己深深地嫉妒了。

乐宝在日记中写道：我的爸爸是世界上最好最厉害的人，他会好多好多东西，他还很温柔，睡前都会给我讲故事。我最喜欢爸爸给我说地球的故事，地球是我们的母亲，我们一定要好好保护她。我长大以后要和爸爸一样做个伟大的科学家，为社会做贡献，送给我最爱的爸爸。

而喜宝从小就是一个鬼精灵。我喜欢问她"你更喜欢爸爸，还是妈妈？"，如果我问的时候苏南也在，她会甜甜一笑："喜宝都喜欢。"

如果只有我一人在，喜宝就会贴着我撒娇："我最爱妈妈了。"

但是，如果苏南一回家，她便如小鹿一般撞到苏南怀里求抱抱，然后蹭着他的脖子咯咯笑："喜宝最喜欢爸爸了。"

这个小骗子！我气得磨牙。

为了挽回两个孩子的心，我特意上网买了亲子装，打算从视觉上让他们体会到母爱，由此回心转意。

衣服买回来后，喜宝很乐意穿，但乐宝苦着一张小脸：“妈妈，我不要穿这么幼稚的衣服。”

“不幼稚不幼稚，很可爱，你看这两只兔耳朵。”

“哥哥，好看。”喜宝已经穿上了衣服，在客厅转了一个圈，“哥哥，我好看吗？”

我明显看到乐宝的眼睛大了一圈，他红着脸，小声道：“好看，妈妈，我也要穿。”

我在一旁使劲儿憋笑。

我们三人穿上兔子装，拍了许多照片。我告诉喜宝、乐宝：“咱们发几张照片给爸爸看看好吗？”

“好。”两个孩子奶声奶气地回答。

我发了一张合照过去，不到一分钟，苏南回复：什么衣服？

我回复：亲子装。我也给你准备了一套，晚上你回来穿。

那边安静了很久，最后苏南回复：宁死不屈。

我放下手机，笑眯眯地对喜宝、乐宝道：“你们是不是也很喜欢爸爸？”

“喜欢。”两个小家伙异口同声道。

“那你们想不想看爸爸和你们穿一样的衣服？”

“想。”他们回答得很响亮。

我满意地点点头。

晚上苏南回来的时候，我们在玄关处排成一排，我说：“老公回来了，辛苦了。”

“爸爸回来了，辛苦了。”乐宝和喜宝跟着我说。

苏南警惕地看着我：“我说过我不穿那套衣服。”

“先吃饭，先吃饭。”我笑眯眯道。

苏南在我们眼神的逼迫下，随便扒拉了几口饭便声称还有工作，将自己关在书房里。我给喜宝递了一个眼神，喜宝会意，迈着小短腿去敲书房的门了。

苏南无可奈何地被喜宝拉出来，他说：“胡乐，别逼我。”

我拿着那件爸爸穿的兔子装，变着法劝道：“你就穿一下嘛，你看买都买了。”

“爸爸。”喜宝拉着他的手臂，仰头眨巴着大眼睛看着他，连乐宝都期待地看着他。

我趁热打铁：“你不是乐宝和喜宝心中最伟大的人吗？你不是最爱我吗？怎么这点牺牲都不肯做？”

在我们三人的攻势下，苏南缴械投降：“好，我穿。”

等苏南穿着兔子装出来的时候，我先是愣了几秒，最后憋不住“扑哧”笑出声。

苏南瞪了我一眼，转身就要走，我立马拉住他：“我不笑我不笑，你真的很可爱，是吧，乐宝、喜宝？”

“嗯，爸爸好可爱。”喜宝附和。

苏南无奈道：“胡乐，别用可爱形容一个男人。”

“我们来拍照吧。”我无视他的话，举起相机，“爸爸站过来一点，我们来拍一张全家福。”

苏南一脸难以置信：“穿这样拍照？”

“不然呢？我反问。

苏南深吸一口气，转身就走，我在后面威胁：“你要是敢脱下这身衣服，我们夫妻的缘分就算到了尽头了，唉……”

苏南恨恨地瞪着我。

最终，他还是心不甘情不愿地拍了照片。

睡觉的时候，我捧着手机傻笑，苏南洗完澡从浴室出来，我说：“哎，其实你很适合穿这套衣服，真的很可爱。”

苏南把毛巾丢到椅背上，扯了扯嘴角：“你很得意？”

“一般一般。”我说。

“你让我做出这么大的牺牲，你说你要不要给我一点补偿？”他一步步接近我，“嗯？”

“补什么偿，你不也乐在其中吗？”我往后退，他一把拉住我：“我怎么乐在其中了？老婆，你知道吗？敢于挑衅，就要敢于承担后果。”

“喜宝、乐宝，救妈妈。”我喊道。

苏南直接用行动堵住我的嘴。从那天之后，我打消让苏南穿亲子装的念头，尤其是带兔子耳朵的亲子装。

虽然乐宝偶尔也有童趣的一面，但大部分的时候他还是缩小版的苏南，认真严肃，不爱闹、不爱笑，大部分时间都在看书。

喜宝从婴孩时期皮到现在，小时候变着法抢哥哥的奶喝，现在变本加厉，开始抢夺乐宝的玩具。好在乐宝心胸宽广大度，回回将自己的礼物让给妹妹。

我教育过喜宝几次，可她面上认错，一回头又原形毕露。

喜宝小错不断，大错不犯，不过也有意外的时候。

喜宝刚上小班的时候，我接到了幼儿园老师的电话。老师在电话中说道：“您是苏简安小朋友的家长吗？您能不能来幼儿园一趟？”

我临时请了假，跑到幼儿园。

乐宝乖乖地坐在老师办公室的小板凳上，双膝并拢，垂着头，长而卷的睫毛一颤一颤的，看到我来，葡萄般的大眼睛亮了亮，旋即委屈道：“妈妈。”

我的心软成一团泥。

在来的路上，我想过了，如果乐宝犯了错，我一定会狠下心教育他。但事实证明，理论不敌实际。

老师说：“苏简安小朋友平时很听话，也是班上最聪明懂事的孩子，可他今天中午吃饭的时候无故打翻陈薇薇小朋友的碗，简安妈妈您看……”

我严肃道：“我会让他承认错误的，老师您放心。”

回到家，乐宝终于说出实情：“妈妈，我不是故意打翻陈薇薇的碗，是因为妹妹往她碗里放了毛毛虫。”

我明白了，乐宝是怕陈薇薇看到毛毛虫被吓到，又怕自己揭穿喜宝而让她受到批评，权衡之下，他索性牺牲了自己。

我心中五味杂陈，乐宝小小年纪竟有这等胸怀，但我还是有些担心。

“乐宝，你的出发点是好的，但是这么做，你不仅没解决问题，反而加深了误会。乐宝，你告诉妈妈，妹妹为什么往陈薇薇碗里放虫子？”

“因为陈薇薇抢了喜宝的好朋友。”乐宝实话实说。

我无语凝噎。

晚上苏南回来的时候，我和苏南一左一右，决定好好教育教育喜宝。

喜宝很聪明，一见这阵仗便开始卖萌：“爸爸。”

我瞪了苏南一眼：“不准心软。”接着沉声道，“苏简宁小朋友，你今天是不是做什么坏事了？”

“我没有。”喜宝低着头绞着胖嘟嘟的小手指。

“嗯？”我沉声道，“你不说的话，今晚爸爸不给你讲故事了。”

苏南温柔地抱起喜宝：“你还在气头上，我来吧。”

结果不知道苏南对喜宝说了什么，自那之后，喜宝像换了一个人一样，虽然还是活泼可爱，但已经懂得为他人着想，再也不欺负别的小朋友。

我对此很好奇，还问过苏南。

苏南笑笑告诉我：“我告诉她，只有善良、听话、可爱的小公主才会等到她的王子。”

“那我善良吗？”

苏南捏了捏我的鼻子：“你当然善良，否则怎么能收了我呢？”

喜宝、乐宝上了幼儿园，回回都是苏南于百忙之中抽空开车接送他们。看他来回奔波，我也心疼。经过慎重考虑，我下定决心将学车的事情提上日程。

我和苏南提了学车的事情，苏南不反对也不赞成，而是认真地问我："你真的下定决心了吗？"

我点头。

他沉吟片刻后说道："虽然你对机器类、指令类的事情缺一根筋……"

我不服："我怎么就对指令方面的事情缺一根筋了？"

苏南眯了眯眼，开始回忆："前几天，你买了一个书架，按着说明书拼了一下午，最后还是以失败告终是不是？"

我喃喃反驳："那是因为卖家少发了一块板子给我。"

苏南微微一笑："苏太太，别自欺欺人了。那块板子可有可无，你就承认你不行，我不会笑话你的。"

"除了这件事，我哪里还对指令方面的事情缺一根筋？"

苏南笑笑："你还记得你上小学时第一次玩电脑吗？"

"不，我不记得了。"想起当初那个让我恨不得以头抢地的画面，我拒绝回答。

苏南憋着笑，说道："我让你移动鼠标，让显示屏上的箭头对准你想要的页面，你怎么做的？"

我红着脸，羞愤欲死："我把鼠标放在显示屏上了。"

为此，苏南拍拍我的肩膀："苏太太，好自为之。"旋即又叹了一口气，"也不知道哪个教练摊上你，我为他默哀三分钟。"

我就不服了，我有他说的这么差吗？

我信心满满地报了名，听说教我的林教练是驾校最温柔、最和蔼、最耐心、最体贴的教练，很多人都慕名而来，而他也众望所归，从未发过一次脾气。

回去后，我得意扬扬地告诉苏南这件事。苏南说道："很快那位林教练就要变成驾校最不温柔、最会发脾气的人了。"

我一个枕头扔了过去。

报完名后，我开始练车。第一天练车，林教练笑嘻嘻地问我："你对车了解多少？"

我信誓旦旦地回答："我知道左油门右刹车，经过学校路段要踩刹车。"昨晚，苏南怕我第一天学车就丢人，拉着我科普了一晚上。

听完后，林教练果然欣慰地点点头："我想你一定会是我教过的最优秀的学员。"

但林教练很快就被打脸了。

当我把油门当刹车踩的时候，林教练脸都绿了，还拼命给我找台阶："你刚刚是不是脚滑？"

我轻咳一声："是有点。"

林教练抹了一把虚汗："那就好那就好。"

接下来，我见证了自己如何将一个脾气好、笑眯眯的大叔逼成咆哮喷火龙。

听说教我学车的这段时间，林教练的血压高了不少。我拿到驾照那一天，林教练有种逃出生天的感觉，我觉得他再也不想看到我了。

我与苏南说起此事，苏南说："苏太太，你总能成功地挑起别人的怒火。"

因为这件事，我对自己的智商产生了怀疑，并且再三验证，甚至还花了钱去测智商。得出自己的智商没低于八十的结果，我松了一口气。

苏南说："学东西最忌学，你把它当成一个兴趣，无形中将自己和它融合在一起，就会发现事半功倍。"于是，在苏南的教导下，我和车逐渐有了默契。

苏南笑："你看，你也是很聪明的，只是方法没用对而已。"

我感叹："当年我能和你考上同一所大学，简直是幸运之神眷顾我，而我的幸运之神就是你。"

公司举办了野营活动，我没去，将十五天的假期留给了喜宝和乐宝。这段时间我忙于工作，苏南在出差，几乎都是爸妈在照顾他们，我们一家人一合计，收拾行李回老家度假了。

我们刚到老家，四个老人便争着抢着带乐宝和喜宝，享受天伦之乐去了，被"抛弃"的我，只能可怜兮兮地回房间收拾东西。

整理房间的时候，我搜出一张自己以前不及格的语文试卷。我看着好玩，拍了一张照片发给苏南。

苏南很快回信息：你从哪里找到的？

床底下。我回他。

苏南回复：我还记得你因为考试不及格来求我。

好吧，我记得那次语文测试不及格，为避免被老妈赶出家门，流落街头，只能贿赂苏南，让他帮我隐瞒。

我顺手整理了相册，发现一本相册的名字很奇怪，叫“我家铁板棉袄和隔壁小太阳的故事”。

铁板棉袄是我，我能理解，可苏南算哪门子的小太阳啊？就他那冷冰冰的样子，冰箱中的灯还差不多。

第一张，我和苏南光着屁股坐在地上，懵懂地看着镜头。

第二张，我坐在地上哇哇大哭，苏南背着小书包，站在一旁不知所措。

还有一张照片，我手脚并用，像猴儿一样爬在树上，苏南展开双臂，像老母鸡似的在树下护着。

还有很多很多……我抢他零食时，被大人抓拍下来；吃饭的时候，我偷偷把他杯子里的饮料倒进我的杯子里；我吃完饭，将油乎乎的手抹在他的袖子上……

不知道为什么，我的眼睛有些酸涩，我问苏南：“你说一个人真的能爱另一个人二十年、三十年、五十年，直至一辈子吗？”

苏南在电话那边轻声道：“能。”

“为什么？”

他的声音越发轻柔：“因为爱到骨子里，对方就是自己。”

“要是以后我无理取闹，你会不会让着我？”我问。

苏南笑道：“会。”

“要是我以后老得走不动了，你还会背着我吗？”

“背。”他道，“但是那时候我也骨质疏松了，我怕把你摔了。”

“我不怕。”

即便他老了，身形佝偻了，脸上长满皱纹，再也无法一把抱起我，一只手揽住我的腰肢，说话也不如现在这般中气十足，眼睛花了，耳朵也不灵了，他还是我心中的白衣少年。

在我心中，他永远是那个骑着单车，衣摆微微飘起，恣意骄傲的少年。

在我心中，他永远是阳光底下笑得最好看的少年。

在我心中，他永远是第一个出现在我身边的少年。

郎骑竹马来，绕床弄青梅，在他出生的那一刻，当我指着他咿呀咿呀叫的时候，未来便已经注定了。

苏南，和我一起长大的伙伴，我的“竹马”，我的爱人，我一辈子的星光和太阳。

我爱他，即便山崩地裂，海枯石烂，我也会记得有这么一个人知我冷暖，为我而忧，为我而喜，为我成为这个世界上最挺拔伟岸的男人。

往后余生，唯你而已。

番外一
胡乐、苏南婚后趣事

我和苏南刚同床共枕的时候，其实有很多冲突，当然，大部分冲突都是我引起的。

我的睡品不太好，我妈之前这么形容过我：你身体的柔软度在睡觉的时候展现得淋漓尽致，各种瑜伽动作信手拈来。

我和苏南一起睡觉后，又解锁了睡觉的新技能：抢被子和裹被子以及踢人。

有一次我从梦中醒来，看着盘腿坐在角落里的苏南，十分不解："大晚上的，你怎么不睡觉呢？"

他看了我一眼："想睡。"

"那睡呀。"

他又看了我一眼："可是我觉得我在这张床上是多余的。"

我看着裹在自己身上的被子，干笑一声："对不起对不起，我把被子还你一半。"

也许是工作压力大的缘故，我晚上睡觉开始磨牙。苏南被我的磨牙声吵醒，还以为房间里进了老鼠。

最后，他终于找出了罪魁祸首，他问我："你知道自己晚上睡觉磨牙吗？"

我摇头："不知道啊，我怎么可能会磨牙，一定是你听错了，污蔑我。"

苏南微微一笑，将手机的录音给我听。我听到了那种指甲摩擦过黑板的声音，鸡皮疙瘩都要起来了。

苏南说："我生怕你将牙齿磨碎，所以给你递了一块小饼干。"

"然后我吃了？"

苏南："半点渣都没剩下。"

我上网一查，听说磨牙是心理出现问题，我就忧郁了："苏南，你说我该不会得抑郁症了吧？"

苏南摇头："就算全世界的人得了抑郁症，你也不会。"

我问："为啥？"

苏南叹了一口气："因为你的脑袋小得放不进那么多东西。"

虽说如此，但苏南还是体贴地帮我预约了心理医生，或许他也知道我这段时间压力大，情绪不对。

我看完医生，走出医院，苏南打电话给我："看好了吗？"

"看好了。"

"医生怎么说？"他问。

我顿了顿，道："医生说，我这种问题必须要及时疏导，否则会越来越严重，而疏导的办法只有一个。"

"什么办法？"

"带我去吃烧烤。"我麻溜道。

苏南："乖，我再给你预约一个医生，这个医生不专业。"

道高一尺，魔高一丈啊。

我总是忘东忘西，为了不让自己过早得老年痴呆，我开始背英语单词。

苏南说："你坚持不了三天。"

我还就不信了我。

三天后，苏南问我："现在你背到哪个字母开头的单词了？"

我心虚一笑："A 开头的。"

苏南一脸"你看我说得没错"的表情。

我最近迷上看小说，还专门挑选那种霸道总裁类型的小说看，回回把自己看得热血沸腾。

我看着看着，不禁想在苏南身上找找乐趣。

晚上洗完澡，苏南边擦头发边走进房间。我拍拍床，笑得一脸邪魅："男人，你终归还是上了我的床。"

苏南白了我一眼："你发什么神经？"

我继续邪魅一笑："我最爱你这种口是心非的男人了，明明心里想要我想得要命，表面上还嘴硬。呵呵，男人，你的名字叫倔强。"

苏南无奈叹息："今天你看什么了？"

我搓搓手："《重生之我的霸道小娇妻》，里面的男主角太宠女主了，我好羡慕女主。"

苏南白了我一眼："你少看这些书，免得把你不高的智商再降一个层次。"

我怒视他："你不懂。"

"我是不懂那种成天只知道谈恋爱，动不动给女主买个岛，乘坐私人飞机，每天从几百平方米的床上醒来，商战只靠嘴炮，从来没去公司，只会和女主腻腻歪歪的男人有什么好。"

我无言以对。

苏南继续说道："举个例子，张弛现在接受家里的安排，进了家族公司，每天忙成狗，回家就躺尸，不是在去谈判的路上，就是在谈判的过程中，手机二十四小时开机，就怕有人找他……"

我败给他了。

不过我转念一想："不对啊，老公，你怎么知道这么多？你看过？"

苏南闭上嘴巴，沉默地掀开被子，躺在床上关上灯："睡觉。"

我不依不饶："你说你说，你怎么会知道？你不说，我就不让你睡觉。"

苏南睁开眼睛："这可是你说的。"

"我说啥……"我的话还没说完，他已经一把掀起被子，猛地将我桎梏在身下。

他微微勾唇，眸光流转，说："老婆，这可是你自己主动要求的。"

为什么每次开始是我占上风，到最后都是他夺得了主动权？不公平！

我突然喜欢上戴眼镜的人，苏南每次经过客厅，看到我盯着电视，就问："现实中，戴眼镜的人并不是很好看，摘了眼镜就跟盲人一般，哪来深情迷离的眼神？那纯粹是看不清楚。"

我不服气，一进房间看到苏南躺在床上，戴着平光镜在看书。

苏南的气质属于清冷型，一戴上眼镜，他整个人顿时多了几分儒雅和书生气。他微微抬头，看我一眼，我的心顿时如小鹿乱撞。

"你的脸为什么这么红？"他问。

我压住内心奔腾的马儿，建议道："苏南，以后除了睡觉，你都别摘眼镜好不好？"

结果他下一刻就把眼镜摘了，捏了捏眉心："这位苏太太，请问你又抽什么风？"

我撒娇："你戴眼镜的样子贼帅贼帅，简直比那谁还帅一万倍，我觉得我重新爱上你了。"

"哦，重新爱上我了？"苏南皮笑肉不笑，"那之前你对我的爱淡了吗？"

我咽了咽口水："也没淡，就是我……暂时另有新欢。你……你别瞪我，别误会，我说的是电视明星。"

自那之后，苏南在家都戴着平光镜，我看久了，也就习以为常，再没有怦然心动的感觉了，于是道："你又没近视，不用天天在家戴眼镜，多不舒服。"

苏南淡定道："你还喜欢那明星吗？"

我一头雾水："谁？"

苏南瞪了我一眼，我恍然大悟："哦，你说那个戴眼镜的明星啊，我现在不喜欢他了，我现在喜欢单眼皮、小眼睛的国民弟弟，笑起来有虎牙的。"

苏南一脸菜色。

我是易上火体质，又爱吃辣的，每次嘴爽了之后就苦了脸。我看着冒痘痘的脸，发誓："我以后再也不吃辣的了。"

回回苏南都拆台："你要能坚持，我敬你是一条汉子。"

"我本来就是汉子。"我说。

苏南凉凉道："女汉子吗？"

为了证明自己所言非虚，我真的开始戒掉辣。我坚持了一周后，徐曼曼打电话给我："胡乐，去撸串啊。"

我看了眼一旁看似认真看电视，实则竖起耳朵听我说话的苏南，忍痛割爱道："不了，最近这几天我又有点……"

"有点什么？你真不去吗？不去你别后悔啊，待会儿我们吃鸭舌、鸭肠、金针菇、毛肚、猪脑、虾滑，那滋味，美得很美得很哪。"

我咬牙切齿："徐曼曼，是朋友就别诱惑我，我可是有原则的人，绝对不会被你三言两语诱惑，你死了这条心吧。"我"啪"地挂了电话。

苏南问："徐曼曼打来的？"

我："嗯。"

"她叫你去吃夜宵？"

我："我不吃，坚持不吃，谁吃谁是猪。对了，垃圾没倒，我去倒个垃圾。"

苏南突然起身："我去吧，老婆你好好休息。"

我那个扼腕。

等他倒完垃圾回来，我拿着钥匙准备出门，他挑眉问："你要出去？"

"嗯，我刚发现厨房没酱油了，我去便利店买一瓶。"

"明天我下班回来带给你吧。"他说，"你很着急？"

我讪笑："不着急不着急，我急什么，呵呵。"

"不着急就好。"苏南微微一笑，"你不要买着买着就消失无踪了，回来还带一身火锅味。"

等我洗完澡到床上，徐曼曼给我发了一张图片，下面配了字：深夜放毒，报复你。

友谊的小船说翻就翻。

我忍不了了，用力掐了一下自己，将自己掐出泪后，再做可怜兮兮状。果然，苏南一出浴室就紧张了："你怎么哭了？"

"徐曼曼欺负我。"我想到她在大吃大喝，而我在这里吃空气，越想越委屈，"她给我看火锅的照片，太坏了有没有？"

苏南愣了一下，接着松了一口气，无奈地俯身看我："你为了个吃的哭成这样？"

"嗯。"我委屈地点点头。

"走吧。"苏南叹了一口气，开始换衣服。

"去哪儿啊？"

苏南伸手敲了敲我的脑袋："吃火锅。今晚我要是拦着你不让你吃，你非哭倒长城不可。"

我立马破涕为笑。

我看中了几个四件套，都是我喜欢的样式，于是我把难题丢给苏南："你觉得哪一套好看？是叮当猫还是粉红豹，是小黄鸭还是小猫？"

苏南扫了一眼图片，面无表情道："我都不喜欢。"

这人……

过了几天，苏南从楼下拿了快递上来："你买了什么东西？"

"就那天我给你看的四件套啊。"我说。

苏南拆开一看："卖家是不是发错货了，怎么发了四套过来？"

我看了一眼说道："没错啊，我不知道该选哪一套，索性四套都买了。"

苏南无言以对。

方晓静告诉我，女人该软的时候要软，千万别太"直女"，你多撒撒娇，这样他连天上的星星都摘给你。

习惯"直女"行为的我，认真研究了一下女人该如何撒娇。

为此，我还专门上网买了书，什么《女人撒娇三十六计》《女人，你的名字叫撒娇》云云。

我学了个一知半解，就开始学以致用了。

撒娇第一招，卖萌。

于是我们每天的日常就是这样——

"哇，老公，你煮的菜好棒棒呀。"我星星眼。

"老公，你怎么每天都这么帅呢？"我继续星星眼。

"老公，看着你，我都不用吃饭了，因为看你都看饱了。"我托腮眨眼。

一来二去，苏南忍无可忍："麻烦你正常点。"

我一脸委屈："方晓静说，你们男人都喜欢撒娇这一套。"

苏南的脸微红："你不用跟我撒娇。"

"为啥啊？你嫌我撒娇撒得不好吗？"我瞪他。

他叹了一口气，将我揽在他怀里，脑袋贴在他的心脏处，声音低沉："你在我面前不说话就是撒娇了。"

理科男真的是不浪漫则已，一浪漫就一招毙命。

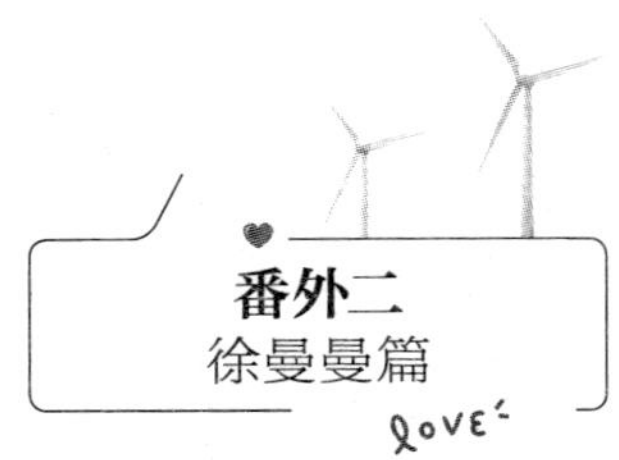

番外二
徐曼曼篇

“如果苏南真的对不起你，不用你动手，我先把他大卸八块，然后扔到河里喂鲨鱼。”徐曼曼气势汹汹道，她完全没注意走廊拐角处有人过来，横冲直撞的结果就是撞上一堵肉墙。

因为力的作用是相对的，徐曼曼猝不及防，所以倒退了几步。等她稳住步伐之后，愤怒让她口不择言：“好狗不挡道，知不知道啊？”

话音刚落，她便愣在原地。

因为眼前挡路的“肉墙”此时正居高临下、眼神不善地看着她。她是一个标准的颜控，而眼前的少年完全戳中了她颜控的属性。

少年穿着简单的毛衣、黑色裤子，外面披一件黑色的风衣。黑色很挑人，而他皮肤白皙，气质清冷，加上修长的身材，硬生生撑起了这件简单无比的风衣。

徐曼曼阅人无数，看过的美男比走过的桥还多，加上她的男神是吴彦祖和木村拓哉，因此她看美男的眼光很高，如果只是普通帅气的小哥哥，完全入不了她的眼。可眼前的少年仿佛是她两个男神的结合体，既有吴彦祖三百六十度无可挑剔的外形，又有木村拓哉清冷如水的禁欲气息，总的来说，这人完全戳中了她的审美点。

面对高颜值、有气质的小哥哥，徐曼曼的态度发生一百八十度的大转弯，她现在万分后悔刚刚脱口而出的那句话。

可是，说出去的话就是泼出去的水。当她想着该怎么扳回局面，挽回自己形象的时候，眼前的少年开口了。除了那张上天精心雕琢的俊脸，他还拥有一把好嗓音，低沉有力，却清冷如雪：“也不知道是谁先撞上来的，这话我应该还给你。”

徐曼曼张口结舌，恨不得时间倒流或者天降陨石，好缓解她的尴尬。好在胡乐急中生智拉走了她，否则她不知道自己在花痴之下会做出什么冲动的举动。

五分钟后，徐曼曼再一次感叹缘分天注定。事情是这样的，苏南并没有对不起胡乐，而是生病了。胡乐想送苏南去医院，可徐曼曼觉得两个手无缚鸡之力的女孩是完全扛不动一个一米八几的男人的，所以她打算寻求帮助。

她走出宿舍不久，便看到了刚才那个少年——张弛。

都说仇人见面，分外眼红，鉴于之前两人的不欢而散，徐曼曼实在拉不下脸求他帮忙。男生宿舍这么大，她分分钟能找出一个足球队的人扛苏南，可她的行动快于脑子，等反应过来的时候，她已经走到对方面前了。

此时，徐曼曼才明白那句“食色性也”是有绝对道理的，因为她现在就是这样的状态。

在近距离下，他的五官更加精致，睫毛又长又密，眉目如画，挺直的鼻梁和润泽的唇瓣让人蠢蠢欲动。徐曼曼下意识咽了咽口水，说道：“那个，我一个朋友生病了，帮帮我好吗？”

“不帮。”张弛转身就走，在他看来，眼前这个女孩无非就是来搭讪的。

结果他刚转身，手腕就被她抓住了。他猛地回身，一低头便对上一双清澈如水的眸子。他定定地看着她，恍惚之间，有一双盈满笑意的眸子与这双亮如星子的黑眸重叠，那张笑脸的主人脆生生说道："你别怕哦，以后我们就是好朋友了，我会保护你的。"

"刚才是我说错话，对不起啊，不过你能不能先帮帮我朋友？他病得很严重。"

鬼使神差下，他脱口问道："你朋友叫什么？"

"苏南。"徐曼曼心里一喜，赶紧回答。

张弛沉默须臾后点点头："帮忙可以，你先放手。"说完，他意有所指地看着她的手。

徐曼曼轻咳一声，心虚地松开手，率先往前走去。

这一晚上兵荒马乱的，好在尘埃落定，一切都安排好了。胡乐照顾苏南去了，徐曼曼也不好意思看人家小情侣你侬我侬，便找了一个借口离开了。

她刚走出病房，一眼便看到坐在走廊椅子上的少年。经过刚才不懈地搭讪，她终于知道这个惜字如金的禁欲系少年叫张弛，是法学系大三的学生。

徐曼曼从小就有一颗惩恶扬善的心，只不过小时候生过一场大病，身体一直不好，导致她最后选择了温和的生物系。如果上天再给她一次机会，她更愿意在法庭上"指点江山"。

现在，她一见钟情的对象竟然是法学系的学生。

医院的灯光白得刺眼，仿佛给他身上镀上一圈白边。因为逆光，他的五官有些模糊。不知道为什么，他回头的那一瞬间，她竟然在他眼里看到了一闪而逝的悲伤。

难道医院勾起了他不为人知的悲伤回忆了吗？

思及此，徐曼曼深吸一口气，走到他面前，轻轻拍了拍他的肩膀："今晚谢谢你了，辛苦了。"

张弛从来就不喜欢陌生人的触碰，这让他十分不自在，可奇怪的是，徐曼曼的触碰并没有让他反感。

"不用客气，没事的话，我先走了。"他起身欲走。他只要多看她一眼，便会不可抑制地想到当年的小女孩。

徐曼曼见他要走，莫名心慌，她拼尽全力找借口：“你饿了吧？我请你吃夜宵，当作今天我对你口不择言的补偿。”刚说完，她便恨不得掌自己的嘴，真是哪壶不开提哪壶，这不是摆明让人家重拾不好的回忆吗？

果然，张弛丢下一句“不用了”就走了，独留她扼腕不已。

徐曼曼发现自己得相思病了。以前徐曼曼看好姐妹胡乐和她的小“竹马”苏南甜甜蜜蜜，成日上演现实版偶像剧的时候，自己有一点羡慕，但从来不会期待，可现在自己每天像疯了一样想张弛。

她甚至不了解张弛，两人相处的时间加起来还不到三小时，说过的话不超过一百个字，但现在的她二十四小时里有十个小时在想张弛。

徐曼曼觉得，荷尔蒙这东西真是太可怕了。

与其让荷尔蒙支配自己，徐曼曼觉得自己还不如主动出击。人都是视觉动物，和猫一样天生喜欢探索，张弛身上有股神秘的禁欲气息，她觉得就是这股气息吸引她，让她念念不忘，如果和他接触久了，也许这种感觉会慢慢淡去。

徐曼曼做事向来雷厉风行，她的人脉广，很快便弄到了张弛的课程表。她寻了风和日丽的一天，精心打扮了一番去见张弛。

作为一个生物系的学生，徐曼曼觉得留着地中海发型的法学教授上课宛如催眠，不过在她睡着之前，教授发现了她。

教授笑呵呵道：“那位长鬈发的女生，起来回答一下我的问题。”

徐曼曼全程划水，此时淡定地站起来，面不改色心不跳地回答：“教授，我不会。”说完，她看了一眼张弛。恰好张弛抬起头，两人四目相对，不过张弛只是轻飘飘地扫了她一眼，而那一眼带着几分漠不关心。

徐曼曼突然有些胸闷气短。

张弛面对徐曼曼灼灼的目光，想装傻充愣都没办法，只好抬起头，对疑惑不已的教授说道：“陈教授，她不是我们系的同学。”

闻言，徐曼曼俏脸一垮。

教授十分惊讶："那她怎么跑来听课？"

张弛淡淡地瞥了徐曼曼一眼，那一眼仿佛在说：谁知道她心里藏着什么猫腻呢。

"你们认识？"老教授不愧是法学系的教授，一眼看出了他们可能认识，笑呵呵说道，"是的话，你就帮她回答一下。"

"不是。"张弛很冷静地回答，"我不认识她。"

其实张弛说得没错，在某种程度上，他们的确不认识，充其量只是知道双方名字的陌生人，他完全没理由对她出手相助。

可是，徐曼曼想归想，反骨一起还是怼了张弛："如果你不认识我，又怎么笃定我不是你们系的人？你们法学系几百号人，除非你有惊人的记忆力，可以一一记住他们的脸，但是我相信你不能，你这句话本身就存在问题。"

张弛看着徐曼曼狡黠的双眸，向来言辞犀利、思维逻辑缜密的他生平第一次词穷了，记忆中有一个女孩说过类似的话。

那个小女孩告诉他："你现在不做我的朋友没关系，我做你的朋友就可以了，因为我认你做好朋友了，你就是我的朋友。"

明明是强盗逻辑，却莫名可爱。

徐曼曼以为自己的说辞会招来张弛激烈的反击，可让她没想到的是，他没有反击，而是愣了，仿佛灵魂出窍了一般。

周围的学生窃窃私语，张弛毕竟是法学系的翘楚，被一个外系的学生怼得无言以对实属反常。按理说，这女生的逻辑并不缜密，他分分钟可以举更多例子反驳。

而他保持沉默只有一个原因，他们之间真的有猫腻。

思及此，周围的吃瓜群众一脸意味深长的表情看着徐曼曼，心道，原来他们法学系的男神喜欢的是肤白貌美大长腿、性格火辣的御姐。

看来，那些温婉娇羞、说话轻声细语的"林黛玉"们要哭晕在厕所了。

课堂气氛有些僵滞，连教授都是一副看戏的表情，他将目光投向张弛："张弛，你怎么说？"

教授的话拉回了张弛飞到九霄云外的思绪。他收拾了一番思绪，定了定心神，再次看着徐曼曼，眼里并无任何情绪，嗓音低沉，语速平缓："我不用记所有人的脸，只需要知道一点即可。那就是，你带的书并不是我们课程所学，但凡你多去了解一些，也不会把前几年的课本带到今天的课堂上来。"

在丢脸丢到太平洋之前，徐曼曼卷着书本落荒而逃。

不过有句话说得好，"天将降大任于斯人也，必先苦其心志，劳其筋骨，饿其体肤，空乏其身"，经过两三次正面对峙之后，徐曼曼吸取教训，总结经验，打算从头再来。

俗话说"润物细无声""滴水可穿石"，徐曼曼确定自己对张弛并不是见色起意，决定与张弛打长期战役。

她相信经过自己的不懈努力，一定能攻下张弛这座零下五十度的大冰山。可惜融化一座冰山并不是一件容易的事情。

徐曼曼运用自己强大的人脉关系网，终于打听到张弛平日里的作息时间，详细到他什么时候吃饭，什么时候就寝，什么时候如厕，她都打听得一清二楚。

如厕、就寝，这两个时间段不太适合谈情说爱，加上她最近恶补了不少谈恋爱的知识，总结出一套理论：在图书馆和食堂两个地方最能增进感情，所以她将地点定在了图书馆。

图书馆对徐曼曼来说，就是一个可以安静睡觉的地方，并不是她不爱学习，只是沐浴在知识的海洋中让她更想冥想。

可是，张弛是一个例外。

徐曼曼到了图书馆，一眼看到坐在窗边的张弛，他穿着一件白色高领毛衣，微垂着头看书，阳光从窗外洒落，给他铺上一层浅浅的光芒。

他忽地轻轻一眨眼，这一眨眼让徐曼曼的心脏漏跳了一拍，此时此刻，她忽然意识到自己早就沦陷了，沦陷在一个叫张弛的漩涡里。如果这辈子她爱而不得，或许就要孤独终老了。

美色误人啊，徐曼曼扶着额头轻轻一笑。

似乎感受到某人灼热的目光，张弛倏地抬头，徐曼曼来不及收回视线，两人的目光在空中交汇，整整三十秒，谁也没有率先移开。

三十秒过后，张弛开口，声音是一如既往的清冷：“你为什么一直跟着我？”

徐曼曼装作若无其事地回答：“图书馆这么大，你能来，我也可以来，不是吗？我为什么非得是跟着你，而不是来这里专心学习呢？”

闻言，张弛沉默地看了她一眼，接着继续低头看书，仿佛当她不存在。她也不在意，十分自然地坐在了他的对面。当他投以质疑不满的目光的时候，她耸了耸肩膀：“这张桌子不是你的所有物吧？”

张弛没回答，低头继续看书。

十分钟后，张弛忍无可忍抬起头，眼神并无丝毫温度：“你看够了吗？”

张弛以为偷看的人会无地自容，没想到徐曼曼完全不按套路出牌，一只手撑着脸颊，眸光流转：“你不看我，怎么知道我在看你？”

张弛沉默了三秒，接着起身开始收拾书包。眼见他要走，徐曼曼也不慌张，从容淡定地看着他背着书包气鼓鼓地离开。相比较而言，她觉得他生气的模样比冷冰冰的模样可爱多了。

张弛从图书馆出来之后，特意回头看了一眼，发现徐曼曼并没有像尾巴一样跟上来，心里松一口气的同时又觉得这么轻易就放弃着实不像徐曼曼的个性，他认为这家伙肯定在憋坏招。

果然，他刚到食堂没多久，徐曼曼便端着餐盘，袅袅婷婷地走到他面前坐下。她展露一个灿烂的笑容，露出招牌小酒窝，笑嘻嘻道：“真巧啊。”

张弛低头吃饭，并不理会她。

徐曼曼也不在意，跟着安静地吃饭，不过吃饭的同时，她也在欣赏张弛的动作，他用餐不快也不慢。许是察觉到她火热的眼神，他抬头，他的唇瓣被汤水润泽，带着一层水光。她看得少女心蠢蠢欲动，便压下心里奇怪的躁动，说道："你的玉米排骨汤好像挺好喝的。"

她当然不指望张弛会将排骨汤分一半给她，她只是偷看被抓包，没话找话罢了。

闻言，张弛放下汤匙，沉默须臾之后一口将汤喝完，起身端着盘子毫不犹豫地离开。

徐曼曼嘴角微抽，目送他远去。

她不就是夸了排骨汤好喝吗，他有必要担心她抢他的食物吗？她觉得好气又好笑，一低头，看到他落在桌子上的钱包，本想叫住他，但转念一想又停住了。

机会是要自己创造的，徐曼曼拿过钱包，狡黠一笑。

张弛收拾完餐盘离开食堂，恰好周亚打电话过来："老大，我有一件事想告诉你，但是前提是你千万别激动，最重要的是别打我……"

"说。"张弛打断他的喋喋不休。

"刚才有个女生挡在我面前，非要通过我给你递情书，而且她还送了一捧花跟一篮子水果和巧克力。众目睽睽之下，别人还以为她向我告白呢。老大，你也知道我脸皮薄，所以我就这么替你收下了。"周亚越说，声音越小，最后弱弱道，"老大，你能理解我吗？"

他不理解又能怎么样？说起来，这并不是周亚的错，他捏了捏眉心："你把东西放着，我回来处理。"

突然，他眸光一闪，突然问道："那女生叫什么？或者说她长什么模样？"

一说起这事儿，周亚立马像打了鸡血一样兴奋："老大，不是我说，今天向你告白的那位简直是女神级别，肤白貌美大长腿……"

"周亚，你是法学系的学生，你读了三年，还没学会总结重点吗？"张弛不轻不重地威胁道。

周亚立马眼观鼻、鼻观心，说道："女生身高一米七几，皮肤特别白皙，一头棕色波浪大鬈发，杏眼，薄唇，笑起来有两个酒窝，穿着红裙子，身材匀称标准，堪比模特。老大，我总结完毕了。”

张弛听完周亚的话后，深深吸了一口气，沉默片刻后说道：“我知道了，以后她再来找你的话，你尽量离她远点。”

“老大，我做不到。”周亚哭唧唧道。

“为什么？”

“她说她会跆拳道,如果我不收下东西,她就要把我打进医院。”

张弛无语凝噎，最终说了一句“我马上回来”便挂断电话。他猜得没错，以徐曼曼的个性，她怎么可能会坐以待毙，她这一招以静制动可真是妙招啊。

而他明知道这是一个陷阱，最后是回了宿舍。等他看到那一捧火红的玫瑰跟水果、巧克力之后，心里说不出是什么感觉。不是没女生以各种理由送过他东西，而是他从未接受过，徐曼曼得逞的原因归结于她的厚脸皮。

她居然用武力威胁他的舍友，还真是无所不用其极。

“老大。”吴星挤眉弄眼地走了过来，他手里还捏着一个以千纸鹤为背景的信封，“这是那位女神给你的，你是要躲起来看呢，还是当着我们的面看呢？”

张弛没说话，默默看了他一眼。他咽了咽口水，不敢在老虎嘴上拔毛，忙将情书递给张弛。张弛接过情书打开，本以为上面会洋洋洒洒写一些酸掉牙的话，结果上面只有一句话：晚上八点图书馆附近见，不来的话，你下个月只能喝西北风了。

喝西北风？张弛皱眉，灵光一闪间，他忙伸手摸了一下口袋，发现钱包不翼而飞了。他思虑三秒后，嘴角慢慢扯起一个似笑非笑的弧度。这笑容看得一旁想偷吃巧克力的周亚和吴星胆战心惊。

晚上八点，张弛准时赴约。他远远地看到一道纤细的身影站在路灯下，昏黄的灯光拉长了她的身影。她穿着一袭红色长裙，裙摆随风飘扬，像一团燃烧的火焰，不经意间便刺激了他的眸子。

张弛闭了闭眼，再睁开时，他的眸子已变得清明，那团烈焰逐渐淡去。他走到徐曼曼面前，摊开手掌：“钱包呢？”

徐曼曼上下打量了他一番，并没有马上将钱包还给他，而是笑得像一只狡黠的小狐狸：“我捡到了你的钱包，你不应该先跟我说一声谢谢吗？”

“谢谢，请你把钱包还给我。”张弛并不想和她周旋，遂顺了她的意。

没想到他这么配合，徐曼曼顿了顿，最终歪了歪脑袋：“我看你这么紧张你的钱包，里面肯定有重要的东西，要不你请我喝杯奶茶，你请客，我出钱？”

张弛转身就走。

徐曼曼愣住了，他不是准时赴约了吗，怎么因为一杯奶茶就走了？难道钱包里的所有物还抵不过一杯奶茶？还不等她腹诽完，他冷淡的声音随着风飘来：“你不是要喝奶茶吗？还不快跟上。”

半小时后，徐曼曼抱着热腾腾的奶茶坐在台阶上。张弛离她半米远，手里抓着一瓶汽水。他正仰头喝汽水，一滴水顺着他的喉结落下，最后没入胸膛间。她捏了捏奶茶杯子，指尖传来的热度让她暂时清醒了过来。

“谢谢你请客啊，说好了我出钱的。”徐曼曼没话找话。

“不用，我不喜欢欠别人。”张弛看向她，“今天的事情就算一个例外，我希望你下一次别再为难我的朋友，他们胆小，不经吓。”

这么快就被发现了？徐曼曼咬着吸管笑了笑，一只手撑着脸颊，神色慵懒地说道：“这可是我第一次送花送情书给男生，也不知道你有什么感想？”

张弛笑了一下。徐曼曼也不知道他是冷笑还是轻蔑地笑，听到他继续说道：“我第一次知道有人把情书写得像约架信。”

刚说完，他便愣住了，看着近在咫尺的徐曼曼，他的心脏有一瞬间漏跳了一拍。这双大而亮的眸子就在眼前，透过黑亮的眸子，他似乎看到了自己慌乱的模样。

“我的确想正正经经地写情书给你，可是我写了好几篇，最后还是拿不出手。”她看着他的眼睛，一字一句认真道，“我可以去网上抄写，也可以让别人代写，可这样写了又有什么用？你不屑一顾，觉得我追求你是在开玩笑，认为我只是被你的美貌迷住了，暂时失去理智，等找到别的新鲜事物就会将你抛在脑后。可是张弛，我试过了，我尝试去看别的新鲜事物，可满脑子还是你。以前我觉得那些文人写的文章实在酸腐，直到遇到你，我才明白一件事，可能我们上辈子就谈过一场生死与共的恋爱了。”

她说完，四周一片寂静，冷风吹动她的发丝，几绺拂过他的脸部。他似被一盆冷水泼醒，陡然抽开身体，与她拉开距离，眼神带着强装出来的镇定：“你写不出来，说得倒是很好听。”

徐曼曼也清醒过来，她觉得自己刚刚肯定是被哪个文人附体了，否则怎么会说出这么一段酸溜溜的话来。

为了挽回面子，徐曼曼轻咳一声说道：“哈哈，其实我是开玩笑的，这是我舍友随手写的文章，我随便看了几眼便记下来了。”

“哦。”张弛不紧不慢地指出来，“那你舍友的文笔不怎么样。”

徐曼曼：“……”

夜凉如水，冷风吹来，还是让人两股战战。徐曼曼抱着奶茶，可还是止不住发抖，突然身上一重，是一件外套。她抬头一看，对上张弛深邃的眼神，他还是保持面瘫样儿，说话则像夜晚的风一样冷：“怕冷就别要风度，不要温度。”

“谢谢啊。”徐曼曼也不扭捏，抓着他的外套吸了吸鼻子，“这不是女为悦己者容嘛。”

张弛突然有些后悔把外套给她披了，这家伙就是想方设法在口头上占他便宜，偏偏他还不知道该怎么反击，这让他十分挫败。明明他是法学系的学霸，结果被一个厚脸皮的女生怼得无言以对。

基于男士的绅士风度，张弛将徐曼曼送回了女生宿舍。女生宿舍向来是八卦之地，一双双眼睛像探照灯一样在他们身上扫视。徐曼曼生怕他被这样的目光戳得千疮百孔，忙将身上的外套还给他：“谢谢你送我回来，你赶紧回去吧，免得别人误会了。”

张弛接过外套，低头看着她嘴角止不住的笑意，忍不住抽了抽嘴角："如果你是真心实意说这句话的话，麻烦你把嘴角的笑容收一收。"

徐曼曼嘴角的笑容一僵，忙转身和兔子一样逃走了。张弛看着她落荒而逃的模样，嘴角勾起了一个弧度，等他发现的时候，他忙敛下嘴角。

他为什么会因为徐曼曼笑？肯定是因为她太可笑了，他这么安慰自己。

钱包事件过后，徐曼曼发觉自己和张弛的距离近了不少。比如她去图书馆"偶遇"张弛的时候，他不再避她如蛇蝎，不过他对她的态度并没有好太多，大多数时间，他依旧把她当成一团空气。

虽然空气无色无味，但它无处不在。如果人没了空气，分分钟就要离开人世，所以换一个角度来说，她对张弛来说至关重要。

徐曼曼就这样像小尾巴一样黏了张弛半个月。

周六早上，张弛照常去图书馆看书。一个多小时后，徐曼曼依旧没有出现。往常这时候，她已经摊开一本她根本不看的书，撑着双手呈痴呆状态看着他。

他思虑间，抬头望向窗外。突然，他眉头一拧，面色瞬间变得阴沉无比。

此时，图书馆楼下，徐曼曼一脸无奈地看着眼前的男生："孙程宇，我不喜欢你，所以你也别在我身上浪费时间了。这世界上的好女孩多了去了，你就不要在我这棵歪脖子树上吊死。"

孙程宇一脸忧伤："我也想去其他歪脖子树上吊一吊，可是你这棵树太醒目了，我眼睛看不到其他树。"

徐曼曼嘴角微微抽动，敢情这还是她的错误了？她和孙程宇是在社团认识的，孙程宇也是一个根正苗红、英俊帅气的少年，只是他什么都好，眼神差了点。

"我这人是典型的金玉其外，败絮其中。你别看我整天打扮得和女神一样，其实我五天才洗一次头，一个月才洗一次澡，我舍友都被我熏得不行。你知道胡乐吗？就上次你看到的那个女孩，她就被我熏得吐出了隔夜饭。”徐曼曼一口气说了一大堆，最后看了一眼孙程宇目瞪口呆的模样，她叹息一声总结，“朋友，不是我要毁你三观，实在是我不想你受到欺骗，你现在知道我的本来面目了吧，唉……”

徐曼曼本以为孙程宇会被她的邋遢吓退，结果孙程宇只是沉默了一会儿，接着一脸严肃地说道：“虽然你的个人习惯的确有待改进，但我不会因此退却。何况我这人最喜欢收拾了，以后你懒你的，我来收拾就好。”

这次轮到徐曼曼目瞪口呆了，这要不是发生在她身上的事情，她都要感动得涕泪交加了。可现在她只觉得脑壳疼，这孙程宇是真傻还是装傻？她都不惜自毁形象拒绝他了，结果他还是一副情深不寿的模样。

就在徐曼曼愣神的一刹那，孙程宇抓住了她的手臂，一脸深情道：“虽然你现在不完美，但我不在乎，我们一起努力。”

一起努力，一起努力什么？努力肩并肩上太阳吗？她多么希望说这句话的人是张弛，不过以张弛的个性，他估计会说：“你不完美与我何干？你走你的阳关道，我过我的独木桥，我们本来就是两不相欠的陌生人。”

“有话好好说，别动手动脚……”徐曼曼想挣脱他的手，可现在的他已经进入了自己的世界，自导自演他所谓的深情：“曼曼，你听我说……”

当徐曼曼差点要喊出那句烂大街的“我不听我不听”的时候，一只手干脆利落地钳制住孙程宇的手臂。

徐曼曼抬头，对上张弛深邃的眼神，他微抿唇瓣，眉头微锁，显然一副十分不悦的模样。

“你是……”孙程宇一脸不解。

徐曼曼赶紧挣脱开来，她一本正经地对孙程宇介绍：“这位是法学系的张弛，同时他也是我在追求的对象。”

话刚说完，两个男生齐齐看向她。孙程宇的一张脸上齐聚了震惊、受伤、难过、不甘等表情。

而张弛就不一样了，他只是微愣了片刻，随后好整以暇地看着她。她紧张地咽口水，生怕张弛一个不悦，说出让孙程宇死灰复燃的话来。好在张弛深刻理解她此时内心呐喊的话语，不反驳也不说话，这让她松了一口气。

“你们是那种关系吗？”孙程宇见张弛迟迟没有反驳，心有戚戚焉的同时还存着三分不甘心，“曼曼，你说你在追求他，可他接受你的追求了吗？”

徐曼曼深吸一口气，孙程宇可真是不折不扣的插刀教主。她尴尬不已，不知道该怎么回答，便听张弛不紧不慢地说：“我想这是我和徐曼曼之间的事情，应该不需要一个外人来操心吧。你是以什么身份担心她？以一个她不想接受的追求者的身份？”

张弛不愧是法学系的，三言两语就将孙程宇逼退，而且孙程宇走之前还留下了一句话：“我以后不会再来找你了，祝你幸福。”

“你后悔的话就追上去吧，现在还来得及。”徐曼曼目送可怜的孙程宇离去，耳边传来张弛略为不满的声音。

她哪里是后悔！她转过身，一脸严肃道：“我不是舍不得他，只是觉得我和他同是天涯沦落人。”

张弛：“……”

“你看我和他都是喜欢上一个人，而那个人并不喜欢自己或者态度模棱两可。不过孙程宇好一些，至少我明确拒绝他了。他即便伤心难过，一段时间也就过去了，而我一脚踩在海水里，不知道是该下去游泳呢，还是就待在沙滩上。偶尔一个浪过来，让我以为自己投入了大海的怀抱，可下一秒浪花退去，我又觉得自己是在自作多情。”

张弛静静地看着她，她毅然回望他，眼里并没有半分玩笑之意。

半晌后，张弛转身：“你完全可以离开这片沙滩。”

他说完就走，徐曼曼被他那句无情的“你完全可以离开这片沙滩”气得心绞痛，但她马上重整旗鼓，追了上去：“我也想离开这一片沙滩啊，可是你给我设置了禁制，我没有密码就没法离开。”

张弛转身：“你要什么密码？”

徐曼曼嘿嘿一笑：“当然是三个字。”她瞥见张弛想打人的神情，故作正经说道，“四个字也可以。”

“无聊。”张弛丢下两个字，无视嬉皮笑脸的她。

“哎呀，你别走嘛，我真的是认真的。”

“你的脸上就没写‘认真’两个字。”张弛拆台。

“我这么漂亮的女生，你居然都不多看一眼，你是不是男生啊？基本的审美呢？”

“抱歉，也不知道是谁说自己五天洗一次头发，一个月洗一次澡，我觉得我有必要和邋遢、不爱卫生的人保持基本距离。”张弛回道。

什么叫搬起石头砸自己的脚，徐曼曼总算明白了。

这件事情过后，徐曼曼认为张弛离自己越来越近，至少他会对她施以援手，换作以前，他才不会理会她半分。

徐曼曼向来乐观，明白张弛这座珠穆朗玛峰不是一时半会儿就能攀登得上的，必须付出百分之百的努力。眼见圣诞即将来临，徐曼曼思忖着给张弛织一条围巾。

周菁菁曾这样吐槽徐曼曼，空有女神的表皮，却没有一双巧手。比起手残党胡乐，徐曼曼有过之而无不及，别说织围巾了，就是让她卷个毛线团都要三五天，而且她还能让毛线团成为一个解都解不开的死结。

耐心告罄的周菁菁将手里的毛衣针一甩，一脸“猪队友带不动”的表情控诉她：“亲爱的，我真的教不了你了，你爱找谁找谁去吧，就是别再祸害我了，否则我想把你就地正法。”

于是乎，徐曼曼只能自力更生。在经过无数次失败之后，她终于成功织好了围巾。等她拿着围巾去和胡乐炫耀的时候，胡乐提着她刚织好的三米多长的围巾，表情十分奇怪：“徐曼曼同志，你这是给张弛送爱的礼物呢，还是想勒死他呢？这长度妥妥可以让他上吊自杀了。”

徐曼曼的回答是给她一记大白眼。

徐曼曼织好围巾后，去找了周亚。鉴于上一次她用“你敢不收这些花和水果，我就把你打进医院”的威胁之词，周亚来见她的时候几乎全副武装。

两人约的时间是晚上，周亚戴着口罩，畏畏缩缩地站在离她一米远的地方，战战兢兢道：“徐姐，您有事儿就吩咐，小的一定尽力帮您办到，赴汤蹈火，在所不辞，就是别打我。”

徐曼曼哭笑不得：“你别紧张，我又不会吃人。”说着，她从书包里掏出一个包装好的盒子，“麻烦你把这个盒子交给张弛，谢谢了。”

周亚一看到精美的包装盒，也不怕了，一脸八卦道：“徐姐，你又送礼物给老大啊，你还没拿下他吗？”

徐曼曼叹气：“是啊，你家老大实在太难攻下来了，要不你再告诉我一些他的兴趣爱好，或者……你懂的。”

周亚张口欲说，不过他一想到自己吐露老大隐私的后果是被张弛大卸八块，他默默地打了一个寒战，接着赔笑道：“呵呵呵，平时老大忙得很，不是在图书馆就是在去图书馆的路上，我们鲜少有精神上的交流。”

徐曼曼：“……”

我看你家老大一点都不想和你进行精神上的交流吧，徐曼曼默默腹诽。

送完礼物之后，徐曼曼回了宿舍。

今天是圣诞节，宿舍除了她一个单身狗之外，其他人全部去过节了。她一个人趴在窗前，看着下方璀璨的烟火。楼下似乎有人在告白，摆了许多蜡烛，通过朦胧的夜色，徐曼曼似乎看到张弛一步步朝她走来。

“徐宝宝，醒一醒，这么冷的天，你怎么一个人趴在窗前睡着了？也不怕感冒。”胡乐不知道什么时候回来了，拿了一件大衣披在她身上，又用自己的手暖着她冷冰冰的手。

梦太美好，导致醒来的徐曼曼一瞬间有一种强烈的失落感，她以为那股温暖是张弛给她的，没想到只是一场梦。

也许这一场梦永远都实现不了。

“你不去和苏南约会，这么早就回来？”她揉了揉眼睛。

胡乐指了指桌子上热腾腾的奶茶和巧克力：“外面太冷了，实在不适合约会，苏南看我冻得跟小鸡崽似的，就放我回来了。”

徐曼曼哪里会相信她的说辞，约会的地方千千万，就苏南那种宠妻狂魔，怎么舍得让她挨冻，八成是她担心自己一人在宿舍无聊才舍下苏南回来。

“你啊你，说谎都不会。你这么关心我、在乎我，小心苏南的醋坛子打翻了，到时候他一个想不开，提着四十米大刀砍我，我不是被你连累了吗？”

“放心，如果他砍你，我会挺身保护你。”胡乐拍着胸膛保证。

徐曼曼被胡乐逗得扑哧一笑，她捧着奶茶说道：“胡乐啊，你说爱到底是什么？”

胡乐吸了一口奶茶：“你这问题太深奥了，恕小女子我实在回答不了。”

徐曼曼捧着奶茶眼巴巴地看着她：“那你说说你和你家苏南呗，你对他是什么感觉？”

胡乐低头想了想，接着低低一笑：“其实我真的形容不来。读高中的时候，我对他可没有一点非分之想。可是他只要一离开我身边，我就坐立不安。如果他生我的气，我会食不知味。我以前认识一个朋友，可苏南并不喜欢对方。有次我为了那个朋友和苏南吵了一架，可最后还是我先低头了，因为我怕失去他。我在想，如果没有他，我会不知道自己要做什么。”

徐曼曼看着她眼里将要溢出来的笑意，打心眼里羡慕她：“你真的很幸福，你和苏南两情相悦。”

这个世上实在有太多的无奈和爱而不得,而她徐曼曼属于后者。虽然她在张弛面前嬉皮笑脸，永远没一个正形，但那是她怕受伤，怕张弛说出不可挽回的话。而现在面对他的拒绝，她还能云淡风轻地笑一笑，说："嘿，其实我在和你开玩笑，你不用当真。"

"我把围巾送给张弛了。"徐曼曼对胡乐吐露心声，"这是我第一次织围巾，我都没给我爸妈织过。我查过，给一个男生织围巾就说明很想牢牢捆住他。胡乐，我是真的喜欢他，我也不知道自己是不是魔怔了，反正我发现我下不了这条船。"

胡乐拍了拍她的肩膀："我相信你看上的不是凡夫俗子，加油，曼曼。"

可惜第二天，当徐曼曼在垃圾桶里看到倾注了自己心血织好的围巾和各种垃圾混在一起的时候，她只觉得昨晚自己的那些豪言壮语、那些文艺情怀都变成了泔水。

没有什么比自己的心意被对方嫌弃更难堪的，此时徐曼曼的脸色比垃圾桶里剩菜的颜色还要难看，她只觉得自己今天早上穿得不够厚，否则怎么会从心里冷到脚底板。

一旁的胡乐愤怒如奓毛的小兽："张弛太过分了，他怎么可以这样糟蹋你的心意！"

徐曼曼拉住气急败坏的胡乐，这场景怎么看都似曾相识。不久前，她还捋着袖子要为胡乐打抱不平，结果不过半个月，她们的角色就颠倒过来了。

苏南和胡乐只不过是乌龙和误会，而她呢？她看着垃圾桶中的围巾自嘲一笑。

原来，真的是她自作多情了；原来，张弛是真的讨厌她；原来，她在他眼里，就和这垃圾桶中的围巾一样。

"乐乐，我们去吃烧烤吧，不是那个谁说过，下雪天，炸鸡和啤酒最配吗？"

胡乐担心地看着她："你没事吧？"

徐曼曼强颜欢笑："你看我像有事的样子吗？"

胡乐："……"

"走吧，我们去吃烧烤。啤酒配烧烤，人生一大乐事。"徐曼曼拉着她就走。

从图书馆出来，张弛准备去食堂，突然手机响起，是室友吴星打来的。他刚接起电话，对方咋咋呼呼道："啊，老大老大，我看到嫂子了。"

张弛皱眉："什么嫂子，请你好好说话。"

"就是徐曼曼啊，我吃烧烤的时候刚好看到她了，她好像喝醉了……喂喂喂，老大，你有在听吗？"

萌萌烧烤摊上，徐曼曼左手抓着一罐啤酒，豪迈地往嘴里灌。一旁的胡乐看得额角抽搐，忙伸手拦住她："大姐，你喝得差不多了，我们回去吧。"

"回去？我才刚刚开始，乐乐宝宝你别扫兴啊。来，我们今晚不醉不归。"

胡乐一脸无奈，正要拉住她，结果几个打扮怪异的男人走了过来，其中一个黄发男人说道："喝酒呀，两个女孩喝酒多无聊啊，要不要我们陪你们？"

喝醉酒的徐曼曼就嫌恶地干呕了一声："谁要和你们喝酒啊，长得跟未开化的原始人一样！快点走开，再不走，我要吐了，被你们活活恶心吐的。"

话音刚落，黄发男人便气急败坏地抬起手。眼见那一巴掌将结结实实落在徐曼曼脸上，突然一只手臂横来，稳稳地截住他的手。

张弛挡在徐曼曼面前，居高临下地看着面容扭曲的黄发男人，声音又冷又沉："有种你就打下去。"

"你谁呀？"黄发男人嚷嚷，"哪里来的狗小子……啊啊啊，痛！"黄发男人的话还没说完，只觉得手腕一阵钻心的痛，他惨叫着，"放开放开放开。"

这三个年轻人外强中干，遇到人高马大的张弛，立马偃旗息鼓，很快便溜得没影了。

徐曼曼喝了一肚子酒，此时被风一吹，突然干呕一声，腿一软，险些跪在地上。张弛离得近，下意识伸手扶住她。她抬头，目不转睛地盯着他，片刻后傻乎乎一笑："乐乐，我看到张弛了耶。"

张弛的双手稳稳地扶着她，眼里藏满了复杂的情绪。她说完之后，扭头对张弛说道："哎，张弛，你是不是特别讨厌我啊？如果你讨厌我，你要告诉我啊，你不告诉我，我怎么会知道你讨厌我呢？"

这绕口令一样的讨厌论听得胡乐一个头两个大。她看向一旁的张弛，生怕这座"冰山"一个不悦将徐曼曼丢在地上。

为了徐曼曼的人身安全着想，胡乐赶紧将徐曼曼扶到自己身边，但这人有异性没人性，硬是赖在张弛怀里："别碰我。"

此时，徐曼曼突然抽搐了几下。胡乐暗叫不好，还未将她拉过来，她已经拉住张弛的外套，旁若无人地吐了起来。

胡乐惊愕地看向张弛，满脸写着抱歉。她本以为他会大发雷霆，拂袖而去，甚至破口大骂，但她想象中的这些画面都没有出现。他一动不动地等着徐曼曼吐完，除了紧皱的眉宇，面上并无一丝一毫的嫌弃。

对此，胡乐纳闷了。从他方才的所作所为来看，他不像是会扔掉别人礼物的人，难道这其中有什么误会？

徐曼曼吐完，整个人软绵绵地往地上滑，眼见她就要和那堆可怕的呕吐物躺在一起，胡乐忙伸手去扶。张弛的外套已经被她糟蹋得差不多了，他利索地脱下，随意地扔在一旁，对胡乐说道："我送你们回去。"

"这……"胡乐犹豫。

"快点。"他有些焦急地催促。

胡乐环顾四周，许多人都望向这里，为避免徐曼曼成为明天的新闻头条，她点头应下。

张弛背起徐曼曼的时候，苏南也到了，他二话不说先去结了账，见胡乐要解释，他道："先回去再说。"

徐曼曼喝醉了，这样无法回去，张弛道："去我家吧。"

张弛是开车来的。胡乐安顿好后座的徐曼曼后，特意和他讨要塑料袋："那啥，你有没有塑料袋之类的？我怕徐曼曼待会儿吐你车上。"

这车可不是一般的贵，要是徐曼曼吐在这里，等她第二天醒来，一定会自刎谢罪。

张弛顿了顿，道："没事。"

好吧，他这个车主人不心疼，那她一个外人心疼个什么劲儿。

张弛住的是花园式公寓。一行人乘坐电梯到二十八层，当张弛打开门的时候，胡乐和苏南对视一眼，张弛道："进来吧。"

屋子空间很大，是跃层式的，装修简洁干净，整体以白灰黑为主色调，看上去有些冰冷，没多少烟火气息。张弛很快去而复返，他拿着一杯蜂蜜水出来，递给胡乐："麻烦你喂她喝下。"

张弛确认徐曼曼喝完蜂蜜水，这才反身去了楼上。他的外套已经被徐曼曼吐得不成样了，酸臭味道弥漫了整个房间，他却不在意，随手将外套扔在一边，一步一步地走向浴室。

张弛将花洒开到最大，让水流冲刷着自己，脑海中却走马观花般掠过徐曼曼的模样，她大笑的样子、恶作剧的模样、厚脸皮的模样……

水流过眼睛，微微刺疼的感觉让他闭了闭眼，再睁开的时候，那双向来平静无澜的眸子里翻起了滔天巨浪，似乎随时要将他淹没。

"你别怕，以后我会保护你。"

"从今天开始，我们就是好朋友了。"

"你叫什么？我奶奶喜欢叫我芬芬。"

芬芬，徐曼曼，明明是完全不同的名字，没想到是同一个人。

张弛将花洒关掉，透过浴室的镜子看着自己。小时候，他的父母离异，他被丢在了爷爷奶奶身边，因为长得瘦小，加上性格孤僻，总是被附近的小伙伴欺负。一次，他和几个小男孩扭打在一起，是一个小丫头救了他，而她所谓的“救”就是代替他和那些调皮的小男孩扭打在一起，为此还付出了血的代价。

她被一个胖嘟嘟的小男孩推倒，脑袋撞到了花盆，因此破了相，额头缝了好几针。

他当时十分内疚，可她缝针的时候握着小拳头，一声不吭。缝针结束后，她甚至还安慰他，笑嘻嘻地告诉他：“以后我们就是朋友了。”

他们是朋友，可他连她的名字都没弄清楚。

他找了她这么多年，却从没想过她就在自己身边。原来他要找的她远在天边，近在眼前。

她第一次撞到他，满脸愠怒地说道：“好狗不挡道。”

这副模样的她，像极了当年天不怕、地不怕的小女孩。

徐曼曼越是接近他，他便越是产生这种奇怪的感觉。每次他看到她的眼睛，便会不由自主地想起小时候义无反顾挡在他面前的小女孩。一开始，他的确不喜欢她，她太张扬、太自以为是，像一朵野玫瑰一样，虽然让人过目难忘，甚至心志稍微不坚定的人，都会被她所吸引，但她的刺会将人扎得遍体鳞伤。

他明知道自己该远离她，却还是不可抑制地沦陷了。她不在他身边叽叽喳喳的时候，他莫名失落，像中了邪一般。

她那么像那个小女孩，可心里有一道声音告诉他，这个世界上并没有这么巧的事情。但这种奇怪的想法一旦产生，他便不可抑制地多想，于是他鬼使神差地去查了她的资料。

最终，他找到了徐曼曼的一张证件照。

照片上的女孩将刘海全梳了上去，大而亮的星眸，明眸皓齿不过如此，唯独突兀的是她左边额头上的伤疤，像一条小青虫一样横在白皙的额头上。

他看到那条疤痕的那一刻，心跳几乎停止。

真的是徐曼曼！小时候的芬芬就是徐曼曼，可是她为什么会改名，当年她又为什么不告而别，让他怎么都找不到？他有太多太多的问题想问她，可他知道自己必须按捺住。

翌日一早，张弛和苏南出门去买早餐。

经过上次的医院事件，张弛由此认识了苏南。上次两人并无过多了解，之后他发现苏南的确有着超出同龄人的成熟稳重，而他的女朋友胡乐虽然外表大大咧咧，但细看之下是一个大智若愚、明白事理的好姑娘。

两人买了早餐回到家。刚到家，张弛下意识地寻找徐曼曼的身影，一旁的胡乐不好意思地说道："她……她在浴室。"

"嗯。"

张弛看了一眼卫生间，点了点头，将早餐放好。

早餐有皮蛋瘦肉粥、包子、油条，因着徐曼曼以前经常没话找话，他才知道她喜欢吃什么。

半小时后，徐曼曼还没出来。张弛坐不住了，她根本就是在躲他。

胡乐看张弛的面色有些难看，寻思着去卫生间逮那尿遁的家伙，便道："我去叫她。"

结果徐曼曼还是不出来。最后只能张弛出动了。他来到洗手间门口，轻轻地敲了三下门，没得到回应后，他开口："早餐要凉了。"

听到这声音，蹲在卫生间角落的徐曼曼下意识抖了抖。她宿醉醒来的时候，胡乐一脸严肃地告诉她，她不仅耍酒疯，还吐在张弛一件价值不菲的大衣上了。

本来失恋已经够可怕了，更可怕的是，她还负债了。

张弛没听到里头的人回应，继续发问："你还好吗？头疼或者不舒服的话，我帮你去买药。"

徐曼曼想着伸头是一刀，缩头也是一刀，还不如干脆利落一些。

她深吸一口气，起身整了整头发和衣服，这才昂首挺胸地走了出去。可她刚刚到门口，看到清冷如竹的张弛，好不容易鼓足的勇气有如江水一泻千里。

张弛打量着她的脸色：“你还好吗？”

她还好吗？她怎么可能好！她不仅失恋，在喜欢的人面前耍酒疯，还吐了他一身，没以死谢罪就算不错的了。

张弛可能看出她眼里的不安和愧疚，适时道：“早饭要凉了，你赶紧去吃吧。”

徐曼曼“嗯”了一声，低头灰溜溜地走开了，全程不敢抬头看他一眼，完全没了往日意气风发的劲儿。

吃饭时，徐曼曼一改平日健谈的形象，像鹌鹑一样坐着。她狼吞虎咽地吃完早餐之后，便迫不及待地站起来：“那个，衣服我会赔给你的。还有昨晚麻烦你了，真的很不好意思。”

张弛淡淡道：“那现在去吧。”

“我没衣服穿了。”张弛观察细微，怎么会看不出她对自己的态度一百八十度大转弯，平时她的眼神恨不得黏在他身上，现在却拼命地躲避他的目光。

他有必要知道她发生了什么事情，或者说，他做了什么让她的态度突然发生了变化。

所以，张弛定定地看着她的眼睛说道：“择日不如撞日，我们现在就去买。”

现在？徐曼曼摸了摸空空的口袋，欲哭无泪，张弛这是要对她赶尽杀绝啊。算了，本来就是她做错事，理应给予补偿，于是她心情沉重地点了点头：“好，好吧。”

她希望买了这件衣服之后，他们一别两宽，各自珍重。

徐曼曼自嘲一笑，这是形容夫妻、情侣无法走到最后才用的词，她似乎没这个资格。毕竟在这场感情中，张弛从来没有正面回应过她，一切都是她的一厢情愿罢了。

既然是她一厢情愿，那么她就接受现实，及时认输。

两人驱车来到了商场。徐曼曼看着张弛的豪车，默默腹诽，他都住豪宅、开豪车，居然拿不出一件买衣服的钱，不过她转念一想，他本来就讨厌她，所以才这么斤斤计较。

张弛外形出众，加上清冷的气质，吸引了不少女性路人驻足。换作往日，徐曼曼一定骄傲地挺起胸脯，叹一句“这是她未来的男人”，可现在她像一只斗败的公鸡，恨不得离张弛五米远。

张弛看着磨磨蹭蹭、走在后面的徐曼曼，停下脚步，蹙眉看着她：“你是蜗牛吗？”

如果可以，她多么希望自己是蜗牛啊，至少有个壳让她暂时避一避，养养伤，不至于现在将伤口暴露在大庭广众下，连喊疼的资格都没有。

“张弛……”徐曼曼抬头，“如果你真的很讨厌我的话……”她的话还没说完，两三个小孩追逐打闹着跑了过来，恰好撞到她。此时此刻，她心事重重，被其中一个小胖墩一撞，踉跄了一下，险些与大地来了一个亲密接触。

张弛迅速伸手想扶住她，可她竟然出奇地拐了一个弯。她万万没想到，张弛竟然被另一个小胖墩撞了一下。

所以，张弛没稳住身体，反倒朝她扑过去。在惯性的作用下，他的嘴唇狠狠地磕到她因惊讶微张的唇瓣上。

从商场回来之后，徐曼曼还在想那个狗血至极的吻。

以前她看电视的时候，每次看到这种男女主吻在一起的情节都嗤之以鼻，认为天底下哪有这么多巧合，但事实告诉她，现实生活中没有最狗血，只有更狗血。

被一个讨厌的人磕破嘴唇，想必张弛恨不得拿一根面条上吊自杀吧。

徐曼曼就这样躲了张弛几天，而她这跟山顶洞人一样的生活终于让胡乐等人看不过去了。

周菁菁下了课回到宿舍，看到还在床上种蘑菇的徐曼曼，顿时气不打一处来：“徐曼曼，你是想向野人发展吗？你的女神气质呢？你的追求呢？你家张……”

“停，别和我提那个名字。”徐曼曼及时打断她的话，“千万别提，否则……”

“否则什么？”周菁菁走到徐曼曼身边，一把掀开她的被子，“你和你家男神之间到底发生了什么事情？怎么自从上次送围巾之后，你像变了一个人？难道张弛在外面有其他人了？”

徐曼曼一脸无语。什么叫张弛在外面有其他人了？说得他有外遇了似的。徐曼曼叹了一口气，幽幽道：“天涯何处无芳草，何必单恋一枝花。我觉得我和他不太合适。”

周菁菁：“……”

女人变心的速度这么快吗？以她对徐曼曼的了解，徐曼曼并不是这样的人，何况徐曼曼这副半人不鬼的模样哪里像换对象，明显是失恋了。

恰好胡乐从外面出来，眼见周菁菁刨根问底，她忙上前拉走了周菁菁。

“什么，你说张弛扔了曼曼送的围巾？”周菁菁觉得难以置信，“以张弛的性格，他应该不是这么没品的人。”

胡乐摸了摸下巴：“其实我也这么认为。虽然张弛的性格是有些不近人情，但他并不是那种会将别人的心意弃之如敝屣的人，何况我总感觉他对曼曼并不是毫无感觉。”

周菁菁一脸八卦：“哟，你知道什么？快告诉我。”

胡乐正想一五一十将自己的所见所闻告诉她，毕竟她是宿舍中第二个聪明的人，而徐曼曼显然已经傻了，自己也只能指望这个情场高手了。

果然，周菁菁一听，立马摸着下巴高深莫测道：“据我的直觉，他们两个绝对有戏。”

话音刚落，胡乐的手机响起，她看了一眼，险些将手机扔掉。周菁菁好奇：“谁打来的啊？你这一脸惊恐的模样。”

“是张……张弛啊。”

“张弛，他打给你干什么？肯定是问徐曼曼，我就说他们有戏。”

周菁菁摩拳擦掌，“你快接电话。”

胡乐战战兢兢接起电话，那端低沉而有磁性的嗓音透过电流传来：“胡乐，你好，我有些事情想和你聊聊，请问你有空吗？”

胡乐咽了咽口水：“有。”

晚上胡乐回来的时候，用一种极其复杂的眼神看着徐曼曼。

徐曼曼正在喝水，瞥见胡乐幽幽的眼神，忽地呛到，她缓过神来后问道：“乐乐，你这是什么眼神？难不成你暗恋我？”

闻言，胡乐深吸一口气，皮笑肉不笑道：“抱歉，曼曼，我有男朋友了。不过我的确有一个好消息要告诉你们，我们要去泡温泉啦。”

一听泡温泉，本来“挺尸”的几个家伙立马“诈尸”，其中于小年最为兴奋：“啊，泡温泉，我最喜欢泡温泉了，去哪里泡啊？”

胡乐：“反正你们跟着我走就是了，全程免费，我们可以痛痛快快玩一场了。”

徐曼曼觉得自己算半个失恋的人，并且她如果再这么自怨自艾下去，以后绝对会从女神的位置上降下来，所以去泡泡温泉换个心情也好。

不过等她到了温泉会馆，看到张弛的时候，她很想将胡乐拉过来搓圆揉扁，当然前提是胡乐的护花使者苏南不在身边。

这地方在半山腰上，前不着村，后不着店，她想单独下去，结果只有一个，那就是走到半路的时候被野狼叼走。她想想自己被一群野狼分而食之的场景，打了个寒战，决定留下来，心想只要避免和张弛见面就好。

何况她来都来了，不好好泡泡温泉岂不是对不起自己？这般想着，她左邀右请，结果她们一个个都有护花使者，就她一个人落单。她一气之下只身去了一个温泉池，可当她看到不远处站着的男人后，她恨不得脚底抹油。

在葱葱绿意掩映之下，张弛站在温泉池旁，如一棵清隽的修竹，带着雨后露水的清然。徐曼曼心里好不容易建立起来的城墙轰然倒塌，有个声音告诉她："徐曼曼，你这辈子完蛋了。"

是的，她完蛋了，否则为什么她看到他的时候，所有的原则都荡然无存了？

徐曼曼的第一个反应是转身就跑，可身体并不听大脑的使唤，她依旧呆愣地站在原地，甚至她的大脑还出现了偏差。她鬼使神差地抬起手，打了一个尴尬至极的招呼："这么巧在这里遇到你啊，你也来温泉会馆泡温泉啊。"

张弛顿了顿，接着语气有些无奈地回答："这是我家的温泉会馆。"

徐曼曼呵呵干笑一声："我跟你开玩笑的，谢谢你邀请我们来泡温泉。哎呀，我想起胡乐好像找我来着，我先走了。"她找了一个借口，转身欲走，结果一只大手稳稳地抓住她的手臂。

她回头，对上张弛不解的眼神。张弛说："你这段时间为什么一直躲着我？"

徐曼曼腹诽：这不是你希望的吗？她这片狗皮膏药终于有自知之明主动离开，结果他还不习惯了吗？难道他是传说中的受虐体质吗？还是他单纯想确认她是不是真的对他没意思？

思及此，徐曼曼郑重其事地点点头："我没有躲着你，不过你放心，以后我不会缠着你了。大家都是成年人了，都有各自要忙的事情，我最近发现人生除了谈恋爱，还有很多事情要做，比如我决意要做一个才貌并重的事业女强人。"

她说了一大堆，张弛却不以为然，他直勾勾地盯着她的眼睛。她被他盯得心里发毛，咽了咽口水道："你这什么眼神？"

张弛并没有说话，而是缓缓伸出另一只手，慢慢地接近她的额头。在他要拨开她刘海的那一刻，她突然爆发了，一个过肩摔就将他甩了出去。

"扑通"一声，水花四溅，等徐曼曼回过神来，张弛已经被她甩到了温泉池中，而她的第一个反应就是逃。

张弛看着落荒而逃的某人，觉得又好笑又好气，他完全没想到徐曼曼会来这一招，他只是想看看她额头上的疤痕而已。

没想到体形瘦弱、四肢纤细的她爆发起来，就和一个女金刚一样。张弛抚了抚额头，低低一笑。从这一表现来看，她和小时候并没有任何区别，依旧那么冲动。

张弛爬上来，就着冷风吹了一会儿，就听到了身后急匆匆的脚步声。他嘴角微勾，却故意板着一张脸说道："徐曼曼，你还知道回来？"

果然，他身后的声音带着愧疚："我知道错了，你要打要骂或者要我赔偿，我都接受。我真的不是故意摔你，完全是行动快于脑子，谁让你要非礼我。"

张弛转过身，嘴角勾着一抹意味不明的笑意："我非礼你？"

"不然你摸我的脸干吗？"她一副"你别解释"的模样。

张弛张了张唇，正欲解释，突然一阵冷风袭来，他打了一个喷嚏。眼见徐曼曼担忧的目光投过来，他眼波一转，计上心来："你把我甩进温泉池里，是不是要补偿我一下？"

徐曼曼："……"

她狐疑地看着眼前的张弛，这家伙该不会掉进温泉池里泡傻了吧，怎么判若两人了？不过在张弛咄咄逼人的目光中，她还是点了点头。

她跟着张弛回了房间，暖气袭来，她周身的毛孔都打开了。张弛脱掉湿漉漉的外套，对她说道："我去洗个澡。"

徐曼曼的脸瞬间红如番茄。

浴室传来哗啦啦的水声，徐曼曼控制住自己蠢蠢欲动的心，但还是止不住想象张弛周身只裹着一条浴巾的模样，不知道他是不是那种穿衣显瘦，脱衣有肉的人。

五分钟后，水声停下，张弛包裹得严严实实地出来了。他穿了一套格子睡衣，这程序员的标志性睡衣穿在他身上，硬是让他穿出了走秀的模特范儿。虽然他这样也很养眼，但她其实更想看他没穿衣服的样子。

徐曼曼觉得自己没救了。

“你要我做什么吗？”徐曼曼问道。

“我饿了。”

“我马上去给你买粥。”

“套房里有厨房,冰箱里面食材一应俱全。”张弛淡淡地指出来。

徐曼曼要逃的脚步一顿，欲哭无泪地转过身。她不会熬粥啊，他确定要吃她做的黑暗料理吗？他摔到温泉池里，可能只是单纯的脑震荡，喝她煮的粥，可能会危及生命啊。

可惜张弛说一不二，徐曼曼也只好硬着头皮去煮粥。

徐曼曼好不容易做好一锅看着能吃的粥，她舀了一碗，小心翼翼地端了出来：“喝粥了，喝粥了……”她的声音逐渐变低，因为张弛已经靠着沙发睡着了。

他睡着的模样十分乖巧，毫无平日的冷漠之感。徐曼曼将粥放在茶几上，探过身看着他。她不是第一次看他的脸，每一次她都移不开目光,无论是微蹙的剑眉,抑或是挺直的鼻梁、紧抿的薄唇……

突然，徐曼曼目光一顿。她小心翼翼地将手伸到他的鼻子底下，发觉他的呼吸又烫又急促，脸颊也呈现出不正常的绯红，伸手一探额头，发现他果然发烧了。

徐曼曼心中的愧疚感涌了上来。

正在此时，张弛睁开眼睛，用深邃的眼神定定地看着她。她忙抽回手，手却被他握住，他声音沙哑道：“你在做什么？”

“我没做什么啊，你发烧了，知道吗？”

张弛放开她的手，站了起来，刚想说“我没事”三个字，结果人晃了晃，往后倒去。她眼疾手快扶住他，心里则腹诽他一个一米八几的大男人怎么这么虚弱。

她忙着照顾他，就忽视了他眼里一闪而逝的狡黠。他的确有点发烧，却不至于失去理智，而他会这么做，是因为他想留住她。

于是一晚上，张弛闹出了五花八门的问题，一会儿饿了，一会儿渴了，一会儿热，一会儿冷，折腾得徐曼曼恨不得一棍子把他打晕，看他还能不能再出幺蛾子。

忙碌了一晚上，徐曼曼终于腰酸背痛地回到自己的酒店房间。她看到恩爱的胡乐和苏南，一口牙顿时酸倒了一片。好在苏南很快离开了，胡乐拉着她坐下："你昨晚一直待在张弛房间里？"

徐曼曼白了她一眼："收起你不该存在的想法，我和他单纯得很。你这是什么眼神？他昨晚掉温泉池里头发烧了，我被迫照顾了他一晚上。"

胡乐点点头。

徐曼曼突然脸一垮："可是他昨晚睡着的时候一直不停地嘀咕一句话。"

胡乐心头一紧："他说什么了？"

"他说什么'你别离开我，我一定会找到你……芬芬'。所以说芬芬是谁？是他的前女友，还是他心仪的对象？那他一直拉着我，是把我当成了他的前女友？不对啊，他之前不是避我如蛇蝎吗，怎么突然对我转变态度，一直往我身边黏？难道我长得像他前女友？也不对，如果我长得像他前女友，他之前为什么讨厌我？"

胡乐被她混乱的逻辑绕得头晕，决定一五一十地将事情和盘托出。

徐曼曼听完之后，言简意赅地总结："所以说，我就是他的前女友……不对，初恋对象？"

胡乐表情深沉："你是不是他前女友我不知道，毕竟你们那时候只有五六岁，除非你们玩了超真实的办家家酒，你做妈妈，他做爸爸，不过初恋应该是了。"

徐曼曼沉默了，她竟全然不知道张弛就是她小时候帮过的"小包子"。他是吃了什么变成现在这副样子的？

她沉默片刻，说道："你说张弛喜欢我，那他喜欢的到底是小时候救了他、陪着他玩的小姑娘，还是现在美得不可方物的我？"

"那么问题来了，张弛之前明明很讨厌我，但自从他知道我是他要找的女生后，对我的态度便发生一百八十度大转弯，你说他喜欢的是我，还是小时候的回忆？如果他只是执着于小时候的回忆的话，那么谁替代我都可以。他要找的是过去那一份回忆的寄托，而不是我这个人。那个人叫徐曼曼也好，叫陈曼曼也罢，只要是小时候那个人，他都会喜欢。”

“你觉得他并不喜欢你，只是因为小时候的回忆想对你好？”胡乐问。

徐曼曼点点头，旋即叹了一口气：“如果是这样的话，我宁愿不要这一份感情。这就好比小时候吃的美味无穷的蛋糕，长大后再去吃便觉得索然无味，腻得不行，而后发现小时候的回忆也不过如此，只是时间和记忆美化了这一切。如果后面他发现自己喜欢的只是回忆里的我，想彻底翻过这一页，或者他找到了真正喜欢的人，那我到时候该如何自处？”

“我问过服务台了，下午有个旅游团回市区，我就跟着他们一起回去了。你们过完周末再回来吧，祝你们玩得愉快开心。”徐曼曼揉了揉胡乐的脸，安慰她，“傻瓜，你干吗苦着一张脸？又不是你失恋。你放心，我徐曼曼铜皮铁骨，还经得起这点打击。”

胡乐拉住她的手：“要不你再给张弛一次机会？或许他并不是这么想的。”

“不用了。”徐曼曼笑笑，“你知道我为什么羡慕你和苏南吗？我就是羡慕你们之间纯粹的感情，他眼里、心里只有你一个人，什么杂质都没有，而你亦然。你们两人是我认识的人里最干净的。”

张弛知道徐曼曼偷偷离开后，表现得相当冷静，不过听了胡乐的话之后，他的表情由冷静变成愤怒，又从愤怒变得自嘲，最后他苦笑一声：“这一切都是我的错。”

胡乐还是壮着胆子问他：“那你真的喜欢徐曼曼吗？”

“并不是曼曼多想，是你自己的表现让她不自信、不确定。如果今天你要找的人不是徐曼曼，而是另一个人，你会怎么做？”胡乐一针见血道。

“是，开始的时候，我是不喜欢她。”张弛诚实道，“我从小就讨厌被人缠着，而她就像一团乌云，一直笼罩在我的头顶，时不时吓我一跳，扰乱我的生活和计划，但我渐渐地发现这团乌云中藏着霞光。不知道从什么时候开始，我从逃避她慢慢变得期待她出现，甚至想靠近她。她的赖皮劲儿和打不死的小强精神很像我小时候认识的一个女孩，她们两人的笑经常重合在一起，所以我才着了魔似的去查她的资料。现在你懂了吗？”

胡乐懂了，她希望徐曼曼也能懂。可这一切只能张弛去做，而她只能祝福他们。

自从温泉事件后，徐曼曼恢复了原来的模样，似乎生活中从来没出现过张弛这个人，这一次轮到张弛对她发起攻势了。

男人的思维和女人有着本质上的区别，徐曼曼是感性思维，毫无章法地主动进攻，而张弛是理性思维，更崇尚挖一个大坑，在坑里铺上柔软的毯子、鲜花和美食，等着徐曼曼自投罗网。

他这一等便等到了毕业，等到了苏南和胡乐结婚。

这些年里，张弛和徐曼曼保持着不远不近的距离，因为他靠得太近，她会下意识躲开，只有保持着最佳距离，他才能一步步瓦解她心里所谓的成见。

他喜欢她，并不仅仅因为她是他小时候的“青梅”，更多的是因为她是她。

他第一眼看到她，便觉得她是一朵带刺的野玫瑰，张扬且热烈地绽放着，让人想忽视都难。他们越来越多的相处让他逐渐沦陷，她以为自己在这场追逐中一直扮演着自导自演的角色，其实他才是最早掉下陷阱的猎物。

他一直想要挣扎着往上爬，结果却是徒劳的。

胡乐和苏南结婚那天，他是伴郎，她是伴娘。她站在阳光下恣意一笑的时候，他觉得天崩地裂，世界末日都无所谓了。

她和别人抢捧花抢得不亦乐乎，他看着她那一副讨价还价的模样，忍俊不禁。

婚礼结束后，他问她：“你为什么执着于抢捧花？”

阳光下，徐徐微风中，徐曼曼踮起脚，凑到他耳边小声道：“因为好玩啊。”

他心如擂鼓：“除了好玩呢？”

她忽而狡黠一笑，宛如小狐狸：“我为什么要告诉你？”说完，她转身就走。她的裙摆随风翩翩起舞，他莞尔一笑，明白自己离她越来越近了。

也知道徐曼曼那堵用胶水糊起来的纸墙正在分崩离析，正等着他一举击破。

圣诞节，他想向她求婚。如果不成功，他会进行下一次求婚，下下次求婚，只要她在身边。他变了，仿佛变成了男版徐曼曼，除了赖皮黏人外，他想不出其他办法留她在身边。

他掉下了陷阱，并且在里头铺上了未来。他不想爬出去了，他希望有个人能留在陷阱中陪着他一生一世。

那天很冷，徐曼曼从小区里走了出来，巧笑倩兮地看着他。

他在车后座放了一束火红的玫瑰、一盒蛋糕，还有藏在西装口袋中的求婚钻戒，可她最终只拿走了蛋糕。

徐曼曼拎着蛋糕转身就走，张弛一把拉住她的手，那双眼睛一如既往地璀璨如月，就如同他第一次看到她的时候。

他深呼吸了一下，调整了一番情绪：“你还没想明白吗？”

她反问他：“想明白什么？”

“我喜欢的是你，还是小时候的回忆，你得出答案了吗？”他紧紧地盯着她。

她顿了顿，接着将蛋糕递到他手里，又从车后座拿出了那束花，一张小脸几乎被红玫瑰淹没，她低头嗅了嗅：“我得出答案了。”

张弛承认，这一刻，自己的心情是前所未有的紧张。

徐曼曼走到他面前，踮起脚，闭上眼睛。这无声的举动已经说明一切，他如释重负一笑，伸手用力抱住了她。

找到失而复得的一束光需要时间，也许是五年，也许是十年，也许是一辈子，而他感谢老天爷，他的那束光就在他身边。

曾经挥舞着小胳膊、小腿保护他的小女孩，曾经撞他满怀，骂他好狗不挡道的女孩，曾经一言不合将他摔到温泉池里的女孩，现如今已经在他怀里了。

他们有一辈子的时间在一起，往后余生，他待的陷阱中将开满鲜花。

番外三 张弛自白

我一直不相信缘分这个词，直到遇到她。

我第一次遇见她，她撞了我满怀，还附赠了一句“好狗不挡道”。说实话，嚣张的人我见过，可这么嚣张又理直气壮的女孩，我还是第一次见到。

我低头，对上一双清澈的黑眸，这双眸子的主人犹带愤怒，像一只张牙舞爪的小兽。记忆深处有什么东西蓦地涌上来，我一时之间有些愣怔，不过马上反应过来，冷静地反击她：“也不知道是谁先撞上来的，这句话我应该还给你。”

她听了我这话，一改之前嚣张跋扈的态度，杵在原地当哑巴，反而她身边的朋友不停道歉。

这是我第一次看到她。

我以为不会再见到她，可五分钟后，她却再次出现在我面前，说：“那个，我一个朋友生病了，帮帮我好吗？”

我的第一反应便是转身就走。第一，我和她在某种意义上只是不小心撞在一起的陌生人；第二，我不喜欢麻烦。

可我刚转身的一刹那，一只冰凉的手抓住了我。我下意识甩开，一回头却对上她诚恳的目光。

我透过这双一眼望不到头的黑眸，似乎抓住了什么，而愣神的那一刻，我鬼使神差地答应了她的要求。

原来她的朋友就是苏南。此人我认识，物理系的天才，低调、从容、安静，偶尔几次在宿舍走廊里碰到他，总见他低头温柔地打电话，我想电话那端的人一定是他珍惜的人。

我也有珍惜爱护的人，可惜很早很早之前，我把她弄丢了。

医院的灯光永远刺目逼人，我想起小时候我就是坐在医院的长廊上，看着医生穿着白大褂走到我面前，告诉我最沉重的消息。

“喂，你没事吧？今晚辛苦你了。”一只手轻轻拍了拍我的肩膀，我抬头，敛去眼里的悲伤，抬头看她。

今晚她与我一起将一米八几的苏南扶下宿舍楼，到了医院又忙前忙后。相比较那些“塑料姐妹情”，她是真心对待她的朋友的。

她的朋友叫什么来着？似乎叫胡乐，一个很特别也很奇怪的名字。

“没事的话，我先走了。”我起身欲走。

“你饿了吗？我请你吃夜宵吧。”她一笑，眉眼弯如月牙，“当成今天我对你口不择言的补偿。”

我又控制不住地望向她的眼睛，可下一刻便拉回了思绪，礼貌地说了声“谢谢，不用了”便转身离开。

我想，这一次应该是我们最后一次见面了。

然而我没想到的是，我很快又见到她了，还是在我的专业课上。

因为上一次帮忙，我认识了苏南。在某些方面，他和我很像，但又有本质的区别。他对所有人都淡淡的，唯独面对胡乐的时候，眼里的深情藏都藏不住。我也是通过他，知道了她叫徐曼曼，是生物系的学生。

生物系的她跑来听法学系的课程，除了别有目的，我实在猜不出她想干什么。让我万万没想到的是，她的目标竟然是我。

她一直在看我，炙热的目光似乎要将我的脸戳出一个洞。这种狼一般的眼神我再熟悉不过，心里觉得好笑又好气，心想她该不会对我一见钟情吧？如果是这样的话，那我只能拒绝她了。

偏偏教授向她提问，我看她一脸强装镇定又无辜的表情，站起来拆穿她，从某种程度上来说，也是变相地替她解围。

我说："陈教授，她并不是我们系的同学。"

结果教授的回答让我出乎意料，他笑呵呵问："你们认识？是的话，那你就帮她回答一下吧。"

我的回答是不认识她。可想而知，这句话触到了她的逆鳞。她口齿伶俐地反驳我，说的话有理有据，倒让我一时之间不知道该怎么辩驳，我甚至觉得她有这清晰的逻辑，不学法学真是太可惜了。

这一次，我们不欢而散。

大家听说过墨菲定律吗？你认为不会发生或者害怕发生的事情，总会不如你所愿发生。

我在心里祈祷不会再见到徐曼曼，可她偏偏出现在我面前，就像影子一样，甩都甩不掉。

我去食堂吃饭的时候，她端着餐盘，袅袅婷婷地走在我对面坐下，露出她标志性的月牙眸子和酒窝，笑得比蜜糖还甜："真巧啊，我又在食堂碰到你了。"

我用沉默回应她。

她也不恼，自顾自地说着话，从天南聊到地北。我听着她叽叽喳喳说话，思绪再一次抽离。

在很久很久以前，我身边也有这么一个叽叽喳喳的小姑娘，她扎着双马尾，头上戴着粉红色的蝴蝶结，穿着蕾丝小裙子，咧嘴一笑，露出漏风的小牙齿。

"你发什么呆呢？"清脆的声音在我耳边响起，我回过神来，眼前不再是扎双马尾的小姑娘，而是明眸皓齿的少女。

我顿了顿，十分冷静："你以后能不能别出现在我面前？"

当我说出这句话的时候，她有一瞬间的愣神，眼里也有一闪而逝的尴尬和难过，不过这种情绪只出现了几秒，很快她又恢复大大咧咧的本性，故意眨了眨眼说道：“如果我偏不呢？”

也是这时候，我明白了一件事，我似乎惹上了一个大麻烦。

是的，徐曼曼是一个彻头彻尾的大麻烦，而且这种麻烦还是不可预知的。我的所有计划被她打乱，她突然出现，扰乱我排好的人生围棋。她横冲直撞不说，下棋也毫无章法，我甚至不知道该怎么应对她。

是的，她出现在我面前的次数越多，我就越发不知道该怎么面对她，也因为她的出现，我越发烦躁和不安。

舍友出于好意问我：“哎，生物系的徐曼曼那么热情地追求你，我看你并不是很排斥她，要不你索性和她在一起好了。”

我默默地白了他一眼。

舍友举双手做投降状：“好好，我错了，我知道你一直对你的‘青梅’念念不忘，可是那时候你们还小，而且你连她叫什么都不知道，你能肯定你这辈子可以找到她？”

我沉默了。

舍友说的“她”便是我的第一个朋友，那个永远扎着双马尾、穿粉色小裙子的小姑娘。

七岁那年，我们相遇了，她帮我赶跑欺负我的坏孩子，因此额头缝了好几针。我只要一想到那嫩白光滑的额头上突兀地横着一条小青虫一样的伤疤，便心乱如麻。

她是我的第一个朋友，而我弄丢了她，甚至不知道她叫什么，只依稀记得有人唤她芬芬。我找遍了所有叫芬芬的人，可她们都不是她，直到我遇到徐曼曼。

看到她的时候，我甚至有种荒唐的错觉，以为她就是芬芬，可是理智驱使我冷静下来。

我想，怎么可能？怎么可能呢……

可是，这种可怕的念头一旦出现，便再也停不下来。我鬼使神差地去查有关徐曼曼的资料，因此我找到了她的一张露额头的证件照。

在蓝色的背景下，照片上的女孩将刘海全部梳了上去，星眸大而亮，所谓明眸皓齿不过如此。在这张漂亮的面孔上，唯一突兀的是她左边额头上的伤疤，像一条小青虫一样横在上面。

我看到疤痕的那一刻，心跳几乎停止，许久之后才回过神，狂喜随之涌上心头。

原来我一直找寻的小女孩就在我身边，而我居然没发现！

小时候，她是一个小胖墩，短胳膊、短腿儿，圆圆的脸蛋儿，黑白分明的眸子，扎着双马尾，虽然个子小小的，但拦在我面前时，有着一夫当关，万夫莫开的气势。

我看着屏幕上的照片，小时候的她和现在的徐曼曼渐渐重合在一起，那双黑眸一弯，弯出了最美的弧度。

我去找了她，可是迎接我的却是兜头一盆冷水。

我想都没想过，不久前像小尾巴一样跟着我的徐曼曼，现在像是变了一个人，看我的眼神仿佛在看一个毫无干系的陌生人。

我不明白这其中发生了什么事，或许她已经对这场追逐腻了。我想到这一层原因，心里的慌张不亚于看着爷爷在我眼前闭上眼睛。

我甚至连一句话都来不及说，只能眼睁睁地看着她走远。我还来不及告诉她，其实我一直有句话想告诉她——我喜欢你。

当我重整旗鼓，决定重新去找她认真谈一谈的时候，朋友却告诉我在烧烤摊看到她了，我几乎是风驰电掣地赶到了那里。

我看到她喝得烂醉如泥，还被流里流气的痞子欺负，当即怒从心起。我也不知道是生她的气，还是看不惯那些口不择言的家伙，最后我带着她和她的朋友到了我平时住的公寓。

不知道为什么，连她的朋友胡乐看我的眼神都十分怪异，仿佛在看一个负心汉。不过我无心顾及这些，看她醉得难受，我的心脏仿佛被一只大手揉碎了。

我冲了蜂蜜水，礼貌交代胡乐照顾她，其实我更想自己照顾她。

那一晚，我彻夜难眠。

我躺在床上，满脑子都是和她相处的点点滴滴，从她第一次撞到我，骂我“好狗不挡道”，到她谄媚地一次又一次出现在我面前，食堂、图书馆、池塘边……她仿佛在我身上装了 GPS，无论我在哪里，她都能第一时间出现在我面前，朝我露出标志性的笑容。

我承认，我无可救药地沦陷了。表面上，我排斥她的接近，对她冷漠，可我知道自己心里最深处的渴望，渴望她的出现。

这种矛盾的心情让我一度觉得自己需要去咨询心理医生。

第二天早上，我和她、胡乐以及苏南一起吃早饭。

她一反常态很安静，而这样安静的她让我很不适应。好在在胡乐的助攻下，我终于有机会和她独处。

她昨晚吐了我一身，我刚好“威胁”她还我一套衣服。

在我们去商场的路上，她那副壮士断腕赴刑场的神情让我觉得好笑又无奈，我习惯了叽叽喳喳的她，这么安静和冷漠的她让我十分不习惯。

我明白被人逼上梁山的感觉，她显然有心事，而我并不想在她情绪低落时缠着她，这样只会适得其反。

晚上我回到宿舍的时候，两个舍友正在拌嘴。其中一个舍友埋怨另一个舍友：“你怎么扔垃圾也不认真看一下，那是徐曼曼亲手给老大织的围巾，就这么被你随手丢到垃圾桶里，要是老大知道了，非拧掉你的狗头不可。”

另一个舍友不以为然：“我看不会吧，老大不是老躲着她吗？”

“围巾在哪里？”我铁青着脸问。

他们被我的脸色吓了一跳，误扔围巾的舍友战战兢兢道：“现在应该……应该在宿舍外面的垃圾桶里面。”

夜深露重，我就着路灯一个垃圾桶一个垃圾桶地翻过去，其中不乏有人从我身边经过，但我并不在乎。

我心里只有一个想法，就是找到那条围巾。

功夫不负有心人，我终于找到了那条围巾，即便它和一堆烂菜叶待在一起，即便它被扭曲得不成形状，可拿到手的那一刻，我却如释重负。

我把围巾洗干净，再小心翼翼地晒干。这条围巾真是长得过分，针线也歪七扭八，一看就是新手的产物。

舍友啧啧感叹："你可是有洁癖的人，这也是你第一次翻垃圾桶找一条围巾。其实我记得颜色，你再买一条不就行了？"

"不一样。"我喃喃道，"不一样。"

即便我找到了围巾，明白了徐曼曼对我态度一百八十度大转变的原因，她还是不理会我。

我总算明白了一件事，一个平时乐乐呵呵没脾气的人，往往也是最有立场最固执的人，而我想打破她设立的屏障，只能从根本入手。

我打算从她的朋友胡乐那里打开缺口，因此我邀请他们一行人去我父亲公司旗下的温泉公馆。

我终于有机会和她单独相处，可在温泉池，她一个过肩摔将我甩进池子里。我呛了不少水，等浮出水面，她已经落荒而逃了。

这一次轮到我追在她身后，做她的影子，只期望她一回头便能看到我。

她面对我的攻势，终于败下阵来，无可奈何地问我："你为什么突然改变态度？"

我实话实说。

她听了我的叙述后，许久没有出声，最终幽幽道："你突然对我改变态度，是因为我就是小时候帮助你的小女孩？"

还没等我开口，她继续幽幽道："那你喜欢的究竟是小时候帮助你的小女孩，还是现在的我？毕竟在这之前，你还十分讨厌我，甚至不屑地扔了我亲手给你织的围巾。"

"围巾不是我扔的，那只是一个误会。"我解释。

她做了一个暂停的手势："OK，就当围巾的事情是一个误会，但你之前讨厌我是事实吧？接着你莫名其妙发现我是你小时候的玩伴，因为这个，我在你心里从讨厌的臭虫变成了漂亮可爱的蝴蝶。你说你喜欢我，那你喜欢的到底是小时候的玩伴，还是现在的我？如果今天你一直寻找的小女孩不叫徐曼曼，而叫周曼曼、陈曼曼、许曼曼，你会喜欢她吗？"

我说过她适合学法学，在这种情况下，她依然能冷静地分析前因后果，甚至还能举一反三，实在让人佩服。

我叹了一口气，承认自己的心意："其实一开始我便对你有意。"

"什么？"她一脸难以置信的表情，"你的意思是你一开始就对我有所企图，都是因为你那该死的骄傲，你才冷着我？"

我嘴角微抽："你想太多了，我一开始对你并没有企图……"我瞥见她眼里浮上的水汽，捏了捏眉心。作为一个法学系的学生，我竟然在她面前词穷了。

"好吧，我一开始的确对你有所企图，但因为我那该死的骄傲才一直冷着你，你愿意再给我一次机会吗？"

这次轮到她矜持了："你让我好好捋一捋吧。"

结果她这一捋，直接捋到了毕业，捋到了苏南和胡乐结婚。

婚礼那天，她是伴娘，我是伴郎，我看到她为了一束捧花跟别人争得面红耳赤。

我趁周围没人的时候，来到她身边，问她："你为什么执着于抢捧花？"

她笑得一脸狡黠："因为好玩啊。"

我意味深长地看着她："除了好玩呢？"

她是一个聪明的女孩，马上明白我话中有话。她看了我一会儿，接着踮起脚，凑近我耳边。

她身上香甜的气息扑面而来，我的心跳瞬间失序，眼睁睁地看着她的嘴巴一张一合。

她说："我为什么要告诉你？"

说完，她便像兔子一样溜走了，独留下我站在原地，看着她离开的纤细背影。

百花盛开，我明白我离她已经越来越近了。

苏南和胡乐结婚后的第一个圣诞节——我之所以记得这么清楚，是因为圣诞节那天就是她的生日。

那一天，我开着车到她所住的小区楼下，车后座放着一束鲜艳的红玫瑰，而我口袋中是我精心挑选的钻戒。可当她下来的时候，我只递给她一个生日蛋糕。

她笑嘻嘻地接过蛋糕，接着探头看了一眼我的车后座。她看到那束耀眼的红玫瑰后，努了努嘴："这么小气，就送蛋糕给我？"

我笑："这束花是送给我心爱的女人的。"

"哦，那我不打扰了，谢谢你的蛋糕。"她拎着蛋糕转身就走，我一把拉住她的手。

她回头定定地看着我，那双眼睛一如既往地璀璨如月，就如同我第一次看到她的时候一样。

我深呼吸了一下，调整了一番情绪："你还没想明白吗？"

她反问我："想明白什么？"

"我喜欢的是你，还是小时候的回忆，你得出答案了吗？"我紧紧地盯着她。

她顿了顿，接着将蛋糕递到我手里，又从车后座拿出了那束花。她那张小脸几乎被红玫瑰淹没，又低头嗅了嗅，道："我得出答案了。"

我承认，这一刻我的心情是前所未有的紧张，甚至手心出汗。我怕她判我死刑，让我连追求她的机会都没有，也期待她的那句"我们在一起吧"。

她走到我面前，踮起脚，闭上眼睛，而这无声的举动已经说明一切。我如释重负一笑，伸手用力抱住她。

她吓了一跳，手里的花倏然落地，"哎哎"叫道："我的花啊。"

我紧紧抱着她，几乎想将她融入我的骨血中："以后我天天给你买花。"

她回抱我，一脸好笑地“嘁”了一声：“男人的嘴，骗人的鬼。你小时候还说，无论什么时候，只要我出现，你一定会第一时间认出我，可你不还是没认出我。”

“以后我不会认错了。”我说道，“永远不会。”

“喂，张弛，我问你，你第一次看到我的时候，你对我到底是什么感觉？”

“漂亮得像一朵野玫瑰。”我实话实说。

“可现在这一朵野玫瑰愿意为了你拔掉身上的刺，一直陪在你身边。”她轻声道。

我的回答是给她一个迟到的深吻。

找到失而复得的一束光需要时间，也许是五年，也许是十年，也许是一辈子，而我感谢老天爷，让我的那束光就在我身边。

两年后，曾经挥舞着小胳膊、小腿保护我的小女孩，曾经和我撞个满怀，骂我好狗不挡道的女孩，曾经一言不合就将我甩到温泉池里的女孩，已经成了我的妻子。

婚礼那天，在漫天飞舞的花瓣下，她仿佛还是当年意气风发的模样：“从今以后，请多多指教。”

我揽住她：“张太太，以后请多多指教。”

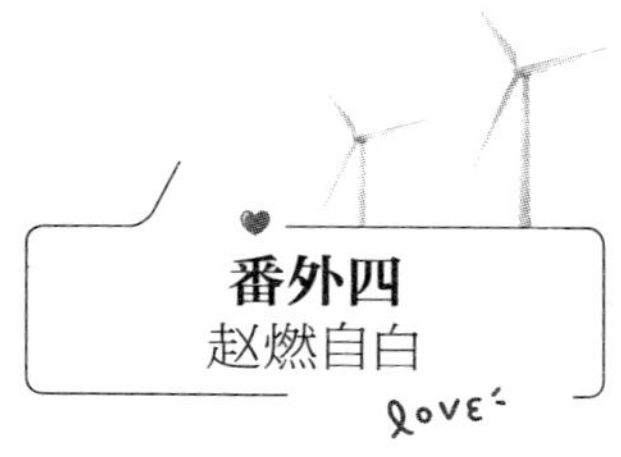

番外四
赵燃自白

人的一生中有太多遗憾，只有经历过才会明白其中的酸涩。

我第一次遇到她，看着她明亮的眸子、璀璨的笑容，加上眼里那一抹狡黠，觉得她活脱脱是现实版的赵敏。

当然，赵敏聪明且心思缜密，而她简直就是一只行走的傻狍子。当时我在想，世界上怎么会有这么傻的人？换句话说，这么傻的人是如何顺利地长到这么大的？

后来我看到苏南的时候，便明白了。

在我顺风顺水的十八年中，我并没有遇到什么难题，苏南算是为数不多的一个。说实话，大学中优秀的人层出不穷，虽然他一进学校便光芒万丈，但这并不影响我。

只是这光芒万丈的人竟然是傻狍子胡乐的守护神，就是因为这一点，我才对他格外注意。

我承认，我对傻狍子胡乐一见钟情，就像赵敏对张无忌一见钟情一样。我很难清楚描述第一次见到她的感受，只知道她的出现让我平静已久的心起了波澜。

可是她注定不是我的。

我想到她的笑容、她的小聪明、她的恶作剧都属于另一个男人，心里百感交集，如同浸泡在又苦又涩的池水里。每天看着她和苏南秀恩爱，我会想我为什么让她继续待在跆拳道社，我是疯了吗？

也许吧。

但我知道苏南一定知道我的想法，他很聪明。说实话，他是我见过的最聪明的人。

作为一个十八岁的少年，他有着超出年龄的成熟稳重，并且有按兵不动的毅力，像战场上运筹帷幄的将军。

我知道他早就看出我对胡乐的心思，谁说只有女人有第六感，男人亦有，所以他才会加入跆拳道社。

而我三天两头看着他俩给我撒“狗粮”，真的是万箭穿心的痛。我突然觉得苏南也不是好惹的，他用这一种方法告诉我：千万别觊觎胡乐，否则苦的只有我。

男人在某种程度上依旧有着雄性动物争夺地盘的本能，我承认我被苏南激起了战斗欲，可在胡乐那里，我受到了前所未有的打击。

我一早就知道他们两人是青梅竹马，从出生起就在一起，抬头不见低头见，一起生活了十几年。我也知道那句话——“郎骑竹马来，绕床弄青梅”，而很多人会将这一份从小到大相依相偎的感情误以为是爱情。

在我内心深处，我依旧存着一丝侥幸。也许胡乐只是把苏南当成了依赖的对象，如果她有机会远离苏南，会不会发现自己其实喜欢的是另一个类型的男孩？

可是，胡乐的反应彻彻底底将我打入地狱中。

不喜欢一个人，从眼神到身体都会抗拒对方，相反，喜欢一个人，看向对方的眼神都充满了爱意。

她每次看向苏南的眼神，让我比万箭穿心还要痛，那是一个情窦初开的女孩看自己心爱的男孩的眼神，就如同我看她的眼神。

可我不甘心，我想，如果我早点遇到她，这一切会不会不一样？

于是去温泉会馆的时候，我再也憋不住心里的感情，和她摊牌了。她表现出前所未有的冷静，冷静到让我觉得自己就像自导自演的小丑。我明知道有这一天，却依然控制不住自己。我想，或许我说出来之后，一切都会改变呢？比如，她会让我死心。

她说了很多，我也一一听进去了。我活了这些年，没嫉妒过什么人，苏南是第一个。她说她很幸运，能拥有苏南，而我觉得苏南很幸运，能拥有她。

经此一事，我彻底将这份感情断掉，即便痛不欲生，即便鲜血淋漓，我依然要断掉。

我知道这个伤口需要一段时间才能愈合，我也知道苏南和胡乐天生就该在一起，你看他们连名字都那么匹配。

为什么我一早没看清呢？我后悔了，后悔一时没控制住自己，吐露了心声。我怕失去她这个朋友，所以粉饰太平，好在她十分配合我，当作什么事都没发生过。

我们依然是朋友，我们依然是师徒。兜兜转转过后，这也许是我和她最好的结局。

而一直追在我身后跑的温洛洛，是另外一种类型的女孩。

如果说胡乐是傻狍子版赵敏，那么温洛洛便是抽风版周芷若。

她很漂亮，长相却完全没有攻击性。说实话，我第一眼看到她的时候，心里便闪过周芷若三个字。

她的性格实在像脱缰的野马，想一出是一出，我也不明白自己是怎么被她缠上的，等我反应过来的时候，我已经甩不掉她了。

她和胡乐在某种程度上很像，但又完全不同。

胡乐是大智若愚，看上去疯疯癫癫、大大咧咧，实际上心思通透，而温洛洛是真的傻白甜。我的确不知道该怎么形容她，她空有一副温婉知性的面容，行事作风却和风一样。

一开始，我躲她都来不及，她的热情和无厘头实在让我招架不住，同时我也在反思。

我问她：“你到底喜欢我哪里？我改还不成吗？”

她笑嘻嘻道："我就喜欢你这个人。"

我败下阵来。

我错了，她并不是傻白甜，这丫头聪明得很。

我在温泉公馆向胡乐告白之后，温洛洛知道了我的真实心意，我以为她会死心，她却安慰我："我明白喜欢一个人的感受，等你彻底忘记胡乐的时候，回头再看看我，我一直都在哟。"

我不明白："你为什么这么执着？我到底有哪里吸引你？"

她抬头看了看夜空，又看了看我，叹息一声："我也不知道啊，反正我对你一见钟情，可能就要这么死缠烂打下去了。"

我觉得又好气又好笑，那股心痛的感觉因为她的安慰淡去不少。

我和她很有默契地不提温泉公馆的事情，她也一如既往保持着她的本性。

到苏南和胡乐结婚的时候，我彻底释然了。

人真是一种很奇怪的动物，得不到的时候拼了命想得到，可一旦过了这个坎儿，便会发现云淡风轻，整个人都轻松不少。

苏南和胡乐结婚那天，温洛洛小心翼翼地问我："如果你实在没勇气踏进去，就别进去了，免得伤心。"

我笑了笑，打趣她："你从哪里看出我没勇气踏进去了？放心，我现在已经恢复了，也没那么脆弱。"

她轻轻"哦"了一声，没再说什么。

那一天，阳光灿烂，我看着在漫天飞舞的气球下拥吻的两人，心情是前所未有的平静，我对他们的祝福是发自内心的。

胡乐，祝你幸福。

苏南，也希望你能一直一直宠着她，爱护她，因为她值得。

当新娘抛捧花的时候，一群未婚女孩围了上去，最后捧花好像被一个叫周承光的男生拿到了，他和苏南、胡乐似乎是旧友。

我看了一眼身边的温洛洛，她因为没抢到捧花十分失落，和徐曼曼两人不停地"威胁"周承光。这丫头甚至一哭二闹，拿出了戏精的本领，把我看得忍俊不禁。

最后经过她的不懈努力，捧花终于到了她手里。

我看着她目不转睛地看着那一束耀眼的玫瑰，眼里盈满笑意。阳光下，她整个人似乎在发光。那一刻，我的心脏莫名其妙地颤了一下。

她倏然抬头望向我，我忙移开目光，但我这此地无银三百两的行为已经让她的火眼金睛捕捉到了。

她笑了："你刚不会是在偷看我吧？"

我忙否认："没有。"

她十分笃定："明明就有。"

我们就在这有和没有之中展开拉锯战，最终她叹了一口气，将手里的捧花摇了摇："赵燃，又轮到一年一度我向你表白的日子了。本来我想过几天和你表白的，不过今天抢到捧花，就今天告白吧。赵燃，我喜欢你。"

我收敛了笑容："如果我一直不喜欢你呢？"

她耸了耸肩："那我只有孤独终老了。"

我的心揪成一团，长叹一声，道："我见过傻的人，没见过你这么傻的。"然后我上前一步，轻轻拥抱她。

被抱住的那一刻，她明显愣住了，接着安静下来，小声道："你还是难过对吗？没事，你靠着我哭吧，我会当作没看到。"

"笨蛋。"我笑着道，"温洛洛，我不会让你等那么长时间，那不是男人该做的事情。"

她一脸蒙，傻乎乎地抬头看着我："那男人该做的事情是什么？"

我站直身躯，从她手里拿走捧花："你没听说过吗？抢到捧花的未婚女孩如果没及时找到男朋友，有可能会倒霉，为了你，我只好牺牲自己了。"

她的神情从愣怔变成惊讶，再从惊讶变成难以置信，最终眼眶里蓄满眼泪。

她说："赵燃，你说的是真的吗？你真不是因为同情我才和我在一起？"

“你看我像那种人吗？”我没好气地白了她一眼。

她尖叫一声，倏尔抱住我，一脸得意：“我终于抱得美男了！果然功夫不负有心人，铁杵磨成针。”

我看着她的笑容，心想：我之前错过的现在应该回来了。

也许在不知不觉中，我已经对这丫头交付了真心，只是我不知道。而她在阳光下浅笑的那一刻，我终于明白，其实最值得珍惜的就在我身边，只是一直以来都被我忽视了。

对不起，温洛洛，让你等了这么久，不过余生我会一点一滴补偿你。

番外五 苏南、胡乐小采访

采访人：圆子

被采访人：苏南、胡乐

采访目的：增进彼此的了解

圆子：“大家好，感谢大家百忙之中抽空莅临节目《圆子有话说》。”

胡乐凑到苏南边上咬耳朵：“也没大家啊，现场就我们两个人，这人是在自导自演吗？”

苏南：“来都来了，咱们就配合点吧。“

胡乐：“哦。”

圆子笑眯眯道：“很感谢苏先生、苏太太拨冗前来，苏先生一表人才，苏太太貌美如花，你们真是一对郎才女貌的夫妻。”

苏南：“谢谢。”

胡乐：“主持人，你的嘴好甜哦。”

1

圆子：“好，那采访现在开始，请问你们的名字是？”

苏南：“苏南。”

胡乐：“大家好，我叫胡乐，胡歌的胡，乐不思蜀的乐，我喜欢的偶像是……”

圆子：“这位苏太太，请您冷静一点，我只问了您名字，您不用交代……”眼见苏南投过来想杀人的目光，某圆尿了，“您继续，您继续。”

2

圆子：“请问你们的年龄是？”

苏南：“二十八。”

胡乐：“十八。”

苏南：“请你面对现实。”

胡乐大笑道：“嗯，我更正说法，今年是我十八岁的第十个年头。”

圆子：“……”

3

圆子冷汗淋漓：“请问你们的性别是？”

苏南：“请你不要问这种毫无意义的问题。”

胡乐：“如假包换、根正苗红、雌性荷尔蒙爆棚、天生丽质难自弃的女人。”

苏南：“后面那一句可以去掉。”

胡乐：“哪一句？雌性荷尔蒙爆棚？”

苏南淡淡道：“天生丽质难自弃。”

圆子：“现场暂时发生混乱，请关闭摄像机，谢谢，这一段掐掉掐掉。”

4

圆子：“请问你们的性格是怎样的？”

苏南：“比较冷静吧。”

胡乐：“活泼、温柔、安静。”

圆子笑得无比尴尬：“活泼和安静是反义词吧？”

苏南：“她想表达她静若处子，动若脱兔。”

胡乐：“对头，就是这个意思。”

两人相视一笑。

5

圆子：“下一题，请问对方的性格是什么样子的？”

苏南皱眉：“这和上个问题有区别吗？”

胡乐：“龟毛，十分龟毛；洁癖，十分洁癖；霸道，十分霸道。”

苏南皮笑肉不笑道：“苏太太，今晚回去我就让你感受到什么是霸道，十分霸道。”

圆子：“哎哟，我还有意外收获，你能不能说一说你怎么霸道啊？”

苏南冷冷一个眼神扫过去。

圆子缩了缩脖子：“大佬，我错了，请原谅。”

6

圆子：“下一题，两人是什么时候相遇的，在哪里？”

苏南：“我可以选择不说吗？”

胡乐：“我来我来，我们是在医院相遇的，当时他刚刚出生，全身光溜溜的，还哇哇大哭……”

苏南微笑：“我刚出生的时候，你也就两个月大，请问你是怎么清楚地知道这一切的？”

胡乐：“山人自有妙计。”

圆子凑过去：“什么妙计？”

胡乐从包包中掏出录像机："我结婚的时候，我婆婆送给我一个礼物，里面是苏南出生到现在的录像和照片，有光屁屁的哦，你要看吗？"

圆子点头如捣蒜："我要看要看要看。"

胡乐抬头，征求苏南的意见："可以吗？"

"可以。"苏南微微一笑，"反正死人是不会说话的。"

圆子和胡乐齐齐打了个冷战。

7

圆子用手帕擦了擦额头上的冷汗，继续提问："请问你们对对方的第一印象是？"

苏南："霸道女土匪。"

胡乐："嘤嘤嘤的小奶猫。"

苏南怒目而视："你说谁是小奶猫呢？"

胡乐："你说谁是女土匪呢？我是土匪，我抢了谁吗？"

"我。"苏南面不改色心不跳地回答。

圆子：这猝不及防的秀恩爱，真是亮瞎我的狗眼啊。

8

被强塞了一嘴"狗粮"的圆子继续提问："请问你们最喜欢对方哪一点？"

苏南温柔地看着胡乐："都喜欢。"

胡乐："都喜欢。"

9

圆子一脸欣慰："难得你们这么默契。好了，下一题，你们讨厌对方哪一点？"

苏南虎视眈眈地盯着某圆："你们这些题是谁出的？打一巴掌再给一颗甜枣吗？"

圆子瑟瑟发抖：“不是我，我只是一个提问的。”

苏南看了胡乐一眼：“我最讨厌她不理我。”

胡乐：“我哪有不理你，你别血口喷人。”

“苏太太，你别激动，这只是提问，到你回答了。”圆子擦汗。

“我最讨厌他……太多了，我说不过来。”胡乐回答。

苏南笑里藏刀，看着胡乐：“你慢慢说，放心，我不会怪你。”

胡乐在苏南威胁的目光下倒戈：“哈哈，我刚刚开玩笑的，他哪儿我都不讨厌，换句话说，就是他放屁，我都觉得是香的。”

苏南好不容易绽放的笑容僵在嘴角，俊脸一寸寸龟裂。

10

为了保住胡乐，圆子马上转移话题：“你们觉得自己和对方的相性好吗？”

苏南：“很好。”

胡乐挠头：“相性是什么意思？”

圆子偷笑，被苏南瞪了一眼，接着他详细地科普：“相性就是指两个人是否容易处好的一个参数。打个比方，就是两个人初次见面，是一见如故，和睦相处，还是你死我活，互相看不顺眼。”

胡乐如梦初醒：“我懂了，我们是刚开始一见如故，到后来互相看不顺眼，接着你死我活，最后才和睦相处。”

圆子竖起大拇指：“尊夫人真不愧是名牌大学毕业的，这等反应能力，这等口才，这等……”

11

圆子：“下一题，你们是怎么称呼对方的？”

苏南回答：“通常都是叫名字，偶尔叫老婆。”

胡乐：“我都是直接叫名字，犯错的时候叫老公。”

苏南纠正：“你不止犯错的时候叫我老公。”

“啊，那还有什么时候？”胡乐一脸疑惑。

苏南红着脸低着头，一声不吭，某乐打破砂锅问到底：“到底还有什么时候？”

圆子看不下去了，回道：“你再问下去，你老公就要自爆了，下一题。”

12

圆子笑眯眯地继续：“你们希望对方怎么称呼自己？”

胡乐回答：“他叫我什么都行，就是千万别叫乐乐。

苏南：“乐乐。”

胡乐：“……”

胡乐：皮这么一下很开心？

13

圆子：“下一题，如果要送对方礼物，你会选择？”

苏南自信满满：“我就是最好的礼物。”

胡乐：“送什么都行，礼物不在贵重，而在心意。所以苏南，你什么时候兑现带我去吃小龙虾的承诺？”

圆子：“吃货的世界好简单哦。”

14

圆子：“我们继续。你们对对方哪里不满吗？可以具体举例。”

苏南：“通常我对她没有什么不满的地方，但非要说的话，胡乐，你的确要改改边吃饭边看电视的毛病了。”

“吃饭时看电视怎么了？看帅哥有益于消化。”胡乐信誓旦旦道。

“附议。”圆子点头。

苏南的眼睛散发出诡异的光芒。

胡乐：“你太……霸道了，都不让我吃饭看帅哥。”

15

圆子："下一题，你们的癖好是？"

苏南："我没有癖好。"

胡乐拆台："他有他有，他喜欢收集各种各样奇奇怪怪的东西，什么奇形怪状的石头，别人不要的试卷、笔记本。"

苏南冷笑："那些东西都是你的。"

圆子："我好像发现了什么不得了的事情。"

胡乐愣了一下："你收集我的试卷、笔记本干什么？"

苏南抿着唇不回答。

胡乐："我的癖好就是啃指甲。"

16

圆子："两人初次约会是在哪里？"

苏南沉默。

圆子："怎么了？这个问题很难回答吗？"

苏南抬头，亮晶晶的眸子看着胡乐："我觉得我和她在一起的每一分每一秒都在约会，所以不存在初次约会。"

胡乐："你别把你忘记的理由说得这么冠冕堂皇。"

苏南一脸无奈的表情。

胡乐托腮："应该是在上大学的时候吧，我们去吃了饭，看了电影，最后上了船……"

圆子惊得话筒都掉了："上……什么？"

胡乐不明白他俩脸红个什么劲儿："就是上船啊，你们干吗这副表情？"她突然明白过来，"我说的是船，前鼻音的船。"

苏南轻咳一声，脸红如血。

17

圆子提问："你曾向对方撒过谎吗？"

苏南："如果非要说撒谎的话，那就是我一直在掩藏自己对她的感情，高考后我才彻底爆发。”

圆子捂嘴笑：“这不是撒谎，这是深沉的爱。苏太太，你呢？你想这么久，是因为没撒过谎，对吗？”

胡乐心虚一笑：“我骗他我去补习班，其实我是去偷吃小龙虾了。”

苏南：“……”

18

圆子：“对方做什么会让你觉得没辙？”

苏南无奈一笑：“她做什么都让我没辙，当然撒娇是最直接的办法。”

胡乐终于 get（抓住）到某个点：“这么说的话，我以后只需要多撒娇就好了，是不是？”

苏南：什么叫搬起石头砸自己的脚，我终于体会了。

胡乐：“他喝醉酒的时候让我最没辙了。”

圆子好奇：“为什么？”

胡乐双眼亮晶晶：“因为太萌太可爱了啊！”

苏南红着脸：“你别老说我可爱。”

19

圆子：“你认为你的情敌是？”

苏南：“目前没有对我构成威胁的情敌，以往有的话，也已经被我扼杀在路上了。”

圆子瑟瑟发抖。

胡乐：“我的小女儿。”

20

圆子提问：“两人在一起时，最让你心跳加速的事情是？”

苏南轻咳一声，道：“她靠近我的时候。”

胡乐:“他压低声音叫我名字的时候,还有逼我写作业的时候。”

圆子：“好惨一女的。”

21

圆子：“上高中时，做过的最疯狂的事情是？”

苏南：“没什么疯狂的事情，要说有的话，应该是拒绝保送，和我太太一起参加高考。”

胡乐顿了顿后怒道：“你还敢说你拒绝保送不是为了我？！”

苏南低头笑：“一部分的确是为了你，从小到大我都陪着你考试，我不想缺席人生中最重要的一场考试。”

圆子双眸亮晶晶：“好浪漫哦。”

胡乐：“我高中做过的做疯狂的事情，应该是撕了作业本和我妈抬杠。”

圆子：“然后呢？”

苏南替她回答：“她当然是被我岳母提着扫把追了三条街，最后我救了她。”

圆子：“所以苏太太是以身相许？”

胡乐泪洒衣襟：“并不是，我是被迫的。”

苏南微笑：“哦，我强迫你了吗？”

胡乐继续泪洒衣襟：“没有没有，我是自愿的。”

苏南：“很好。”

22

圆子：“读高中时，除了你现在的对象，有没有其他人给你告白过？”

苏南：“没有。”

胡乐：“胡说，明明叶颜喜欢你。”

苏南气极反笑：“那周承光也喜欢你。”

胡乐据理力争：“他又没直接跟我告白。”

苏南耸了耸肩：“叶颜同样没有。”

23

圆子：“用四个字形容你们的高中生活。”

苏南看着胡乐：“有她很好。”

胡乐：“作业成堆。”

24

圆子：“如果有时光机，你们愿不愿意穿越到高中时期？”

苏南：“愿意。”

胡乐点头如捣蒜：“愿意愿意。”

25

圆子：“最后，你们对彼此说一句话吧。”

苏南：“苏太太，未来请继续指教。”

胡乐：“苏先生，请继续大胆地投喂我吧。”

— 全文完 —